少年强国志

A Teenager's Aspiration of Revitalizing China

葛良一 著

南方日报出版社
NANFANG DAILY PRESS
·广州·

图书在版编目（CIP）数据

少年强国志 / 葛良一著. —广州：南方日报出版社，2017.6

ISBN 978-7-5491-1612-6

Ⅰ.①少… Ⅱ.①葛… Ⅲ.①中国文学－当代文学－作品综合集 Ⅳ.①I217.2

中国版本图书馆CIP数据核字（2017）第104303号

少年强国志 SHAONIAN QIANGGUOZHI　　葛良一　著

出版发行	南方日报出版社
地　　址	广州市广州大道中289号
电　　话	020-83000502
经　　销	全国新华书店
印　　刷	广州星河印刷有限公司
开　　本	787mm×1092mm　1/16
印　　张	13.75
字　　数	156千字
版　　次	2017年6月第1版
印　　次	2017年6月第1次印刷
定　　价	42.00元

投稿热线：（020）87373998-8503　读者热线：（020）87373998-8502
网址：http://www.nanfangdaily.com.cn/press　http://www.southcn.com/ebook

般般热血少年心

——为《少年强国志》序

孙皓晖

这本书，跳动着一颗炙热的少年强国之心。

这本书，字里行间涌动着一个求学赤子的家国情怀。

初识葛良一小友，是在几年前的一次聚会上。良一的父母朋友群，多有《大秦帝国》书友。大约受此感染，高小的良一就酷爱《大秦帝国》，并写下了不少碎片文章。进入中学，良一思维水平快速增长，凡读书必写笔记感受，颇见论说功底，亦不乏思想火苗丛林般地闪烁。其中，就有读《大秦帝国》的几篇笔记。聚会初识，小良一虽也拘谨，却不失健谈，我们就《大秦帝国》以及其他的一些历史文化问题进行了杂说式的沟通，其少年睿智让我很是感慨。自此之后，我与良一小友成了忘年交。每年春节，良一小友都会来海南与我一叙。

良一小友的这本书，是他课余的一系列杂感随笔的合集。少年的纯真执着与文笔的练达成熟俱在，令人大感青绿新颖。从治学态度和学识积累上看，实属难能可贵。例如，对礼治源流的梳理，对商鞅变法的剖析，都是具有一定的学术眼光与学术功底的。一个典型的例证，是良一受我的《祭秦论》影响，写出了《秦亡新论》。其中，查阅了《史记》《汉书》《管子》《晋书》《太平寰宇记》等一系列史料，对历史上的秦代的赋税劳役的征发率，进行了比较系统的考证，进行了诸多数据与事实的对比辨析，在文中对“田租二十倍于古”“口赋二十倍于古”“盐铁之利二十倍于古”等不尊重史实的言论尽皆驳斥。良一小友的这一文章，跳出了一般的历史考据，运用了文明发展史的理念，有一定的高度。

我欣喜于良一小友这样的青少年群体。他们不盲从于教科书，他们正在走出历史的误区，以客观和文明的理念，对中国文明最重要的根基时代进行重新审视，并将最终确立中国文明复兴一代的基础认识。

我不识君，君不识我，君之热血，殷殷荐我。

这是《大秦帝国》中年青的商鞅被一位素昧平生的风尘布衣舍身相救之后，在其墓前的热泪悼辞。最简短的表白，最大义的担当。这是说，有价值的交往，其意义不在利益的离合，而在道义的同一。

祝愿良一小友飞得更高，飞得更远。

2017年3月10日 于海口积微坊

前 言

梁启超谓："少年强则国强。"本书即取此义而命名。虽任公之语蜚声，然乍闻少年强国之说，多人嗤之以鼻，一笑了之，谓此乃乳臭未干之小子狂言，讵知"后生可畏，焉知来者之不如今也"？

秦孝公继位年仅21岁，然已抱定强秦之志。始皇帝继位仅13岁，然已胸怀统一之志。梁启超投身康有为门下年仅17岁，已立志振兴中华。孝公有志，故可以商鞅变法化孱羸为桀骜。始皇帝有志，故可以蹴踏六国一统天下。梁启超有志，故可以维新变法，鼓吹新民。可见行与不行，全在信念。有志无志，不关年庚。古人谓"有志不在年高，无志空长百岁"即此意。有志愈早愈善，有志向方有明晰之前路，故有志少年不可诮。

人为何而读书耶？周恩来谓"为中华之崛起而读书"，吾以此言为至理，人需有志而后再行。国家兴亡，匹夫有责，身为一国之民则当有一国国民之责任，此责不可推诿。而不同年龄则责任之轻重又有别。有强国之志之少年如何作为方可尽国家一员之责任？吾以为有二：一曰"格物"，二曰"感格"。所谓少年强国之志者，莫过于"治国平天下"。《大学》谓"治国平天下”之基础者为“格物”，即钻研各物之意。故有强国志之少年自身需先孜孜于学，博学多识。车胤囊萤，孙康映雪，皆堪为楷模。而所应学者甚广，何者可以培养少年之爱国强国之心耶？曰历史、文学而已。历史为“国民之明镜，爱国心之源泉”；文学为“国民之精神，爱国心之甘露”。愈读历史、文学则愈知国家文化传统，愈欲传承之、发扬之，自然爱国。既然爱国，自欲强国。所谓“感格”者取《孟子》“老吾老，以及人之老；幼吾幼，以及人之幼”之意，即自身有得而后推诸他人。自身有爱国强国之志，同时感格同俦同生此志向，于是人人推诸他人以使人人有志，则人人皆尽国民之责矣。

吾所悲者乃当今有诸多不爱国者。此类人崇洋媚外，不曾稍读古书而对中国文化大肆嘲讽，空言喋喋，无补于社会，枉为吾国之国民。

鉴于此，笔者以历史、文学方面之鹼薄论述，并记以些许杂感，合成此书，欲使吾侪稍得所感。若可借此而使吾国少年产生读中国历史、文学之兴趣，并由此生发爱国之心，则幸莫大焉！吾亦稍尽“格物”与“感格”之责矣。

2016年8月25日

目录

历史篇

礼制浅考

礼制乃宗法制之根基。商朝之末，宗法制度尚未成形，继位以“父死子继”结合“兄终弟及”之法，以致“自中丁以来，废適更立诸弟子，弟子或争相代立”[①]，最终导致比九世乱，兄弟相诛伐，邦国不宁。故至周朝初立，周人开古之先河，以系统之宗法制度立世，定“立嫡以长不以贤，立子以贵不以长”之继承法。既有宗法制度，自有贵贱伦理也。有贵贱伦理则需有制度应时而生，夫所谓礼制是也。礼制体系巨大，如次分节论之。

一、礼之起源

礼之确切起源年月已不可考。《说文》曰：“礼，履也。所以事神致福也。”是以礼应随祭祀祈福等宗教仪式而起。后世周公作《周礼》，于是礼始成一规范性治国之术，与法治、人治等相埒。然礼制并非周公所独创，孔子曰：“周监于二代，郁郁乎文哉！吾从周。”[②]又曰：“殷因于夏礼，所损益可知也；周因于殷礼，所损益可知也。”[③]可见周之礼治乃由夏商之礼制演化而成。[④]礼之代代相传其悠久亦可见一斑。

① 见《史记·殷本纪》。
② 见《论语·八佾》。
③ 见《论语·为政》。
④ 礼治和礼制相异。盖礼制乃为一制度，一法治社会亦可有礼制。然谓礼治惟当礼制始成国家之惟一官方治理制度。礼治之下断无法治唯有法制也。礼治礼制二者一字之差，然其性质大相异，不可不察也。

二、礼之起因

礼之起因学派多有论述，今以战国儒法大师荀子之论为准。荀子曰：

“万物同宇而异体，无宜而有用为人，数也。人伦并处，同求而异道，同欲而异知，生也。皆有可也，知愚同；所可异也，知愚分。埶同而知异，行私而无祸，纵欲而不穷，则民心奋而不可说也。……天下害生纵欲。欲恶同物，欲多而物寡，寡则必争矣。……离居不相待则穷，群居而无分则争；穷者患也，争者祸也，救患除祸，则莫若明分使群矣。”（《富国》）

是以人生而皆有为己之私欲。物寡而欲多，于是人类争而不休。圣人恶之，遂以定分之法（明分）消人之争斗，而使天下安。然定分以何为絜矩？以何为纲纪？又曰：

“人生而有欲，欲而不得，则不能无求。求而无度量分界，则不能不争；争则乱，乱则穷。先王恶其乱也，故制礼义以分之，以养人之欲，给人之求。使欲必不穷于物，物必不屈于欲。两者相持而长，是礼之所起也。故礼者，养也”（《礼论》）

荀子此处论述更见详细。盖礼起之本乃为养人，而具措施乃定分。若无定分则不能无争。战国法家势派大师慎到曰：“一兔走，百人追之。积兔于市，过而不顾。非不欲兔，分定不可争也。”定分之利明矣。故礼最先之起是为定分也。然由此亦可见古人初有礼之概念纯为财物货物之划分，于行事规范及交际处理尚未形成礼仪定式。此或因古时政务简朴而民政尚为单纯。

三、礼之本质

按上文所述，礼似已臻于完善。然世人仍争斗不休。荀子曰：

"分均则不偏，埶齐则不壹，众齐则不使。有天有地，而上下有差；明王始立，而处国有制。夫两贵之不能相事，两贱之不能相使，是天数也。埶位齐，而欲恶同，物不能澹则必争；争则必乱，乱则穷矣。先王恶其乱也，故制礼义以分之，使有贫富贵贱之等，足以相兼临者，是养天下之本也。《书》曰：'维齐非齐。'此之谓也。"（《王制》）

此又可见人之本性，富贵贫穷不可同处也。贫富有争其原由不在定分，而在定分之法，乃五五之分抑或是三七之分。此争之起因无疑由富人与穷人平等而起，故"先王"制礼义使明尊贵等级以应不同待遇之"分"。荀子曰："君子得其养，又好其别"，[①]此之谓也。荀子又曰：

"夫贵为天子，富有天下，是人情之所同欲也；然则从人之欲，则埶不能容，物不能赡也。故先王案为之制礼义以分之，使有贵贱之等，长幼之差，知愚能不能之分，皆使人载其事，而各得其宜。"（《荣辱》）

管仲又曰：

"上下有义，贵贱有分，长幼有等，贫富有度，凡此八者，礼之经也。"（《五辅》）

董仲舒又云：

"礼者，……序尊卑、贵贱、大小之位，而差外内远近新故之级者也。"

礼之本质由是显明，礼起之目的乃为定分，然礼之本身乃区分高低不同之制度。礼注重"分"（所有权），承认等级之差（维齐非齐），且认定如此方能使人"载其事，而各得其宜"。《礼记·曲礼上》曰："道德仁义，非礼不成；教训正俗，非礼

① 见《荀子·礼论》。

不备；分争辨讼，非礼不决；君臣上下，父子兄弟，非礼不定；宦学事师，非礼不亲；班朝治军，莅官行法，非礼威严不行；祷祠祭祀，供给鬼神，非礼不诚不庄。”此论之礼皆充斥“亲亲之杀，尊贤之等”①，阶级色彩浓郁。

除阶级等级之本质，礼之另一本质乃伦理之分。上述已言及礼与宗法制度大有渊源，礼乃维护宗法制之法。宗法即有伦理，伦理之法即礼制也。究其实，等级贵贱为礼之外用，伦理则为礼之内用也。礼为伦理之法即“亲亲也，尊尊也，长长也，男女有别”。②又曰：“上治祖祢，尊尊也；下治子孙，亲亲也；旁治昆弟，合族以食，序以昭缪，别之以礼义，人道竭矣。”③

故吾侪所言之礼本质有二，一是为定尊卑，二即为分伦理。如此系统之礼制应顺周朝之宗法制而制度化。礼虽早已有之，然礼明确为二本质当从周朝始。④其后各类礼仪即由礼之本质所产生。

四、礼之阶级

礼之于不同阶级之规定决定西周民众行事交际之准则。《左传·昭公七年》曰：“天有十日，人有十等，下所以事上，上所以共神也。故王臣公，公臣大夫，大夫臣士，士臣皂，皂臣舆，舆臣隶，隶臣僚，僚臣仆，仆臣台。”若此言为实，则西周阶级制度綦为复杂。盖不同阶级之衣食住行大相异，仅以命服⑤为例视因阶级不同而着装之差异：

“制：三公，一命卷；若有加，则赐也。不过九命。次国之君，不过七命；小国之君，不过五命。大国之卿，不过三命；下卿再命，小国之卿与下大夫一命。”（《礼记·王制》）

类似之言《礼记》不可数算。盖西周阶级等分森严，不同阶

① 见《中庸·哀公问政》。
② 见《礼记·大转》。
③ 见《礼记·大转》。
④ 周朝首创宗法制。惟宗法制度化方有可能体现系统之等级、伦理，由此礼之分贵贱、伦理之本质方能显现，是以曰礼明确为二本质当从周朝始。
⑤ 命服即古时代表等级之礼服。

级所享用之待遇皆大有考究。梁启超曰："《荀子·礼论》篇中历陈天子应如何，诸侯应如何，大夫应如何，士应如何，庶人应如何，《戴记》[①]中《礼器》《郊特牲》《玉藻》等篇，皆同此论调，断断于贵贱之礼数。"[②]诚哉斯言！西周等级制度规范之严苛，今日仍使人叹为观止。在距今三千余年前，古人缜密运作礼仪之规范且大规模存在于当时，蔚为奇观。

外乎此等着衣穿行之虚礼，不同阶级亦有其相异之特权。其最为引人注目者即于刑法之特权。《周礼·秋官司寇第五·小司寇》曰："凡命夫命妇不躬坐狱讼，王之同族有罪不即市。"《礼记·文王世子》："公族无宫刑。"大推仁义礼治之贾谊于《治安策》又曰："廉耻节礼以治君子，故有赐死而亡戮辱。是以黥劓之罪不及大夫。"此即所谓之"刑不上大夫，礼不下庶人，法不施于尊者"。[③]此种刑有贵贱之制度，与后世法家之"刑无等级，自卿相、将军以至大夫、庶人，有不从王令、犯国禁、乱上制者，罪死不赦"[④]之壹刑思想大相悖。

孔颖达在解释"刑不上大夫"曰："大夫必用有德，若逆设其刑，则是君不知贤也。"[⑤]礼制之下，"惟仁者宜在高位"[⑥]，且"君子喻于义，小人喻于利"，是以加刑于君子（高位之人）则有失风范也。君子有德，是以感化即可，刑惟用于无知（庶民）而已。外乎仁义道德，"刑不上大夫"另一深层原因乃西周为强化宗法制社会之缘故，若贵族与庶民同法则贵族焉得威严？如是则宗法制难以实施也。[⑦]

孔颖达又云："礼不下庶人者，谓庶人贫，无物为礼，又分地是务，不服燕饮，故此礼不下与庶人行也。"[⑧]是以礼付诸实施则其条框过于繁琐，非大量财力难以维持。然庶民尽务农焉得

① 《戴记》即《礼记》。今之《礼记》即西汉礼学家戴圣选编之四十九篇《小戴礼记》。
② 见梁启超：《先秦政治思想史》第130页，东方出版社2012年6月第1版。
③ 见《礼记·曲礼上》。
④ 见《商君书·赏刑》。
⑤ 见《五经正义》。
⑥ 见《孟子·离娄上》。
⑦ 盖宗法制其核心即"亲亲尊尊"，即等级序列。若人无尊严则焉得等级之差，无等级之差则宗法制不复存在矣。
⑧ 见《五经正义》。

如此闲情逸趣？故“礼不下庶人”与其言乃等级制度强分彼此，毋宁曰为现实之被迫。《荀子·礼论》曰：“然而不法礼，不足礼，谓之无方之民。”是以西周社会礼治真正实行则产生贵族枉法而庶民脱礼之状态（无方之民），斯之长行焉能不“礼崩乐坏”？

后世法家所以于礼义仁政抨击有加，礼制之等级特权是为一大原由也。礼制不同等级之特权即为国家法治之蠹虫。有罪不罚而有功不赏则赏罚之功溃疡。赏罚无行焉能激励国家效能？而国焉能不亡？韩非子曰：“不忍则不诛有过，好予则不待有功而赏。有过不罪，无功受赏，虽亡，不亦可乎？”[①]此之谓也。

五、礼治之刑法

凡世之治国之术其大体相像，惟不同者乃于法之放置地位。盖法制治国则刑法至上，有罪必罚，绝不枉法，且视法为维护社会运行之保证。然礼制治国则主张“明德慎罚”，“礼主刑辅”，其将礼视为圭臬，礼高于刑法。礼治下之刑法讲求教化感格，并作为巩固礼治宗法制度之器皿，故主以探究道义、维护伦理为基准。故礼治之刑法其特色有二：其一乃注重感化。其二乃将伦理一并带入刑法之范畴。如次分述之：

其一，刑法之感格主义

孔子曰：“道之以政，齐之以刑，民免而无耻；道之以德，齐之以礼，有耻且格。”[②]

此盖为礼治刑法感格主义之核心蕴意。礼治刑法感格主义之立足点乃人性善，其深信礼可以感化人心，人皆从善如流而天下郅治。是以礼治刑法其于犯人之诛罚主以考察其动机为行刑根

① 见《韩非子·内储说上七术》。
② 见《论语·为政》。

本。后世谓之诛心。

《尚书·康诰》曰："王曰：'呜呼！封，敬明乃罚。人有小罪，非眚，乃惟终，自作不典，式尔；有厥罪小，乃不可不杀。乃有大罪，非终，乃惟眚灾，适尔；既道极厥辜，时乃不可杀。'"

此即为一典型考察人动机之诛罚方式，而并非依法处罚。此法昌盛则势必倾向人治、德治。梁启超曰："释此诸文，可知当时所谓'义刑义杀'者，意不在偿惩而在感格。"[①]此语何其精辟！

后又曰：

"凡民之有衺恶者，三让而罚。"（《周礼·地官司徒·师氏/媒氏》）

又曰：

"以情定罪。"（《尚书·吕刑》）

又曰：

"凡听五刑之讼……意论轻重之序、慎测浅深之量以别之。"（《礼记·王制》）

盖此几则引文皆说明刑法之感格教化主义。所谓"以情定罪"即察其是否为过失犯罪抑或故意犯罪。过失犯罪罪虽大仍不可杀，故意犯罪罪虽小然不可不杀。礼治刑法乃诛人以动机，法治刑法则诛人以结果。"礼者禁于将然之前，而法者禁于已然之后"[②]，此之谓也。诛心亦为礼治不可昌行之另一缺陷也。此即人治，最终将演化为以君主之好恶断诉。若贤王立则尚安，若不肖者立则易成桀纣之滥杀无辜之伦。"人存政举，人亡政息"，此乃礼治诛心兴罚之大弊也。

① 见梁启超：《先秦政治思想史》第68页，东方出版社2012年6月第1版。

② 见《汉书·贾谊传》。

其二，渗入伦理因素之刑法

《尚书·康诰》曰：

"王曰：'封，元恶大憝，矧惟不孝不友。子弗祗服厥父事，大伤厥考心；于父不能字厥子，乃疾厥子。于弟弗念天显，乃弗克恭厥兄；兄亦不念鞠子哀，大不友于弟。惟吊兹，不于我政人得罪，天惟与我民彝大泯乱，曰：乃其速由文王作罚，刑兹无赦。'"

梁启超由是评曰："刑罚以助成伦理的义务之实践为目的。"[①] 盖宗法社会由伦理构成，伦理之遵守与否决定制度之存亡。礼治主以仁义道德为治。仁义道德之传播即以"君君，臣臣，父父，子子"之伦理为基点，在位之人各安其职责。曰：

"为人君，止于仁；为人臣，止于敬；为人子，止于孝；为人父，止于慈；与国人交，止于信。"（《大学》）

人可以安本，而后方可扩大其仁爱于他人。是谓"老吾老以及人之老，幼吾幼以及人之幼"，乃至大同。即以本身为圆心，亲人为近圈，而后环形扩散及他人。常人则仁义程度随环距之加减而淡浓。此圈即伦理，若人皆施仁圈内外为一致则臻至大同。故礼治之下积极之伦理道德成社会大同之本，于此等伦理之氛围下刑法浸淫伦理因子亦有可缘。

六、结语

西周之礼治文明于中国文明所起之作效深远悠长，多为后世儒家所极力鼓吹。盖礼治虽表面与法治相似，皆有条令法文以使人循规蹈矩，然根本不同处乃礼治立足于人性善，而法治立足于人性恶也。礼治因善而主仁义、伦理道德，法治因恶而主刑法、赏利诱劝。礼治法治两相恶也。礼治视法治为苛政，法治视礼治

① 见梁启超：《先秦政治思想史》第 69 页，东方出版社 2012 年 6 月第 1 版。

为蠹虫，两者冰炭不可同器。礼治之最大弊端者有三：其一乃贵族特权，其二乃刑法感格主义附带诛心之定刑方式，[①]其三乃执行成本过高，难以完全遵循。

《礼记·曲礼上》曰："凡与客入者，每门让于客。客至于寝门，则主人请入为席，然后出迎客。客固辞，主人肃客而入。主人入门而右，客入门而左。主人就东阶，客就西阶，客若降等，则就主人之阶。主人固辞，然后客复就西阶。主人与客让登，主人先登，客从之，拾级聚足，连步以上。上于东阶则先右足，上于西阶则先左足。"礼于客人来家做客都已规定至如此细致之地步则人民焉能完全按部就班、蠢迪检押？是以礼治付诸实现则纰漏百出。此等礼仪即或贵族尚难以维持，庶民百姓又焉能遵守？于是有"无方之民"也。此之后果则使占大部人口之庶民游离于最高制度之外。当一制度为大多数人所无以遵守时，其亦难以维持也。非礼治善与不善之故，当民无以遵守时，则民焉需维护之？此乃定式也。

礼治三弊昌行日久，渐渐积小疾为大病。当诸侯力争变法时，礼治于庶民几乎毫无阻力即被废黜，不得不言礼治早已大失民心矣。礼治之殇与其言为诸侯政革以致"礼崩乐坏"，毋宁曰为天下庶民所自觉抛弃。

巍巍礼治文明由此坍塌，其中民力之贡献不得不察也。盖民力常常为最弱者，然其凝聚之力量从不可小觑。

2015年8月24日

① 此二弊端上文已论述，此处不再饶舌。

商君再考

商君以变法闻名于世。其辅孝公强秦，以法治国，令行禁止，赏罚分明，为秦崛起于西陲贡献綦大，更为秦一六国夯实基础，赫赫之功，不可泯灭。然世偏有颠倒黑白、扭曲事实之儒，大恶商君之名，乃至诋毁商君之品性，虽不杀人，为害尤烈。苏轼《商鞅论》直言否定商君之不朽变法功业曰："秦之所以富强者，孝公务本力穑之效，非鞅流血刻骨之功。"裴骃《史记集解》引《新序》曰："今卫鞅内刻刀锯之刑，……一日临渭而论囚七百余人，渭水尽赤，号哭之声动于天地，畜怨积仇比于丘山。"太史公又曰："商君，其天资刻薄人也。"[①]终商君死，太史公仍言："卒受恶名于秦，有以也夫。"[②]此皆强力刻画商君暴戾恶吏之形象，乃至后世流言不止。赫赫之伟大政治家，其夙夜在公，其极心无二虑，尽公不顾私，其昭昭不二之耿耿忠心何以瞽目不见？是以陡生为商君正名之念，以示世人以真相。虽笔力不济，亦勉力为之矣。

一、身世

商君出生年月已不可考。其身世按《史记·商君列传》所载曰："商君者，卫之诸庶孽公子也。"《资治通鉴》曰："卫之庶孙也。"然又曰："其祖本姬姓也。"姬姓乃周朝开国之主武

① 见《史记·商君列传》。
② 见《史记·商君列传》。

王之姓，乃王姓也。可知商君家世并非寒门，于前尚为贵族。梁启超曰："小宗五世则迁，迁后便与平民等，故平民中含有公族血统者日益加多。"①以此推理商君即为此众多公族血统平民中之一员。

商君师从亦不可考。《汉书·艺文志》（班固自注）曰："尸子名佼，鲁人，秦相商君师之。鞅死，佼逃入蜀。"裴骃《史记集解》曰："刘向《别录》曰：'楚有尸子，疑谓其在蜀。今按《尸子》书，晋人也，名佼，秦相卫鞅客也。卫鞅商君谋事画计，立法理民，未尝不与佼规之也。商君被刑，佼恐并诛，乃亡逃入蜀。'"观《尸子》，思想猬集，其与儒家、道家、法家皆有通融处。尸子曰："为刑者，刑以辅教服不听也。"可见尸子认同刑乃为德教之辅，而此与法家之"禁奸止过，莫若重刑"之重刑理念势成两端。尸子又曰："天地四方曰宇，往古来今曰宙"，亦见尸子对空间之学颇有研究。其《卷下》又有言春夏秋冬等四季变更，此通老子道学。概而论之，尸子之所操杂学也，并无专长，是故以其人之学而授成一本色法家之大成者，实属荒谬。且其于商君被诛后之惶恐状，与大师之修为又相去甚远。是以尸子为商君之师一事当属不实。而裴骃引刘向之言曰尸子为商君之门客更为可信。

《史记·商君列传》曰："鞅少好刑名之学。"刑名之学即法学（法家主张"循名责实"，以刑法治国，故云）②。然亦未对其师从作详细说明。

商君初时为魏相公叔痤之中庶子。中庶子乃战国时诸侯、太子、丞相之近侍之臣。商君长侍立于魏相之侧，于是能听闻国家政治，于其之后治国行法大有裨益。

① 见梁启超:《先秦政治思想史》第 62 页，东方出版社 2012 年 6 月第 1 版。

② 见韩兆琦注译:《史记》第 4645 页，中华书局 2010 年 6 月第 1 版。

盖因商君于政事常有惊人预判，是以公叔痤知其贤。至将死之际举商君与魏惠王曰：“痤之中庶子公孙鞅，年虽少，有奇才，愿王举国而听之。”[①]然魏王弗听。之后，商君与魏交战俘公子卬，而尽破魏军。魏惠王因此喟叹曰：“寡人恨不用公叔痤之言也。”[②]由此可见，人才乃国家强盛之根本。惠王不用贤而衰败，孝公用商君之法而富强，诚哉斯言！

公叔痤既死，商君见孝公作《求贤令》于是入秦。

二、变法

（一）说君变法

说君盖有两类也。其一乃策士说君。其二乃变法之士说君。

策士说君常为高官厚禄，是以鬼谷子曰：

“故计国事者，则当审权量；说人主者，则当审揣情。谋虑情欲必出于此。乃可贵，乃可贱；乃可重，乃可轻；乃可利，乃可害；乃可成，乃可败。其数一也。故虽有先王之道、圣智之谋，非揣情，隐匿无可索之。此谋之大本也，而说之法也。”（《鬼谷子·揣篇》）

韩非子又曰：

“人主亦有逆鳞，说者能无婴人主之逆鳞，则几矣。”（《韩非子·说难》）

策士说君之道，以君心为圭臬而附和之，其目的是为“乃可贵，乃可贱；乃可重，乃可轻；乃可利，乃可害；乃可成，乃可败”。惟图一时之名利，是以阿谀奉承君主者居多。

变法之士说君则与策士说君大相径庭。人为变法大臣，其所面临之责任甚大，而其能否推行乃取决于君主之首肯。变法之士

① 见《史记·商君列传》。
② 见《史记·商君列传》。

与当道重臣必不可同存，而当道重臣势重，是以变法之士全靠君主之提携庇护，稍生嫌隙则变法之士危也。故韩非子曰：

“智术之士明察，听用，且烛重人之阴情；能法之直到劲直，听用，矫重人之奸行。故智术能法之士用，则贵重之臣必在绳之外矣。是智法之士与当涂之人，不可两存之仇也。”（《韩非子·孤愤》）

又曰：

“凡当涂者之于人主也，希不信爱也，又且习故。若夫即主心，同乎好恶，因其所自进也。官爵贵重，朋党又众，而一国为之讼。则法术之士欲干上者，非有所信爱之亲，习故之泽也，又将以法术之言矫人主阿辟之心，是与人主相反也。处势卑贱，无党孤特。夫以疏远与近爱信争，其数不胜也；以新旅与习故争，其数不胜也；以反主意与同好恶争，其数不胜也；以轻贱与贵重争，其数不胜也；以一口与一国争，其数不胜也。法术之士操五不胜之势，……故资必不胜而势不两存，法术之士焉得不危？其可以罪过诬者，以公法而诛之；其不可被以罪过者，以私剑而穷之。是明法术而逆主上者，不戮于吏诛，必死于私剑矣。”（《韩非子·孤愤》）

韩非子所云，信哉斯言。是以凡法术之士欲变法则必寻明君作依靠，是以说君极为重要，因法术之士可依此判定君主是否贤明，且能否大力推进变法。

商君所为者乃变法，而非为一朝一夕之名利，是以商君欲寻一真心变法之君，二人引为知己，呕心沥血、披肝沥胆，为国家之强大在所不辞。

既欲寻一知己君主，则两人之见需吻合。盖商君乃旷古之大政治家，其对法律之揣摩深度已非李悝、吴起所能及。而吴起之惨死已昭示变法之巨大争端压力，其阻力极大，若无强君铁心维持，变法势必洪溃，此点商君定非不知也。而商君欲行彻底之变法，其阻更大。是以君王恒心变法，而不为其他学说所迷惑綦为重。于是商君说秦孝公，四说之。第一次则谓之以“帝道”，第二次说之以“王道”，第三次说之以“霸道”而秦公善之，于是第四次说之以“强国之术”而终成大业①。

或有智者谓商君以愚钝，四说方中，其实不然。商君乃法家之大成者，其人更是法家法派之学家，于帝道、王道贬斥有加，焉能以此学说为立身基点说君？揣商君之目的乃为试探秦公心志，探其是否为坚定护法者。事后孝公商君携手二十一年（另有言十八年）刷新秦国，终孝公之世未负商君，且孝公弥留之际竟“欲传商君”②。可见二人君臣友谊之深。如此君臣合璧，后世不复多见矣。

（二）第一次变法

商君变法先后有二也。一是在孝公三年，即前359年，二是在孝公十二年，即前350年。

1. 商君第一次变法之背景

商君与保守派于变法有一论战，意义深远，至今仍熠熠发光，于此略作简述。

孝公平画，欲变法，然恐天下之民议其。商君谓孝公一至理名言曰：“有独知之虑者，必见敖于民。”是以：“民不可与虑始，而可与乐成。”故：“圣人苟可以强国，不法其故；苟可以利民，不循其礼。”其后守旧派之甘龙曰：“圣人不易民而教，

① 见《史记·商君列传》。
② 见《战国策·秦策一·卫鞅亡魏入秦》。

知者不变法而治。”商君反驳曰：“三代不同礼而王，五霸不同法而霸，……治世不一道，便国不法古。”[①]之后孝公不疑，卒定变法之令。此辩充分彰显商君之创新求变精神。于当时之世，此种“变常法以便今”之精神深彻融入秦之政治高层，至后世大修水利，改制兵器及始皇帝初立叠出不穷之创造建设皆应与商君之创新风气有关也。

《韩非子·心度》曰：“法与时转则治，法与世宜则有功。故民朴而禁之以名则治，世知维之以刑则从。时移而治不易者乱，能治众而禁不变者削。故圣人之治民也，法与时移而禁与能变。”商鞅变法即以最为切实之法更易秦之旧制。

何为最为切实之法?

曰：秦孝公初立而国有三患也。地理之患为其一：秦与楚、魏接界，而西有戎狄。政治之孤立为其二：《史记·秦本纪》：“秦僻在雍州，不与中国诸侯之会盟，夷翟遇之。”又曰：“诸侯卑秦，丑莫大焉。”战争之威胁为其三：“诸侯力政，争相并。”[②]是以当此之际，剀切之法当以激发国家效能，激励民众为要。务必尽速提升国家能力，以备不待之患。基于此几点之本要，商君之第一次变法逐次展开。

2. 商君第一次变法之大要法令

《史记·秦本纪》曰：“三年，卫鞅说孝公变法修刑，内务耕稼，外劝战死之赏罚。”

《史记·商君列传》曰：“令民为什伍，而相牧司连坐。……民有二男以上不分异者，倍其赋。有军功者，各以率受上爵；为私斗者，各以轻重被刑大小。僇力本业，耕织致粟帛多者复其身。事末利及怠而贫者，举以为收孥。宗室非有军功论，

① 见《商君书·更法》及《史记·商君列传》。

② 参见孙皓晖：《中国原生文明启示录》第 408 页，上海人民出版社 2012 年 2 月第 1 版。

不得为属籍。”

概而论之，二文所言之变法事宜有六。其一乃奖励农战（内务耕稼，外劝战死之赏罚）；其二乃立连坐之法（令民为什伍）；其三乃使民分户（民有二男以上不分异者，倍其赋）；其四乃禁私斗（为私斗者，各以轻重被刑大小）；其五乃废除世袭制，鼓励宗室之贵族立功（宗室非有军功论，不得为属籍）；其六据杨宽先生考证，尚有焚烧儒家经典之法。[①]现以各法于此排列之序分而论之。

（1）奖励农战

战国之时正当诸侯纷争、强力相并、“凡有血气，皆有争心”之年代，是以国力消长乃为邦国兴亡之根本。何为邦国国力？曰：其一乃国内仓廪殷实（类似现今国家之经济也）。其二乃军力强盛，有守必固攻必克之虎贲之师。故商君变法，第一乃从此二最基础点出发，于农战之重要性极为强调。商君曰：

“王道非外，身作壹而已矣。”（《商君书·农战》）

又曰：

“国之所以兴者，农战也。”（《商君书·农战》）

又曰：

“国作壹一岁，十岁强；作壹十岁，百岁强；作壹百岁，千岁强；千岁强者，王。”（《商君书·去强》）

又反证曰：

“国不农，则与诸侯争权不能自持也，则众力不足也。”“避农，则民轻其居，轻其居则必不为上守战也。”（《商君书·农战》）

韩非子是以一语概括曰：

① 见韩兆琦译注：《史记》第4661页，中华书局2010年6月第1版。

“能越力于地者富，能起力于敌者强，强不塞者王。”（《韩非子·心度》）

释此诸文，农战之利可见一斑。然垦田打仗乃最苦最危之事，而人之天性又好逸恶劳，民不能自而行之，是以赏罚之为推动力必行矣。故商君曰：

“使民之所苦者无耕，危者无战。二者，孝子难以为其亲，忠臣难以为其君。今欲驱其众民，与之孝子忠臣之所难，臣以为非劫以刑而驱以赏莫可。”（《商君书·慎法》）

又曰：

“夫农，民之所苦；而战，民之所危也。犯其所苦、行其所危者，计也。故民生则计利，死则虑名。名利之所出，不可不审也。利出于地，则民尽力；名出于战，则民致死。”（《商君书·算地》）

而其所谓利也名也无非官爵也，是以商君又曰：

“善为国者，其教民也，皆作壹而得官爵。是故不作壹，不官无爵。”（《商君书·农战》）

然虽尽以赏罚之教于刁民仍有不治，是以商君首创“去强”之理念，谓民强则国弱，民弱则国强。今吾侪之多有言此乃悖论，曰：民弱而焉得国强，盖国乃由芸芸众民所构成也。此实乃误见也，此盖因惟孜孜于文字之表面，而未深揣其本论也。商君之所谓民强之强非强壮之强乃倔强之强，是以强民乃刁民也，非体魄强壮之民也。故民皆刁民则国弱是为至理。

既欲使民之为守法公民，则用“愚民”政策。案《说文》：愚者，戆也。故民戆则易使也。抟力于农战，国富民安。故商君曰：

“属于农，则朴；朴，则畏令。”（《商君书·算地》）

又曰：

“使民无得擅徙，则诛愚……愚心躁欲之民壹意，则农民必静。”（《商君书·垦令》）

又曰：

“归心于农，则民朴而可正也，纯纯则易使也，信可以守战也。”（《商君书·农战》）

于此不得不叹服商君之深思熟虑，盖其上叙之《垦令》《农战》二文乃一良性循环也。民静于是务农，务农则民朴而可正也。民朴而可正则愈作壹，此循环周而复始，不得不为商君之大器怀所折服。

然制无完制，商君之愚民政策虽使民风纯纯、质朴而易使、奋力农耕、死不旋踵，然此种愚民政策于秦国之人才学士之生息无疑起一扼杀作用。盖至始皇帝崩，秦之能臣十有八九出自山东士子，其原由莫不因愚民乎？然因此一事而谓商君之法以残暴则有失公允。商君之愚民乃为国家奠定坚实基础，人人守法，人人皆标准之公民，故其效甚大。若无如此强大之民力作基础则东方士子入秦其政策实施亦不能如此之迅捷。

上述之愚民方略乃内在之愚民方略，若民受外在之学说影响则民好言——强民，则愚民政策尽付东流。是以止外界浮夸之舆论亦不可须臾旁贷。是以商君曰：

“明君修政作壹，去无用，止浮学事淫民，壹之农，然后国家可富，而民力可抟也。”（《商君书·农战》）

又案：

“夫民之不可用也，见言谈游士事君之可以尊身也、商贾之可以富家也、技艺之足以餬口也。民见此三者之便且利也，则必避

农。”（《商君书·农战》）

反论可知，游士、商贾、技艺之徒不事农战而其身仍贵，盖此乃不良之风气，横行由是“淫民”。又曰：

“民见其（游说）可以取王公大人也，而皆学之……众，则农者殆；农者殆，则土地荒。”（《商君书·农战》）

故商君贬斥彼等，作结论曰：

“惟明君知好言之不可以强兵辟土也，惟圣人之治国作壹，抟之于农而已矣。”（《商君书·农战》）

于是则民奋农战，尽作壹，而邦国富强。后世蔡泽评曰：“一室无二事，力田稸积，习战陈之事，是以兵动而地广，兵休而国富。”[①]

（2）立连坐之法

连坐者，“令民为什伍，而相牧司也。”连坐乃商君变法时所创立一互相检查法，然由于一家犯罪而其余同什之户尽被同诛而多为世人所诟病。究其实，连坐法多为后世所用。汉、唐、宋皆有连坐之法。

连坐法以户口之制定为基础点，因其无户口之录则无可行什伍之分，是以户口之制定殊为重要。故商君曰：

“举民众口数，生者著，死者削。”（《商君书·去强》）

又曰：

“四境之内，丈夫女子皆有名于上，生者著，死者削。”（《商君书·境内》）

盖连坐之法具有强制性。商君定其规曰：“不告奸者腰斩，告奸者与斩敌首同赏，匿奸者与降敌者同罚。”[②]是以以连坐之威附带利劝，则连坐之法畅通无阻矣。

① 见《史记·范雎蔡泽列传》。
② 见《史记·商君列传》

商君于连坐法之功能概述曰：

“重刑而连其罪，则褊急之民不斗，很刚之民不讼，怠惰之民不游，费资之民不作，巧谀、恶心之民无变也。”（《商君书·垦令》）

可见连坐之威慑力极大，而连坐之根本点在于其“夫利异而害不同者，先王所以为保也”。[①]因人之利益不同，是以人可以互告发，若人之利益相同则人不能相揭罪。是故若父则不告子，而子不告父。其原由盖因二人有同利，父不愿失子，而子不愿失父也。是以连坐之运行根本基于人之异利。“故至治，夫妻、交友不能相为弃恶盖非，而不害于亲，民人不能相为隐。”[②]韩非子于商君连坐之效能概述曰：

“禁尚有连于己者，理不得相窥，唯恐不得免。有奸心者不令得忘，窥者多也。如此，则慎己而窥彼，发奸之密。告过者免罪受赏，失奸者必诛连刑。如此，则奸类发矣。奸不容细，私告任坐使然也。”（《韩非子·制分》）

此后之学者谓商君变法“期年之后，道不拾遗，民不妄取”[③]。此郅治景象与连坐法不可脱干系也。战国末世之集法家大成者韩非子赞商君之连坐法曰：

“公孙鞅之治秦也，设告相坐而责其实，连什伍而同其罪，赏厚而信，刑重而必。是以其民用力劳而不休，逐敌危而不却，故其国富而兵强。”（《韩非子·定法》）

诚哉斯言！盖连坐之法乃我国最早之强力保安法，其具有时代文明之拓进意义。无论其残忍与否，其使社会安定由礼治之伦理道德教化转化为强力刑治，法治文明之意义不容置疑。

（3）使民分户

使民分户，顾名思义即指使民分户而居也。《治安策》所谓

① 见《商君书·禁使》。
② 见《商君书·禁使》。
③ 见《战国策·秦策一》。

之“故秦人家富子壮则出分，家贫子壮则出赘”即是分户。分户之事无关大小，然其分户后商君以口赋征赋，是以分户之重要性凸显。《商君列传》曰：“民有二男以上不分异者，倍其赋。”

商君又曰：

“举民众口数，生者著，死者削。民不逃粟，野无荒草，则国富，国富者强。”（《商君书·去强》）

今之主流学说认为户赋（口赋）之实施当以《秦本纪》所载“十四年，初为赋”为准，即户赋之实施起于第二次变法。以笔者观之则不然。盖连坐实施于第一次变法无疑也。而连坐乃建立于户口制度之上，是以连坐之时商鞅已使民分户，且上述引文已可为证。而既分户，则应即刻实施户赋，何以延滞于第二次变法之时？且秦初变法，国库空匮，户赋有利于提高国家收入。是以户赋理当实行于第一次变法。[1]

分户之举无非为提高赋之征收，盖户赋乃一家一赋。

赋既为户赋，而《商君书·垦令》又云：“訾粟而税”，二者似相矛盾。既以户为单位计赋又何须“訾粟而税”？其实两者并不矛盾，此病症在概念之混淆也。

税与赋实有别也。上述矛盾所在，乃因概念之混淆，视赋税为一体，其实两相异。《汉书·刑法志》曰：“有税有赋，税以足食，赋以足兵。”故税者，其用以“足食”，乃存于国库之粮。然赋者，乃满足军用之军需品也。《周礼》曰：“九夫为井，四井为邑，四邑为丘，”丘十六井，出戎马一匹，牛三头。四丘为甸，甸六十四井，出长毂一乘，戎马四匹，牛十二头，甲士三人，步卒七十二人。其中所言之马、牛云云者即赋。商君对赋之规定乃是“以其食口之教，赋而重使之”，其具有强制性。

① 笔者揣测废井田开阡陌亦当在第一次变法。因若仍循井田旧制，则众亲齐居住如“十口之家，……百口之家”（《管子·海王》）难以分户，且计算户赋亦难为。然史料尚乏，不敢妄测古事误人。是以废井田开阡陌仍计在第二次变法，俟后有详论。

其所达到之目的乃“辟淫游惰之民无所于食。民无所于食则必农，农则草必垦矣。”[①]《商君书·垦令》尚有言曰：“以商之口数使商，令之厮、舆、徒、重者必当名，则农逸而商劳。”可见赋尚有重农抑商之功效。然于税，商君所行乃是“訾粟而税”，其不具有强制之数量要求。盖多种则多税之，少种则少税之。即以定率税民。是以商君曰：“上壹而民平。”

秦之《田律》曰：“入顷刍，以其受田之数，无豤（垦）不豤，顷入刍三石、二石。”其所为之“以其受田之数”即为“訾粟而税”，而其“无豤不豤，顷入刍三石、二石”盖为户赋也。

（4）禁私斗

自秦襄公起因辅佐平王迁都，而平王封岐山、丰水之地于秦，秦始与西戎之争斗不休。至穆公即位，任由余伐谋戎王，终霸西戎。至此，西戎乃臣服于秦。其中两相通婚，文化交融，是以秦多有狄戎之风也。《秦本纪》之所谓：“夷翟遇之。”《战国策》又曰：“秦与戎、翟同俗”，盖出此理也。

秦人戎狄皆尚武，刁斗成习。每每有争斗，举族械斗，死伤无数。如此私斗成风，于杀敌之际焉能同仇敌忾？恐乃仇人相见分外眼红也。是以商君禁私斗，且大兴农战，“武爵武任……粟爵粟任”，[②]培育人民之正气。于是“民勇于公战，怯于私斗”[③]，举国正气浩浩。韩非子事后曰：

“出其父母怀衽之中，生未尝见寇耳。闻战，顿足徒裼，犯白刃，蹈炉炭，断死于前者皆是也。夫断死与断生者不同，而民为之者，是贵奋死也。”（《韩非子·初见秦》）

此盖与兴公战而禁私斗有关联也。思浩浩秦军之杀气，人皆“贵奋死”，攻城掠地焉能非摧枯拉朽？禁私斗法乃中国史上少

① 见《商君书·垦令》。
② 见《商君书·去强》。
③ 见《史记·商君列传》。

有之公德法，使民心所以凝，文明价值无可估量。

（5）废除世袭制

商君第一次变法，其中阻力至大者当属废除世袭制。盖据旧法，父死子承，爵位传之无穷。动辄取缔则谓取消其所有特殊待遇沦为平民。曰：

“明尊卑爵秩等级，各以差次名田宅，臣妾衣服以家次。”（《史记·商君列传》）

若欲显赫则唯有建功立业一途。曰：

“有功者显荣，无功者虽富无所芬华。”（《史记·商君列传》）

又曰：

“贵齐殊使，百都之尊爵厚禄以自伐。”（《商君书·靳令》）

又曰：

“利禄官爵抟出于兵，无有异施也。”（《商君书·赏刑》）

如此一般将平民贵族同视一仁，破除千年之尊贵等级而举民一法，其文明价值自不待言，笔者窃以其为古典法治之至高点。其后太子犯法，商君能“刑其傅公子虔，黥其师公孙贾”可见法律一平，所谓壹刑矣。①其于阶级横立、君主政权之际尚如此循名责实，不可不颂商君之执法至公，此类风气后世几近厥竭矣。

（6）焚烧儒家经典

商君在秦变法，其究竟有否焚烧儒家经典已不可考。案《商君书》全文，虽常常斥责儒家学说，然并未言及烧书一事，且《秦本纪》《商君列传》亦无载。其唯一佐证乃韩非子所言：

“商君教秦孝公以连什伍，设告坐之过，燔诗书而明法令。”（《韩非子·和氏》）

① 《商君书·赏罚》曰：“所谓壹刑者，刑无等级，自卿相、将军以至大夫、庶人，有不从王令、犯国禁、乱上制者，罪死不赦。”

又据杨宽先生《战国史》所考，商君第一次变法当有焚烧儒家经典之事。[1]据《商君书》之措辞，则商君燔《诗》《书》亦未尝不可，笔者从之。

既燔《诗》《书》则其典籍自有不合处，是以欲知燔《诗》《书》之合理处，于《诗》《书》本身之内容大要不得不察。

盖《诗》《书》者乃儒家之经典，是以其言论以道德、礼仪居多。且其中多有称颂禹、汤、文、武、成王、周公等言辞，而上述贤者不行法而行王道礼治，是以秦国行法务必限制此等言论之昌行，否则混淆视听。礼治追求定分，追求尊卑等级，“礼不下庶人，刑不上大夫”与法家“有功者显荣，无功者虽富而不得芬华”大相悖。是以弃《诗》《书》已成必然。

《尚书·康诰》云：“我时其惟殷先哲王德，用康乂民作求。”又曰：“丕则敏德，用康乃心，顾乃德，远乃猷，裕乃以；民宁，不汝瑕殄。”

《尚书·洪范》曰：“乂用三德。”

《左传·昭公七年》曰：“天子经略，诸侯正封，古之制也。封略之内，何非君土？食土之毛，谁非君臣？”故《诗》曰：“普天之下，莫非王土。率土之滨，莫非王臣。”（此诗句之涵义，盖说明此分封制也）

《诗经·小雅·角弓》云：“骍骍角弓，翩其反矣！兄弟昏姻，无胥远矣！尔（指幽王）之远矣，民胥然矣！尔之教矣，民胥效矣！”（此谓必须团结宗族，方能巩固统治）

盖上述诸说皆与法治之思想违悖。宗法之制盖与商君之“赏必加于有功，刑必加于有罪”大相径庭。商君曰：

“是故人君之出爵禄也，道明。道明，则国日强；道幽，则

① 见韩兆琦注译：《史记》第4661页，中华书局2010年6月第1版。

国日削。……是以明君之使其臣也，用必出于其劳，赏必加于其功。功赏明，则民竞于功。为国而能使其民尽力以竞于功，则兵必强矣。”（《商君书·错法》）

而《诗》《书》之所言分封则已为秦行之县制、中央集权式政权及土地私有化所否定，是以《诗》《书》之言已与时代不符。

而其所谓德治者与法家之思想则从根源上大冲突。战国时著名哲学家彭蒙曰：

“圣人者，自己出也；圣法者，自理出也。理出于己，己非理也；己能出理，理非己也。故圣人之治，独治者也。圣法之治，则无不治矣。此万世之利，惟圣人能该之。”（《尹文子·大道下》）

“其能如此严密论理剖析人治法治两观念根本不同之处，可谓犀利无伦。”[①]故圣人治一世，而法治百世。人治则命运系于一人。是以孟子曰：“人存政举，人亡政息。”而尹文子曰：“若使遭贤则治，遭愚则乱，是治乱属于贤愚，不系于礼乐。是圣人之术与圣主而俱没，治世之法逮易世而莫用，则乱多而治寡。”[②]诚哉斯言！于此将邦国之兴衰挂托于一圣人则绝非长治久安之计。是以法家甚为强调以法治世，可以达郅天下，长生久视。曰：

“夫治法之至明者，任数不任人。是以有术之国，不用誉则毋适，境内必治，任数也。”（《韩非子·制分》）

又曰：

“凡明君之治也，任其力不任其德。”（《商君书·错法》）

又曰：

“夫圣人之存体性，不可以易人。然而功可得者，法之谓也。”（《商君书·错法》）

① 见梁启超:《先秦政治思想史》第191页，东方出版社2012年6月第1版。

② 见《尹文子·大道上》

盖圣人不可以易其灵魂于人，是以德治、人治不可以持久。德治、人治以圣人为基础，圣人殁则天下不治。然法治可以存其道者，乃因法乃纲纪，不可动摇，是以举民一法，民已自治，因功而受赏，因罪而受罚。君王不需起圣人之标榜作用，法律即行事之本纪。是以君王虽庸，然不擅自坏法，则国亦自治也。盖秦之后世孝文王、庄襄王庸，其稳定过渡虽有文信侯之辅佐，法律系统自治之功效不可忽视也。是谓法治能使“顽嚚聋瞽与察慧聪智者同其治”。

守法之于国家长生久视不可或缺，是以法家视守法之为极重要之事程。言曰：

“故明主慎法制。言不中法者，不听也；行不中法者，不高也；事不中法者，不为也。言中法，则辩之；行中法，则高之；事中法，则为之。故国治而地广，兵强而主尊，此治之至也。”（《商君书·君臣》）

《诗》《书》之论与法家之精神已全然背道。其复古之思想于法家之新政推行自有溃疡之作效。其好古讽今、怀古哀今之旧气息与法家新锐格格不入。是以法家之视《诗》《书》等儒学为蠹虫而大为贬斥曰：

“国力抟者强，国好言谈者削。故曰：农战之民千人，而有《诗》《书》辩慧者一人焉，千人者皆怠于农战矣。”（《商君书·农战》）

又曰：

“豪杰务学《诗》《书》，随从外权；要靡事商贾，为技艺，皆以避农战。民以此为教，则粟焉得无少，而兵焉得无弱也！”（《商君书·农战》）

又曰：

"是故乱国之俗：其学者，则称先王之道以籍仁义，盛容服而饰辩说，以疑当世之法，而贰人主之心。"（《韩非子·五蠹》）

又曰：

"《诗》《书》、礼、乐、善、修、仁、廉、辩、慧，国有十者，上无使守战。"（《商君书·农战》）

"辩慧，乱之赞也；礼乐，淫佚之徵也；慈仁，过之母也；任誉，奸之鼠也。"（《商君书·说民》）

韩非子作结论曰：

"然则无功而受事，无爵而显荣，为有政如此，则国必乱，主必危矣。故不相容之事，不两立也。斩敌者受赏，而高慈惠之行；拔城者受爵禄，而信廉爱之说；坚甲厉兵以备难，而美荐绅之饰；富国以农，距敌恃卒，而贵文学之士；废敬上畏法之民，而养游侠私剑之属。举行如此，治强不可得也。国平养儒侠，难至用介士，所利非所用，所用非所利。是故服事者简其业，而于游学者日众，是世之所以乱也。"（《韩非子·五蠹》）

韩非子于上之引文所做之警告可谓犀利精辟，尤能反映法儒之不合。盖儒家之主张行仁义，好说辞（怀古念旧），由此博得高官厚禄，于是民心不平也。正所谓"国平养儒侠，难至用介士，所利非所用，所用非所利。"既悖论猬集，则《诗》《书》之废止已成必然，燔之在所难免。究其实，焚儒之书应非仅限于秦，六国亦当有燔书之举。《孟子·万章下》："诸侯恶其害己也，而皆去其籍（籍：有可能即诗书）。"①盖因秦一六国后之"焚书坑儒"，以致儒士多有诟病，其实乃时势所趋，不得已使然也。《诗》《书》尚有其所倡导之礼治之巨大弊端，容笔者另文再述。

① 然时隔千年，难以考证，于此提出仅为一家之言。

商君燔《诗》《书》而制秦律，又倡导以吏为教，此举为统一思想、凝聚人心效益綦大。

（三）第二次变法

经商君第一次变法，秦国已臻富强。《史记·商君列传》所谓“秦民大说，道不拾遗，山无盗贼，家给人足。民勇于公战，怯于私斗，乡邑大治。”盖乃秦一次变法之成效也。于孝公十年，商君围魏安邑，降之[①]。此役即能说明秦变法之效能大变也。

秦行新法七年由有大成[②]，朝野雄心陡长，守旧实力萎缩。孝公集团遂抱以更高之目标，行更深彻之变法亦有可能矣。

《史记·商君列传》曰：“居三年，[③]作为筑冀阙宫庭于咸阳，秦自雍徙都之。而令民父子兄弟同室内息者为禁。而集小乡邑聚为县，置令、丞，凡三十一县。为田开阡陌封疆，而赋税平。平斗桶权衡丈尺。”

《史记·秦本纪》曰：“十二年，作为咸阳，筑冀阙，秦徙都之。并诸小乡聚，集为大县，县一令，四十一县。为田开阡陌。东地渡洛。十四年，初为赋。”

合上文可知商君之第二次变法诸事宜有五。其一，迁都咸阳（作为咸阳，筑冀阙，秦徙都之）。其二，实行县制（集小乡邑聚为县）。其三，废井田开阡陌（为田开阡陌）。其四，统一度量衡（平斗桶权衡丈尺）。其五，革除残留狄戎之旧习（令民父子兄弟同室内息者为禁）。其尚有言实施口赋者，上文已论述当在商君第一次变法中，于此不再论述。

1. 迁都咸阳

迁都咸阳一事并非错综复杂，此处简述之。

① 围安邑一事多有纷争，今只以《史记·秦本纪》为准。

② 孝公十年，商君围安邑。孝公三年变法，至此已居之七年。

③ 此处指商君居大良造一职三年。商君变法十年被赐与大良造之爵位。

盖秦之旧都处栎阳。自秦先前数代君主内乱，魏趁机尽取秦之河西。秦东大门大开，且栎阳离魏之距离甚近，加之栎阳都城狭窄，秦是以产生亟待迁都之事宜。于前349年即孝公十三年迁都咸阳。[①]自商鞅变法以来，几年之内，生产蓬勃，人口繁荣，栎阳之小都难以支撑秦之政府运作。是以迁都咸阳，既为向天下昭示秦之崛起，亦为现实之需要。加之旧都贵族林立，另迁新都亦有摆脱贵族束缚之意。

商君于建都咸阳一事甚为得意曰："大筑冀阙，营如鲁卫矣。"战国之世，因鲁乃周公之后，而卫乃康叔之后，是以皆视鲁卫之地为文明风华之都。盖六国多鄙夷秦，由此观之，则秦迁都尚有彰显文明之意。

卫之都城楚丘经考古发掘当有九百一十六万平方米，鲁之都城曲阜亦当在一千万平方米上下。秦仿卫鲁建都，且有吞吐天下之心，是以秦之都咸阳规模不应低于鲁卫之都。又案《史记·秦始皇本纪》曰："徙天下豪富于咸阳十二万户。"诸庙及章台、上林皆在渭南。始皇帝俟兼并六国而迁十二万户富豪于咸阳，盖此举乃为徙富商远离其故居，于是难以作乱。故迁入之民不当多于原住之民。以保守之一户六人者计，则迁入之人口当有七十二万。取咸阳之原居民数以等数之七十二万，则总人口当有一百四十四万。取大数之一户十人计（富贾常携有仆役等，其数或尚远超十人），则迁入之民当有一百二十万。取咸阳之原居民数以等数之一百二十万则当有二百四十万人。今两相折合取中间数则当有一百九十二万人。

如此大规模之人口集合于咸阳当古文明时期，其熙熙攘攘可见一斑。商君高瞻远瞩之大建设使百年之后始皇帝一六国而尚能

① 参考《史记·六国年表》。

迁户入都，除惟赞叹不休，非合十膜拜矣。

2. 实行县制

县之于春秋时期固有。赵简子曰："克敌者，上大夫受县，下大夫受郡。"楚武王灭权为县。此二例皆可说明者，县之于秦非商君独创也。商君推行县制之时，其同行政策亦有废封地一举（又案：商君夺河西之地而被封于商於，可知虚封以为功臣之表彰尚存），若邦国诸侯林立则国家难以为政也。且商君能强力推行废世袭制，夺封地势成必然。昔者吴起变法谓楚国之不治乃在于"大臣太重，封君太众"，且"上逼主而下虐民"。笔者谓此乃于分封制之最精简之洞察。盖商汤伐夏桀，武王伐纣，三家分晋，田氏伐姜氏，皆由分封起。是以分封为千年以降政权跌宕之原由也。今商君废之而易以县制，国府号令如臂使指，国家效能骤升。杨宽先生认为："（推行县制）不但全国可由此统一，统治可由此加强，法令可贯彻，吏治可清明，农业生产亦可发展。"[①]商君由是曰：

"百县之治一形，则迁者不饰，代者不敢更其制，过而废者不能匿其举。过举不匿，则官无邪人。迁者不饰，代者不更，则官属少而民不劳。"（《商君书·垦令》）

又曰：

"国务壹，则民应用。"（《商君书·壹言》）

县制连带之善可见一斑。

商君行县制，全国设三十一县（有曰四十一县者，此无关轻重不予论）。各县设县令、县丞一员治理。[②]县下设秩吏，县之地方机构遂是完整。外乎于此，商君又置法官及法吏于县曰：

"诸侯、郡、县皆各为置一法官及吏，皆比秦一法官。郡、

① 转引自韩兆琦译注：《史记》第4660页，中华书局2010年6月第1版。

② 《史记·商君列传》曰："置令、丞，凡三十一县。"

县、诸侯一受赍来之法令，并学问所谓。吏民欲知法令者，皆问法官。故天下之吏民，无不知法者。”（《商君书·定分》）

又曰：

“为置法官，置主法之吏，以为天下师，令万民无陷于危险。……万民皆知所避就，避祸就福，而皆以自治也。”（《商君书·定分》）

案上引文则县制尚有裨于固化法治，其使民众甚易明法而自治，此等缜密思虑，惊人之见也。

3. 废井田开阡陌

废井田开阡陌者与封地大有渊源。盖井田制乃封地主之经济根基。井田制之大要乃划田为井，八家居于其上，各有一井，中间一井为公田，八家合而耕之，所获产物上缴封邑主人。然此仅仅于国人（自由民）而论。封地广辽之主，其封地之国人数尚大大未能覆盖其封疆领土，是以奴隶制相应而生。奴隶者，终其生不可以脱籍，其子女亦为奴隶。其耕耘所有产物，除仅能维持其生命，其余尽上缴封主。是以贵族之封地充斥大量奴隶。今废井田开阡陌，其连带亦当有废封地制、废奴隶制（废封地于推行县制时已提及）。

所谓废井田，顾名思义即废除此制度。而开阡陌即乃挖开旧有之田路疆界（阡陌）[①]，易井田制之“百步为亩”之亩[②]之旧制而更替以二百四十步为一亩（六尺为步），而后重设新田之阡陌。[③]其新亩施行一夫受地一百亩，夫是谓“尽地利之教”。

一夫能受田一百亩，且其亩之面积已远超先前，是因农耕技术之发展。战国之世铁器大兴，于是铁铧犁生也；人又以牛力替人力，两相结合于是有牛耕之技术。赵孝成王三年，赵豹谏赵王

① 《史记·商君列传》《正义》云：“南北曰阡，东西曰陌。”见（http://www.uus8.org/4/其他历史书籍/历史/通史/中国通史（白版）/03/0069.htm）

② 《通典·食货》建司马法：“六尺为步，步百为亩。”

③ 《通典·卷一百七十四·州郡四》曰：“按周制，步百为亩，亩百给一夫。即一顷也。商鞅佐秦，以一夫力余，地利不尽，于是改制二百四十步为亩，百亩给一夫矣。”

曰："秦以牛田，水通粮，其死士皆列之于上地，令严政行，不可与战。"[①]由此可见战国时秦之牛耕发展。

《通典·食货》引董仲舒言曰："用商鞅之法，改帝王之制，除井田，民得卖买。"此即说明新田为农民之私有，不再归国府所有，且许民买卖，此乃小农经济之始也。

概而论之，废井田而使土地私有化乃尽速激发民众积极性之法，其于重获自由之奴隶尤有激效。然由于其容许农民之买鬻，亦为后世之地主屯田埋下祸害。《汉书·食货志》曰："富者田连阡陌，贫者无立锥之地。"充分表明该体制之弊端。饶是如此，土地私有化乃当时时代之潮流，吾侪不应因两千年后视其谬误而非议私田制之正当性。

4. 统一度量衡

统一度量衡者，即平斗桶权衡丈尺。度者，长度也。量者，体积也。衡者，重量也。据《汉书·律历志上》，"《虞书》曰：'乃同律度量衡'，所以齐远近，立民信也。"是以平度量衡，其于国家经济发展翊赞之效綦大，盖度量用具统一则民童叟无欺，国家赋税亦有所保障。然世人多言商君重农抑商，考《商君书》语录亦不虚，曷又出此大利于经商之举？盖秦益富强，山东商人多入秦经商。平其度量而商人无得诈民也。《秦律·工律》曰："县及工室听官为正衡石羸〈羸〉（纍）、斗用（桶）、升，毋过岁壶〈壹〉。"[②]此之谓石羸（权）、斗用（斗桶）及升，年必校定一次。度量衡之精确把捏可见一斑。

商君平度量衡，至始皇帝一六国，遂将秦商君时之度量衡制推广全国，[③]是为统一度量衡。后汉兴，刘邦令张苍按秦制定度量衡程式，其所谓汉承秦制。因秦之度量单位残缺难考，今以汉制

① 见《战国策·赵策一》。
② 摘自中国古籍全录。（见 http://guji.artx.cn/article/46036.html）
③ 现存于上海博物馆之商鞅铜方升底部刻有始皇帝二十六年之诏书，即能说明秦统一仍以商君制定之度量衡制为标准统一全国之度量衡。

替之，亦可管窥秦度量衡单位之大要。

度之单位及单位定制：

“……钟之长。一为一分，十分为寸，十寸为尺，十尺为丈，十丈为引，而五度审矣。”（《汉书·律历志上》）

量之单位及单位定制：

“量者，龠、合、升、斗、斛也，所以量多少也。本起于黄钟之龠，用度数审其容，以子谷秬黍中者千有二百实其龠，以井水准其概。合龠为合，十合为升，十升为斗，十斗为斛，而五量嘉矣。”（《汉书·律历志上》）

衡之单位及单位定制：

“权者，铢、两、斤、钧、石也，所以称物平施，知轻重也。本起于黄钟之重，一龠容千二百黍，重十二铢，两之为两。二十四铢为两。十六两为斤。三十斤为钧。四钧为石。……五权谨矣。”（《汉书·律历志上》）

故度量衡之单位制起于黄钟与黍测量之法。盖量衡之黄钟与黍测量法易懂，于此不多详解。然度之制法稍为繁琐，于此略做解说。据《汉书·律历志》，“以子谷矩黍中者，一黍之广，度之九十分，黄钟之长，一为一分，十分为寸，十寸为尺……”即将中黍者纵向排列，若其九十颗为黄钟之长则一黍为一分，十分一尺以此类推。

度量衡之统一于国家经济之发展及国家赋税之保障起綦大之作用，此盖为民政之始也。

5. 革除残留狄戎之旧习

秦与狄戎之关联于禁私斗处已有提及，此处不再饶舌。此次变革之至要者乃“令民父子兄弟同室内息者为禁”。据杨宽先生考，此禁令乃革除残留之戎狄风俗，而代之以中原文明教养。[①]虽第一次变法条令已有禁私斗之改革，然此类风俗陋习囿于当时形势之紧迫尚不能大力整饬。俟秦第一次变法有成，国力大增，于此等风俗文明教化之事方能腾挪手脚。戎狄为马背之民族，专于畜牧业。此类民族无分男女老幼、长幼之尊，合家而居，合族而居。此类习俗不利于中原小户农耕文明之发展，既难以刺激耕垦分户、增殖，又使伦理长幼不分。商君事后于革除残留戎狄旧习之举殊为自得曰："始秦戎翟之教，父子无别，同室而居。今我更制其教，而为男女之别。"[②]

此令与"民有二男以上不分异者，倍其赋"有相似处，然其本源之性质不同也。一为贬除陋习，一为增加赋税也。后世李斯评曰："孝公用商鞅之法，移风易俗，民以殷盛，国以富强，百姓乐用，诸侯亲服，获楚、魏之师，举地千里，至今治强。"[③]由是可见移风易俗之重要。

（四）法治要论

1. 重刑思想

商君重刑思想多为后世诟病，然重刑于特定的社会环境有其合理处，不可以当代之人道主义等量齐观。

盖商君变法之时秦处战国，诸侯纷争、力相并，正所谓乱世用重典，是以秦之法律携有重刑之一特色。商君曰：

"行刑。重其重者，轻其轻者，轻者不止，则重者无从止矣，此谓治之于其乱也。故重轻，则刑去事成，国强；重重而轻轻，则刑至而事生，国削。"（《商君书·说民》）

又曰：

① 参见杨宽：《战国史》第210页，上海人民出版社2003年4月第1版。
② 革除戎狄之陋习非商君首创。于周太王古公亶父时即有"贬戎狄之俗，而营筑城郭室屋，而邑别居之"之记载。（见《史记·周本纪》）
③ 见《史记·李斯列传》。

“行罚，重其轻者，轻者不至，重者不来，此谓以刑去刑，刑去事成。”（《商君书·靳令》）

又曰：

“禁奸止过，莫若重刑。刑重而必得，则民不敢试，故国无刑民。国无刑民，故曰：明刑不戮。”（《商君书·赏刑》）

盖商君之重刑思想大要尽在上文矣。其有三层之涵义：一、用刑轻罪轻罚重罪重罚则犯罪不止。二、轻罪重罚则轻罪少有，而重罪无有，是谓“以刑去刑”。三、法治之郅治是为国无刑法，无有受刑之民（明刑之犹至于无刑也）。其起因乃因重刑而民不敢试法，是谓：明刑不戮。

是故重刑之本乃“以刑去刑”，是为爱民也，是为国无刑民也。商君秦法爱民之心不当存疑也。商君于《商君书》之第一篇《更法》即开宗明义曰：“法者，所以爱民也。”《定分》又曰：

“夫微妙意志之言，上知之所难也。夫不待法令绳墨，而无不正者，千万之一也。故圣人以千万治天下，故夫知者而后能知之，不可以为法，民不尽知；贤者而后知之，不可以为法，民不尽贤。故圣人为法，必使之明白易知，名正，愚知遍能知之；为置法官，置主法之吏，以为天下师，令万民无陷于险危。故圣人立天下而无刑死者，非不刑杀也，行法令，明白易知，为置法官吏为之师，以道之知，万民皆知所避就，避祸就福，而皆以自治也。故明主因治而终治之，故天下大治也。”

商君制法之原则乃使“愚知遍能知之”，使法令“明白易知”，又置法官法吏使民就其而习法，于是民可以避祸就福。其为民之计实堪中国古代政治家之翘楚，古今中外为民思虑如此细致者屈指可数。今之学者尚谓商君苛法虐民者，其未揣摩细致之故也。

究其实，当春秋战国之际，商君亦非唯一之“酷刑”者。素以仁义著称之晋文公斩颠颉之脊以明法，齐威王沸鼎烹贪官，此皆酷刑也。然不为儒生诟病，后世独衷于讽刺秦之依法行刑，有失公允也。且秦之诸多酷刑亦非商君所创。圣人大禹做《禹刑》首创大辟、劓、宫、刖、墨之五刑。商朝有炮烙、掏心、醢脯。周穆王又教吕侯作《吕刑》曰：“墨罚之属千。劓罚之属千，剕罚之属五百，宫罚之属三百，大辟之罚其属二百。五刑之属三千。”可见众多酷刑古已有之。后世儒生非商君之酷刑曰：“增加肉刑大辟为凿额抽胁镬烹之刑”[①]乃蓬间雀般之说辞。盖儒家所称道之夏、商、周尚有如此繁多之酷刑，商君无非加诸三种，其与古之酷刑相比，焉非相形见绌？后世汉朝之剥皮、人彘、南北朝之木驴刑岂不更为残忍耶？不视大势，独觇孤木，有失偏颇也。

今最为人抨击者乃商君“弃灰于市者黥”，然颇为讽刺意味者，儒家鼻祖孔子亦赞同于弃灰于市者行重刑。现全文引之如下：

“殷之法，刑弃灰于街者。子贡以为重，问之仲尼。仲尼曰：‘知治之道也。夫弃灰于街必掩人，掩人，人必怒，怒则斗，斗必三族相残也。此残三族之道也，虽刑之可也。且夫重罚者，人之所恶也；而无弃灰，人之所易也。使人行之所易，而无离所恶，此治之道也。’”（《韩非子·内储说上七术》）

盖重刑思想乃战国时之一常态，不应以今日之法治思想观匡之。

2. 刑主赏辅

商君于赏罚具有深邃之洞察，其于赏罚之效能亦有綦深之论理。商君对赏罚之实施乃刑主赏辅，曰：“夫刑者，所以禁邪

① 见《前汉纪·孝成皇帝纪卷二十四》。

也；而赏者，所以助禁也。”[①]此即所谓重刑轻赏。商君曰：

“重罚轻赏，则上爱民，民死上；重赏轻罚，则上不爱民，民不死上。”（《商君书·去强》）

又解释曰：

“罚重，爵尊；赏轻，刑威。爵尊，上爱民；刑威，民死上。故兴国行罚，则民利；用赏，则上重。”（《商君书·说民》）

韩非子又进而言之曰：

“刑胜而民静，赏繁而奸生。故治民者，刑胜，治之首也；赏繁，乱之本也。”（《韩非子·心度》）

引文之大要即罚重则爵位尊，赏轻则刑法凸显威严。如此爵尊，加于有功之士则士子显荣是“谓上爱民”。刑法威则民畏刑，于是令行禁止，民蹈规守矩是谓“民死上”。是以兴国行罚，则民利（爵尊），用赏，则上重（刑威）。

于赏罚之作用，商君予一精辟概括曰：

“圣人之为国也，壹赏，壹刑，壹教。壹赏则兵无敌，壹刑则令行，壹教则下听上。”（《商君书·赏刑》）

盖秦国锐士强盛山东畏而损其名曰“虎狼之秦”，其威自赏罚而生也。

又曰：

“王者刑用于将过，则大邪不生；赏施于告奸，则细过不失。”（《商君书·开塞》）

是以赏罚又用以安内也。赏罚之运用巧妙，则内安而外强，攻则必胜，守则坐富。其国焉能不强？

外乎于此，商君视信誉为綦重，盖官府无信誉则赏罚焉得行耶？是以徙木立信，曰：

① 见《商君书·算地》。

“国之所以治者三：一曰法，二曰信，三曰权。……故赏厚而信，刑重而必，不失疏远，不违亲近。”（《商君书·修权》）

又曰：

“民信其赏，则事功成；信其刑，则奸无端。”（《商君书·修权》）

是以：

“用必出于其劳，赏必加于其功。功赏明，则民竟于功。”（《商君书·错法》）

商君重信之念，尽显于此矣。盖有功必赏，则民信，民信于是事功成，刑亦然。

除信誉，商君尤重依法行赏，大非因贤因仁予赏，曰：

“杀人不为暴，赏人不为仁者，国法明也。”（《商君书·赏刑》）

又曰：

“中程者赏之，毁公者诛之。赏诛之法，不失其议，故民不争。不以爵禄便近亲，则劳臣不怨；不以刑罚隐疏远，则下亲上。”（《商君书·修权》）

又曰：

“人君之出爵禄也，道明。道明，则国日强；道幽，则国日削。”（《商君书·错法》）

韩非子一言以蔽之曰：

“明主之道，臣不得以行义成荣，不得以家利为功，功名所生，必出于官法。”（《韩非子·八经》）

盖商君三令五申赏罚之必按法规而行乃古典法治之巨大进步也。古之王者官爵滥觞而兵不用力，农不尽垦，臣民皆有窳色者，即其赏罚不依法而行也。所谓“明主之所导制其臣者，二柄而已矣。二柄者，刑德也”。[①]是以刑赏乃君主驭臣之手段，激励民心之方略。若无功而受赏，有罪而无诛，则刑、德威效大减。国无刑威、德尊，则国削败矣。商君觇其本末是以定此制，其深谋远虑，令人啧啧称赞矣。

3. 徕民政策

盖秦孝公时，秦偏处西陲，人寡地众，难以尽地利之教。而毗邻之三晋（三晋，韩赵魏三卿，今河东道之地），地少人稠，多有无田可耕之人[②]，是以商君变法徕三晋之民入秦，使其耕作，于开垦荒地殊有佳效。《通典·食货》曰：“秦孝公任商鞅，鞅以三晋地狭人贫，秦地广人寡，故草不尽垦，地利不尽出。于是诱三晋之人，利其田宅，复三代无知兵事，而务本于内，而使秦人应敌于外。故废井田，制阡陌，任其所耕，不限多少。（孝公十二年之制）数年之间，国富兵强，天下无敌。”《商君书·徕民》有云：“地胜其民者，事徕。开徕，则行倍。”

4. 重农抑商政策

商君变法秉持农抑商之思想。商君以农战为邦国富强之本，谓其壹。而商贾、手工等技人凭其手工周游四国，累千金之数，“交通王侯，力过吏势”，民见其能致富于是不务农，国失其本而削弱。鉴于此，商君曰：

“重关市之赋，则农恶商，商有疑惰之心。”（《商君书·垦令》）

又曰：

“以商之口数使商，令之厮、舆、徒、童者必当名，则农逸而商劳。”（《商君书·垦令》）

① 见《韩非子·二柄》。
② 从李悝变法教民精耕细作充分利用空地，可知三晋之空土不多。

又曰：

“国有事，则学民恶法，商民善化，技艺之民不用，故其国易破也。”（《商君书·农战》）

然抑商不等同于禁商，其后平度量衡器即是为翊赞商业贸易之发展。盖后世汉、明、清皆有抑商政策，不可非也，盖有其益处也。然因商君抑商，秦之大商厥竭也。《货殖列传》之大商贾人无一秦人，是其果也。

5. 治国不仁

治国不仁乍闻似与重刑合，然二者有本质之区别。一国固可有重刑兼为仁义之国也。此所谓仁者，赦免也。然商君强秦倡罪死不赦，其世谓之不仁。后世之多有诟病者，一为重刑，二即为商君不仁之主张。后世于治国当不当行仁多有争议，今笔者将《商君书》及《韩非子》之不仁主张条据逐一罗列，以为论证。

“仁者能仁于人，而不能使人仁；义者能爱于人，而不能使人爱。是以知仁义之不足以治天下也。……圣王者不贵义而贵法，法必明，令必行，则已矣。”（《商君书·画策》）

“国为善，奸必多。”（《商君书·去强》）

“以治法者，强；以治政者，削。”（《商君书·去强》）

“圣人不宥过，不赦刑，故奸无起。”（《商君书·赏刑》）

“夫古今异俗，新故异备。如欲以宽缓之政，治急世之民，犹无辔策而御馯马，此不知之患也。”（《韩非子·五蠹》）

“行义示则主威分，慈仁听则法制毁。”（《韩非子·八经》）

“世之学者说人主，不曰：‘乘威严之势以困奸邪之臣’，而皆曰：‘仁义惠爱而已矣！’世主美仁义之名而不察其实，是以大者国亡身死，小者地削主卑。何以明之？夫施与贫困者，此世之所谓仁义；哀怜百姓，不忍诛罚者，此世之所谓惠爱也。夫有施与贫困，则无功者得赏；不忍诛罚，则暴乱者不止。国有无功得赏者，则民不外务当敌斩首，内不急力田疾作，皆欲行货财，事富贵，为私善，立名誉，以取尊官厚俸。故奸私之臣愈众，而暴乱之徒愈胜，不亡何时！”（《韩非子·奸劫弑臣》）

“且夫以法行刑，而君为之流涕，此以效仁，非以为治也。夫垂泣不欲刑者，仁也；然而不可不刑者，法也。先王胜其法，不听其泣，则仁之不可以为治亦明矣。”（《韩非子·五蠹》）

“且民者固服于势，寡能怀于义。”（《韩非子·五蠹》）

“夫严家无悍虏，而慈母有败子。吾以此知威势之可以禁暴，而德厚之不足以止乱也。”（《韩非子·显学》）

“言先王之仁义，无益于治；明吾法度，必吾赏罚者，亦国之脂泽粉黛也。故明主急其助而缓其颂，故不道仁义。”（《韩非子·显学》）

“爱多者则法不立，威寡者则下侵上。是以刑罚不必则禁令不行。”（《韩非子·内储说上七术》）

韩非子又举实例曰：

“董阏于为赵上地守，行石邑山中，见深涧，峭如墙，深百仞，因问其旁乡左右曰：‘人尝有入此者乎？’对曰：‘无有。’曰：‘婴儿、盲聋、狂悖之人尝有入此者乎？’对曰：‘无有。’‘牛马犬彘尝有入此者乎？’对曰：‘无有。’董阏于喟然太息曰：‘吾能治矣。使吾治之无赦，犹入涧之必死也，则人莫之敢犯也，何为不治？’”（《韩非子·内储说上七术》）

反证又曰：

“子产相郑，病将死，谓游吉曰：‘我死后，子必用郑，必以严莅人。夫火形严，故人鲜灼；水形懦，人多溺。子必严子之形，无令溺子之懦。’子产死。游吉不肯严形，郑少年相率为盗，处于萑泽，将遂以为郑祸。游吉率车骑与战，一日一夜仅能克之。游吉喟然叹曰：‘吾蚤行夫子之教，必不悔至于此矣。’”（《韩非子·内储说上七术》）

商君更是一言以蔽之，曰：

“古之民朴以厚，今之民巧以伪。故效于古者，先德而治；效于今者，前刑而法。此俗之所惑也。今世之所谓义者，将立民之所好，而废其所恶；此其所谓不义者，将立民之所恶，而废其所乐也。二者名贸实易，不可不察也。立民之所乐，则民伤其所恶；立民之所恶，则民安其所乐。何以知其然也？夫民忧则思，思则出度；乐则淫，淫则生佚。故以刑治则民威，民威则无奸，无奸则民安其所乐。以义教则民纵，民纵则乱，乱则民伤其所恶。吾所谓利者，义之本也；而世所谓义者，暴之道也。夫正民者，以其所恶，必终其所好；以其所好，必败其所恶。”（《商君书·开塞》）

概上引文之所述皆立足于人性恶也。故言“民者固服于势，寡能怀于义”。合其文有三层涵义：一、“古之民朴以厚，今之民巧以伪”，是以“如欲以宽缓之政，治急世之民，犹无辔策而御駻马”。“礼崩乐坏”“人心不古”，此之谓也。二、仁可施诸于人，而不可保证人之能同礼回报，是以仁义之不可治天下。此即基于人之本性恶。盖儒家以“老吾老以及人之老，幼吾幼以及人之幼”之人伦关系起自最亲者而逐渐扩大，乃至不亲者，是谓“施由亲始”而后臻至大同。儒家之侧重人性之感格乃因其认定人性善也，然依法家之言则儒家之法尽破矣。三、行仁义乃民之所好，刑不赦罪乃民之所恶。行仁义肴过则奸佞不止，民为其所好者伤。行刑不赦罪则奸佞偃旗息鼓，民于是为其所恶者利。窳惰之性，民皆有之。施仁义则无功之民得赏。民见无功亦得赏则焉能抟力于壹？侥幸之心，人皆有之。施仁慈，不诛罚，则犯法者遂生侥幸，是以暴乱不休。民不作壹，暴乱不休，亡国之日则跷足可待。

仁治者，其惟有贤人在位而天下安。然“人存政举，人亡政息”，是以非长生久视之治国之法。法治者，虽庸才，但能不坏法，即法自治，民自治。是以韩非子曰：

“且夫尧、舜、桀、纣千世而一出，是比肩随踵而生也。世之治者不绝于中，吾所以为言势者，中也。中者，上不及尧、舜，而下亦不为桀、纣。抱法处势则治，背法去势则乱。今废势背法而待尧、舜，尧、舜至乃治，是千世乱而一治也。抱法处势而待桀、纣，桀、纣至乃乱，是千世治而一乱也。且夫治千而乱一，与治一而乱千也，是犹乘骥駬而分驰也，相去亦远矣。”（《韩非子·难势》）

治国不仁之理岂不昭然？[①]

三、国殇

孝公、商君二人披肝沥胆，携手共治秦国，饱经常人所难觇之煎熬。漫漫二十一载，宵衣旰食、呕心沥血终使秦由弱转强。孝公十九年（前343年），周天子致伯。[②]册封孝公为诸侯霸主也。春秋五霸谓之五伯由此而来。天子致伯即表明天下认定秦之强大，所谓“诸侯毕贺”证其实也。后孝公二十二年，商君以诈欺魏将公子卬“尽破之以归秦”，又迫魏献河西。归，孝公遂履

① 此处商君治国之五点思想并非商君核心思想之全部，尚有如“奖励农战”“壹刑”之重要思想未曾罗列。因虑及此二点思想于前第一次变法之“奖励农战”与“废除世袭制”时已有叙述故此处不再赘言，惟将前部变法叙述处未能详尽表述之观点论述而已。

② 见《资治通鉴·周纪二》。

《求贤令》之分土约，封商君于於、商十五邑，号商君。一言以蔽之，商君变法为百年后秦一六国在军事、法制诸方面奠定了坚实之基础。商君居功之伟无可磨灭也。《史记·秦本纪》曰：

“及孝公卒，太子立，宗室多怨鞅，鞅亡，因以为反，而卒车裂徇秦国。”

《商君列传》曰：

“后五月而秦孝公卒，太子立。公子虔之徒告商君欲反，发吏捕商君。商君亡至关下，欲舍客舍。客人不知其是商君也，曰：‘商君之法，舍人无验者坐之。’商君喟然叹曰：‘嗟乎，为法之敝一至此哉！’去之魏。魏人怨其欺公子卬而破魏师，弗受。商君欲之他国。魏人曰：‘商君，秦之贼。秦彊而贼入魏，弗归，不可。’遂内秦。商君既复入秦，走商邑，与其徒属发邑兵北出击郑。秦发兵攻商君，杀之于郑黾池。秦惠王车裂商君以徇，曰：‘莫如商鞅反者！’遂灭商君之家。”

《战国策》曰：

“孝公行之八年，疾且不起，欲传商君，辞不受。孝公已死，惠王代后，莅政有顷，商君告归。人说惠王曰：‘大臣太重者国危，左右太亲者身危。今秦妇人婴儿皆言商君之法，莫言大王之法。是商君反为主，大王更为臣也。且夫商君，固大王仇雠也，愿大王图之。’商君归还，惠王车裂之，而秦人不怜。”

以上引文乃叙商君之结局也。孙皓晖先生于其著作《中国原生文明正源新论·文明爆炸》中已提出强有力之论点，驳斥《商君列传》记述之谬误。于此不再细论。吾侪仅以最简之逻辑分析商君是否谋反。

盖古之世，忠义之人皆为人们所悼颂。伯夷叔齐不食周粟，饿死于首阳山成千古佳话。而大奸大恶、不忠不义者如赵高、郭开之伦则遗臭万年为人所不齿。商君被车裂后，范雎谓其乃“极心无二虑，尽公不顾私”。蔡泽评商君曰：“夫商君为秦孝公明法令，禁奸本，尊爵必赏，有罪必罚，平权衡，正度量，调轻重，决裂阡陌，以静生民之业而一其俗，劝民耕农利土，一室无二事，力田稸积，习战陈之事，是以兵动而地广，兵休而国富，故秦无敌于天下，立威诸侯，成秦国之业。”[①]韩非又评曰：“商君教秦孝公以连什伍，设告坐之过，燔《诗》《书》而明法令，塞私门之请而遂公家之劳，禁游宦之民而显耕战之士。孝公行之，主以尊安，国以富强。八年而薨，商君车裂于秦。楚不用吴起而削乱，秦行商君法而富强。”[②]众名士于百年之内尚能如此谬奖一“反者”，此非微妙乎？其原由惟因商君未反也。太史公于《商君列传》之初谓“公子虔之徒告商君欲反”，《秦本纪》又曰：“因以为反。”《战国策》又云：“固大王仇雠也，愿大王图之。”以逻辑推论则商君不应反。且《战国策》云：“欲传商君，辞不受。”又曰：“惠王代后，莅政有顷，商君告归。”皆显明商君无政治之野心也。且太史公先曰：“公子虔之徒告商君欲反”，后又直然默认商君反，其本身即悖论也。是以商君之反綦不可信。

商君之所以被车裂，盖政治原因使然也。夫先前商君刑无贵贱，太子犯法，刑其太子傅，又废世袭、实封制，致使“宗室贵戚多怨望者”亦属实也。今孝公驾崩，商君失其重要支撑，加之惠文王乃商君“仇雠”，其泄愤杀商君亦在情理之中。

商君身死，然其法未败，原因有四。其一，商君变法使秦“主以尊安，国以富强”。秦国变法大举获利，此乃朝野之共

① 见《史记·范雎蔡泽列传》。
② 见《韩非子·和氏》。

睹，是以继而实行无害也。其二，案《史记》所载，“秦妇人婴儿，皆言商君之法”，可知商君之法深入人心，顺应民心，废除必然掀起轩然大波。其三，秦惠文王乃一代明君，其后任张仪、司马错纵横捭阖，吞并巴蜀证明其并非妍媸不辨。其所以车裂商鞅者应为贵族唆使及一己之泄愤，而对商君之法则心底雪亮，知其为强国利器，是以全部继承。其四，社会各阶级因变法利益造成之鸿沟已由商君一人之鲜血平之，社会守旧势力偃旗息鼓矣。

后世儒法大师荀子入秦，予秦以至高之评价曰：

“其固塞险，形埶便，山林川谷美，天材之利多，是形胜也。入境，观其风俗，其百姓朴，其声乐不流污，其服不挑，甚畏有司而顺，古之民也。及都邑官府，其百吏肃然，莫不恭俭、敦敬、忠信而不楛，古之吏也。入其国，观其士大夫，出于其门，入于公门；出于公门，归于其家，无有私事也。不比周，不朋党，倜然莫不明通而公也，古之士大夫也。观其朝廷，其朝间听决百事不留，恬然如无治者，古之朝也。……治之至也，秦类之矣。”（《荀子·强国》）

秦之风气大邹景象与坚守商君之法又焉得脱干系？荀子谓“（秦）四世有胜，非幸也，数也。”[①]诚哉斯言！商君虽死其法治其精神仍永存万年也。

笔者溯洄商君之历史，其人之政绩，其人之精神，虽蒙尘垢多时，循迹依然熠熠发光。其深彻之洞察力、精辟之论理、犀利之论词无一不予人新锐气息。今多有崇尚西方法治者，焉知早于二千年前，商君已开厉行法治之风尚，精妙绝伦，堪为楷模。

2015年8月10日

① 见《荀子·议兵》。

秦亡新论

——为中华原生文明探路

世界上许多国家或民族皆有其思想叠出不穷、创造日新月异之古典时代，如古希腊、古罗马时代。此古典时代所创建之文明体系即为一个国家或民族之原生文明。原生文明系一个国家或民族之精神宝库，对一个国家或民族之命运与发展或明或暗发生着十分重要且持久之影响。形象地比喻，原生文明系一个国家或民族之原生基因，后世无论如何变化、改造然原生基因之存在永难磨灭。于我国而言，则春秋、战国、秦三时代文明毋庸置疑当视为我国之原生文明。[①]

自周平王东迁，王权衰落，于是天下大势陡然一变。诸侯萃其精力于争雄，咸自改革以提升国力，于是有波澜壮阔之变法浪潮。铁器出现，井田破坏，铁耕牛耘，兼诸各类民生建设，于是有欣欣向荣之农商业发展。贵族政治消灭[②]，平民之量与质一并上涨，于是有亘古未见之士阶层崛起。此后布衣卿相，熙熙攘攘，百家争鸣，万紫千红，蔚为史上奇观。春秋滥觞发长，战国椎轮

① 中国英文名——China 即来源于秦（Ch'in）。（见 [美] 斯塔夫里阿诺斯：《全球通史》第162 页，北京大学出版社 2006 年 10 月第 2 版。亦见孙浩晖：《中国原生文明启示录》第 686 页，上海人民出版社 2012 年 2 月第 1 版）

② 贵族政治消灭即平民参政益多，政治不恒为贵权所掌控。论说详见梁启超：《先秦政治思想史》第 62 页，东方出版社 2012 年第 1 版。

大辂，秦花团锦簇。由公元前五百三十年至前二百三十年之三百年间，我国各类之杰出思想家政治家彬彬济济，梁启超称为“全盛时期”。[1]秦扫六合，整合文明，首创中央集权制，大兴民利工程建设，以古典法制治国。秦作为我国原生文明之集大成者与创造者，其赫赫煌煌之一统功业，其旷古绝今之创新求变精神，以及因其时代特殊性而勃发的各类无私、进取、勇敢、尚武等阳光精神至今依旧熠熠发光。

惜乎继汉武帝尊儒后，非秦言论哓哓不休。众多秦末非秦之泄愤之词被捧为圭臬，暴秦形象被刻意刻画以致年久失真，悠悠岁月竟至众口铄金。是故，我国原生文明时代之集大成者被口诛笔伐，以至于春秋战国之诸多文明精神亦被历史湮没或有意忘却。变法名士为维护法制壮烈牺牲被贬为暴吏酷吏“刻暴少恩亡其躯”；策士足智多谋被贬为奸诈阴险；依法行刑被称为虎狼苛政……此类骂词见诸各类文献资料，汗牛充栋，不胜枚举。于是畴昔之文明殿堂化为恶虐不堪之泥潭，贬损之云雾旧积不散，云遮雾罩乃至真迹氤氲不清，原生文明之光彩日益刓减，孰不心疼哉？！重新肯定原生文明之首要，即重新认可集原生文明大成者秦帝国之文明，是故推翻暴秦说殊为关键。重探秦亡真因，方可洗刷暴政亡秦之罪名，而后方可正视秦帝国文明乃我中华民族之原生文明，此亦本文探讨之要旨。

需阐明者：在暴政亡秦论中，人们往往将秦亡归结于秦制与秦政，将秦制与秦政糅合一体一并非之。本文所维护者系商君变法至始皇帝之秦制，至于胡亥篡位，赵高李斯狼狈为奸、沆瀣一气以致帝国制度畸形并不在本文维护之范畴内。本文系为说明秦制之正当性并证明秦非亡于秦制，而非为秦二世时之暴政正名，

① 参见梁启超：《先秦政治思想史》第81页，东方出版社2012年6月第1版。

此问题不可不察。

一、暴秦论考析

因后世非秦制最有力者系《汉书·食货志上》中董仲舒之上书言论，本文即以此为非秦制蓝本逐一评骘，剖析其谬误。现将董仲舒说辞全文引下：

“古者税民不过什一，其求易共；使民不过三日，其力易足。民财内足以养老尽孝，外足以事上共税，下足以蓄妻子极爱，故民说从上。至秦则不然，用商鞅之法，改帝王之制，除井田，民得卖买，富者田连阡陌，贫者无立锥之地。又颛川泽之利，管山林之饶，荒淫越制，逾侈以相高；邑有人君之尊，里有公侯之富，小民安得不困？又加月为更卒，已，复为正，一岁屯戍，一岁力役，三十倍于古；田租口赋，盐铁之利，二十倍于古。或耕豪民之田，见税什五。故贫民常衣牛马之衣，而食犬彘之食。重以贪暴之吏，刑戮妄加，民愁亡聊，亡逃山林，转为盗贼，赭衣半道，断狱岁以千万数。”

综合董氏言论，暴秦论分为三个基本点：一、沉重之赋税徭役制度。二、暴力之专权政治。三、苛刻残忍之刑罚制度。如次分而驳之：

（一）沉重之赋税徭役制度

因赋税徭役又可分为“赋税”和“徭役”两部，是以分两节论之。

1. 赋税问题

言秦重赋税者即董仲舒之辞所云之“田租口赋，盐铁之利，二十倍于古”者。此段文字说三方面的赋税较之古时上涨了二十倍：其一，田租。其二，口赋。其三，盐铁之利。而细细分析对比，则此三点皆不能成立。

（1）田租二十倍于古。[①]

田租即田亩税，其目的是为提高国家赋税，由鲁“初税亩”[②]首创，此后之秦简公“初租禾”[③]与之类似。只需稍顾田租之历史，董仲舒之言辞已显破绽。盖田租为春秋中期所创建（“初税亩”系在鲁宣公十五年公元前594年），焉有古制以为参照？揣摩董仲舒之意当有两种解释：其一即以三代之井田制时所实行之什一税率[④]为参照，则秦之赋税二十倍于古之税率，即田租为粮产之两倍，显是荒谬，不取。另一种解释当理解为以三代井田制产量之什一缴贡量为参照，秦征收之田租为其二十倍。这是否可以成立？

若欲证明对董仲舒的第二种解释不足以构成非秦证据，则须首先了解三代之具体亩产。据杨贵先生分别以夏朝与魏文侯时产量（夏40市斤/市亩与魏121市斤/市亩[⑤]）作为环比增长公式中之a_0（最初水平）与a_n（最末水平）分别得出商、周亩产为61市斤/市亩与83.1市斤/市亩。[⑥]又据杨贵先生引郑绍昌先生考得之周朝亩产与前文已言及之魏文侯时产量（周0.72市石/市亩与魏121市斤/市亩）再次作为环比增长公式中之a_0（最初水平）与

① 传统儒家提及古均指夏、商、西周三代，本文从之。

② “初税亩”实施之方法：“公田之法，十足其一；今又履其余亩，复十取一”。如此则赋税由什一税增至什二税，国家收入自然提高。梁启超解释税亩者谓：“税亩者，除课地力所产外又增加一税目以课地之本身——即英语所谓之 Land tax。”（见梁启超：《先秦政治思想史》第 75 页，东方出版社 2012 年 6 月第 1 版）

③ 参见杨宽：《战国史》第 159 页，上海人民出版社 2003 年 4 月第 1 版。

④ 据《孟子·滕文公上》云：“夏后氏五十而贡，殷人七十而助，周人百亩而彻，其实皆什一也。”

⑤ 此处魏文侯时之产量根据《汉书·食货志》之李悝语录：“今一夫挟五口，治田百亩，岁收亩一石半，为粟百五十石”作为推算参考。杨贵计算魏之亩产以百亩收一百五十石，又因古三亩为今约一市亩，古一石为今 0.2 市石。故求得亩产为 0.9 市石 / 市亩。又因一市石粟以 135 市斤计算，故得亩产为 120 市斤 / 市亩。据《汉书·食货志上》，李悝语录以先有“地方百里，提封九万顷”是以可知文中所言乃三百步为一里，百步（平方步）为一亩之小亩制。魏之度制无考，[黄盛璋称：“由于战国尺出土实物有限，仅秦、楚国别较为明确，然而仍有差异，其余现尚不能确知”。（参见黄盛璋．历代度量衡里亩制度的演变和数值换算 [J]. 历史教学，1983，01:11-17）] 故惟能赖其他数据综合分析以求魏之亩制。据吴慧考，晋用周大尺——黑黍尺（24.63 厘米）。（参见吴慧．春秋战国时期的度量衡 [J]. 中国经济史研究，1991，04:128-137）故三家分晋其尺长应仍沿用晋尺。按百步亩广一步长百步，一步为六尺，一尺为 24.63 厘米。可得一魏亩为 218.4 平米，约合 0.328 市亩。若因《汉书》成于汉代而以魏亩之亩为汉百步亩则又据杨宽考得秦之一亩约为今 0.312 市亩（因汉承秦制，故汉亩便是秦亩）（参见杨宽：《战国史》第 80 页，上海人民出版社 2003 年 4 月第 1 版），故杨贵之以古三亩为今一市亩之计算法准确。又据黄盛璋先生考魏安邑下官锺所记，魏量制为斛、斗、益，大约皆为十进制。又经测量安邑下官锺得出一魏斗约为 2211 毫升。（参见黄盛璋．历代度量衡里亩制度的演变和数值换算（续一）[J]. 历史教学，1983，02:28-31）故魏一斛约为 22110 毫升，合今约 0.22 石，可知杨贵以古一石为今 0.2 石之算法可靠。故综上所述，则杨贵计算魏亩产属实。因战国各国度量衡混乱，计算较为困难，是以本文在此论证杨贵魏国亩产结果之可靠性，不使读者存疑。

⑥ 参见杨贵．对夏商周亩产量的推测 [J]. 中国农史，1988，02:24-26.

a_n（最末水平）分别得出夏、商之亩产为0.46市石/市亩与0.6市石/市亩。[①]以每市石粟135斤[②]算则三代亩产分别为：夏62.1市斤/市亩、商81市斤/市亩、周97.2市斤/市亩。综合二则算法则夏亩产当在40–62.1市斤/市亩，商在61–81市斤/市亩，周在83.1–97.2市斤/市亩。取中间数则夏亩产约在51市斤/市亩，商在71市斤/市亩，周在90市斤/市亩。据《孟子·滕文公上》云："夏后氏五十而贡，殷人七十而助，周人百亩而彻"，可知夏一夫耕地五十亩，商七十亩，周百亩。三代之亩皆按一亩等于0.33市亩计算[③]，于是可得夏一夫耕地50×0.33=16.5市亩；商一夫耕地70×0.33＝23.1市亩；周一夫耕地100×0.33=33市亩。据上数据计算得：夏一夫收粮16.5×51=841.5市斤；商一夫收粮23.1×71=1640.1市斤；周一夫收粮33×90=2970市斤。至此已将三代产量问题说明，俟后即阐明秦亩产之问题。

因秦之亩产资料亡佚，故以秦前之各国亩产进行参照以求结果。在进行战国各亩产量对比之先，需澄清的是：战国亩产不可以简单以上述之环比增长公式测量，因环比增长公式中之速度是衡定值。由于战国时期铁器开始普遍化，铁耘牛耕普及，并且伴随着大量水利工程建设，因此战国时期的亩产应该呈现出短时期内倍数的增长。而这种特别促进耕种的元素是无法在环比增长计算中体现的。是以通过环比增长计算出的战国亩产水平不能够反映当时的真正水平。而前文计算三代亩产使用之魏国亩产值虽属战国时代，然据《汉书·食货志》之上下文考，则"今一夫挟五口，治田百亩，岁收亩一石半"云云当为魏尚未变法时李悝说文侯之说辞。[④]是以其尚不是战国时亩产水平之代表，用于环比增加计算将不影响计算三代亩产之精度。现将具有战国亩产代表性之

① 参见杨贵．也谈秦以前中国农业劳动生产率 [J]. 中国社会经济史研究，1987，04:96–97.

② 每市石粟 135 斤出处参见胡戟．从耕三余一说起——我国传统小农经济的生产效率和生产结构问题 [J]. 中国农史，1983，04:23–33.

③ 夏与商之亩无考，故皆以周亩为制以方便计算。周亩之亩约为 218.39 平方米，约合 0.3276 市亩。（参见吴慧．春秋战国时期的度量衡 [J]. 中国经济史研究，1991，04:128–137）

④ 李悝变法后说文侯精耕细作，并发展水利工程，故变法前后之亩产不可同日而语。虽春秋末已有牛耕证据，但未普及。考李悝之说当指普通田地，不当为少数实施牛耕之土地。

材料逐一撮举分析如次，以期为秦亩产之参考：

甲、《管子·轻重乙》曰："河淤诸侯，亩钟之国也"。河淤即经过淤灌之肥沃土壤，其产量较高，可以亩产一钟。[①]齐之一钟有两类考法：1.以齐钟之旧制则亩产一钟即亩产6.4石。[②]2.以田齐之新制[③]则亩产一钟为亩产10石。[④]齐之一亩应该以周制算，因齐国开国君主姜子牙乃周朝开国元勋故齐应当忠实于周制，且彼时二百四十步亩尚未出现。故齐之一亩当为周制之百步亩。周百步亩为218.4平方米，约合三分之一市亩。[⑤]如此则按第一类考法管子所言之"亩钟之国"亩产为6.4石/周亩，约合3.88市石/市亩，即523.8市斤/市亩。以第二类考法计则"亩钟之国"亩产为10石/周亩，约合6.1市石/市亩，即823.5市斤/市亩。[⑥]因一夫耕地百亩（100×0.33=33市亩）[⑦]，故以第一类考法，则合收粮33×523.8=17285.4市斤。以第二类考法合收粮33×823.5=27175.5市斤。[⑧]

乙、《史记·河渠书》云："西门豹引漳水溉邺，以富魏之河内。"《论衡·率性篇》又曰："魏之行田百亩，邺独二百，西门豹灌以漳水，则亩收一

① 此文献虽为春秋时之亩产，但因其所指为"河淤"之地，土地因灌溉丰沛而异常肥美，是以其亩产水平或与战国行水利工程后之亩产当埒。故引之以作参考。

② 参见刘兴林．论商代农业的发展 [J]. 中国农史，1995，04:14-24.

③ 因《管子·轻重》十九篇皆为汉所作（参见赵守正：《管子通解》前言，北京经济学院出版社 1989 年 8 月第 1 版），故亦有挪用田齐新度量衡之可能。

④ 关于田齐钟量有不同之说法，西晋杜预认为田齐钟量为八斛（石），而清孙诒让认为田齐钟量当为十斛（石）。杜预之算法乃陈氏（即田氏）家量之豆、区、釜各"加旧量之一"，进位关系为：1 豆＝ 5 升，1 区＝ 5 旧量豆＝ 20 升（二斗），1 釜＝ 5 旧量区＝ 80 升（八斗），1 钟＝ 10 釜＝ 800 升（八斛）。然孙诒让认为所谓"三量皆登一"者，即齐四量惟豆不加，故登者止三量，而钟亦在三量之中。故陈氏进制为：1 豆＝ 4 升，1 区＝五豆＝ 20 升（二斗），1 釜＝ 5 区＝ 100 升（一斛），1 钟＝ 10 釜＝ 1000 升（十斛）。（参见赵晓军．中国古代度量衡制度研究 [D]. 中国科学技术大学，2007，第 63-64 页）据今考古发掘齐子禾子釜与陈纯釜容量分别为 20460 毫升与 20580 毫升（参见杨宽：《战国史》第 245 页，上海人民出版社 2003 年 4 月第 1 版），战国一升系 200 毫升（参见颜文强．中国历代度量衡演变源流述论 [J]. 老子学刊，2015，00:164-177. 附表）则 20000 毫升系战国 100 升。故 1 齐釜为 100 升，一齐钟为 1000 升。可知孙诒让之言属实，本文从之。

⑤ 参见吴慧．春秋战国时期的度量衡 [J]. 中国经济史研究，1991，04:128-137.

⑥ 刘兴林将"河淤诸侯"之亩产算为 390.4 市斤 / 市亩，然因刘氏采用汉亩与田齐石制不符合情理，故弃之。（参见刘兴林．论商代农业的发展 [J]. 中国农史，1995，04:14-24）虽此结果偏大，然《管子·山权数》有言曰："高田十石，间田五石，庸田三石"。故以一钟作十石亦有可信处。

⑦ 《管子·轻重甲》曰："一农之事，终岁耕百亩。"

⑧ 文中之战国亩产计算方法系正解，其具体过程是：算出当时亩产→换算市石与市亩→以一市石粟重 135 斤再计算亩产（最终单位是：市斤 / 市亩）。许多学者易犯之错误系将"石"直接算作重量之"石"，即将量"石"当作衡"石"。最终以《汉书·律历志》所言之"三十斤为一钧，四钧为石"得出一石重百二十斤并进行错误计算。如孙浩晖先生在计算《管子·山权数》"高田十石"时，变将量"石"当作衡"石"并且没有换算亩制，结果得出了产量七百至八百市斤 / 齐亩之错误结论。（见孙浩晖：《中国原生文明正源新论》第 123 页，上海人民出版社 2012 年 2 月第 1 版）若按一齐亩等于一周亩等于三分之一市亩计，则齐之"高田"亩产系两千一百至两千四百市斤 / 市亩，这显然是谬误的。故计算春秋战国亩产之"石"时应注意"石"其实系量制，应做"斛"。再按照笔者给出之计算过程计算方无差池。

锺。”此处之钟则难以断定系齐旧钟或系田齐新钟。因叙述之时已系魏文侯四十六年（前400）[1]而田氏伐齐系在前386年[2]，故《论衡》中之钟仍应为齐旧钟（6.4石）。魏亩为百步亩约为现在之三分之一市亩。[3]以此二数据可以算得魏邺地治水后之亩产为3.88市石/市亩，即523.8市斤/市亩，与甲中之第一类考法结果同。魏一夫受地100亩故农产亦为17285.4市斤。

丙、《史记·河渠书》说：秦开郑国渠，“溉泽卤之地四万余顷，收皆亩一钟”。秦之亩为二百四十步之大亩，一步六尺，一尺23.1厘米。故秦亩为461.04平方米，合0.692市亩。[4]按一钟10石计[5]得2.89市石/市亩，合390.15市斤/市亩。秦一夫受地100亩[6]（100×0.692≈69市亩）[7]。合计收粮为69×390.15=26920.35市斤。

丁、《汉书·食货志》：“今一夫挟五口，治田百亩，岁收一石半，……上孰其收自四，……中孰自三，……下孰自倍。”按一亩约合今0.33亩，一石约合今0.2石计[8]则大丰亩产系490市斤/市亩，中丰系368市斤/市石，小丰系245市斤/市亩。因魏一夫受地百亩，故三丰从高到低合收粮系16170市斤、12144市斤与8085市斤。因战国大修水利工程，“百姓飨其利”，故战国亩产之水平应已达至李悝未变法时所言之中丰至大丰亩产。

再据反映战国百亩产之数据，由小至大逐一排开取中位数，则可得战国一夫大致收粮为17285.4市斤。若取董仲舒所谓“古”生产力最盛之周一夫收粮数据（2970市斤）做比较，则战国亩产已然约6倍于古。若周之一夫需缴纳什一税297市斤粮，则余粮为2673市斤。按董仲舒之说辞“（秦）田租二十倍于古”则应收5940市斤，余粮11345.4市斤系周夫余粮之4.24倍。如此之征税焉得暴也？即便取董仲舒后文之“见税什五”[9]则秦一夫应贡8642.7市斤，仍余8642.7市

① 见韩兆琦译注：《史记》第35页，中华书局2010年6月第1版

② 见韩兆琦译注：《史记》第36页，中华书局2010年6月第1版

③ 因《论衡》与《汉书》成书皆东汉时期，故其所言魏国亩制小应相埒。《汉书》之魏亩制何为百步亩且为何系今三分之市亩之论证参见前面注释。

④ 参见吴慧．春秋战国时期的度衡 [J]. 中国经济史研究，1991 04:128−137.

⑤ 因郑国渠成时田齐早已建立，当以新钟制为标准。

⑥ 《通典·第一百七十四·州郡四》“商鞅佐秦，……百亩给一夫矣

⑦ 所谓一夫受地乃“一夫挟五（《汉书·食货志》）”之夫以一户两个劳动力算（《汉书·货志》：“今农夫五口之家，服役者不下二人。”），则平一人受地34.5亩（杨贵亦得出之一夫受地35市亩。参见杨贵也谈秦以前中国农业劳动生产[J]. 中国社会经济史研究，1987 04:96−97），并不过大（按胡言：“解放前北京近郊某地旱作地主雇佣长工，大致是按三十地一个安排，……也有多达五亩地雇一个长工的”。参见胡从耕三余一说起——我国传统农经济的生产效率和生产结构题 [J]. 中国农史，1983，04:2 33）。

⑧ 参见杨贵：《对夏商周亩产量推测》中之计算，其可靠性已前面脚注中论证说明。

⑨ 孙皓晖先生认为“或耕豪民之田见税什五”之税不是国家税率是佣耕户之地租税，佣耕户需地主交出一半之生产。如此计则秦最苛将田产从地主处又征一半，合计则田税率为十分之点五，并不苛。（见孙皓晖：《国文明正源新论》第124页，海人民出版社2012年2月第1版

斤，依旧3.23倍于周夫之余粮。故董仲舒之词惟在倍数上做文章，而忽略战国亩产倍增之客观事实。其“田租”言辞大而无当不可作为非秦之证据。[①]

（2）口赋二十倍于古

口赋即人头税。商鞅变法时“初为赋”，此赋即包括口赋。[②]据杨宽先生考，口赋乃“按户按人口征收军赋”。[③]口赋之征发具有强制性，其效果是为增加国家收入并惩戒游惰之民。[④]口赋据史乃战国产物，古时未有，是以董仲舒之言不知以何为依据曰二十倍于古。[⑤]对于秦横征暴敛口赋之指责尚有一条空而无实之言论——“头会箕敛”，[⑥]然仅凭此句无以考证秦之具体口赋征收情况。除却这些，董氏之意当以为秦之口赋确实过重。要深究秦之口赋是否过重，可以汉之标准为参照，因汉行轻赋。[⑦]秦之口赋据《晋书》卷一百二十《李特载记》曰：“秦并天下，以为黔中郡，薄赋敛之，口岁出钱四十。”又据《太平寰宇记》引《晋中兴书》云：“賨者，廪君之苗裔也……廪君，子孙布列于巴中。秦并天下，以为黔中郡，薄其赋税，人出钱四十。邑人谓赋为賨，遂因名。”《晋书》所谓者乃黔中郡，《太平寰宇记》引《晋中兴书》所谓者乃巴郡，而两者口赋皆四十钱，可知秦时口赋四十钱属实。[⑧]汉之算赋一人征收百二十钱。[⑨]因汉承秦制，故汉一钱与秦似。[⑩]如此综合可知秦之

① 《汉书・食货志》有曰：收泰半之赋，发闾左之戍。然考《旧唐书・食货志上》言“二世发闾左而海内崩离”，故泰半之赋及闾左之戍系为二世所为，不在本文之范畴内。

② 秦有户赋与口赋，秦简《田律》曰：“入顷刍，以其受田之数，无垦不垦，顷入刍三石、二石”即户赋，然董仲舒仅言口赋故只讨论口赋一事。

③ 见韩兆琦译注：《史记》第427页，中华书局2010年6月第1版。

④ 《商君书・垦令》曰：“以其食口之数贱而重使之，则辟淫游惰之民无所于食。”

⑤ 古时有赋《周礼》曰：“九夫为井，四井为邑；四邑为丘。丘十六井，出戎马一匹，牛三头。四丘为甸，甸六十四井，出长毂一乘，戎马四匹，牛十二头，甲士三人，步卒七十二人。”其中所言之马、牛云云者即赋。然口赋与之截然不同，不可以做比较。

⑥ 见《史记・张耳陈馀列传》：“头会箕敛，以供军费”。此流言或源自《秦律・金布律》：“千钱一畚”（据梁向明《汉代算赋口赋及其演变》，“箕敛”之“箕”与“畚”埒）。

⑦ 因汉时国力憔悴以致“人相食，死者过半”，是以“薄赋敛，省徭役”。诸事见于《汉书・食货志》。

⑧ 参见孙皓晖：《中国原生文明启示录》第696页，上海人民出版社2012年2月第1版。

⑨ 汉有口赋与算赋之分。算赋针对十五至五十六岁者，一人征收百二十钱（《汉旧仪》曰：“令民男女年十五以上至五十六岁赋钱，人百二十为一算”）。口赋系七至十四岁者，一人征收二十钱[《汉书・昭帝纪》如淳注引《汉仪注》曰：“民年七岁至十四出口赋钱，人二十三。二十钱以食天子，其三钱者，武帝加口钱以补车骑马（汉武帝后增加至二十三钱）”]。揣秦黔中郡之“人出钱四十”当系指成人而非儿童，因儿童不具特指性。故此处仅将汉之相埒之算赋提出以作比较。

⑩ 周艳常认为：“汉承秦制，……，铜钱仍旧沿袭秦朝的‘半两’钱。”（见周艳常．两汉货币制度及相关问题研究[D].广西师范大学，2007，第6页）《汉书・武帝纪》亦有“罢半两钱，行五铢钱”之记载，可见秦钱在汉作用时间颇长改制系在武帝时期。因本文此处讨论之汉算赋制定系在武帝以先（按《汉书・高帝纪》：“八月，初为算赋”），故取价与秦半两埒妥。

口赋尚不及汉之算赋，素以轻赋税之汉朝算赋仍四倍于秦之口赋。虽黔中郡与巴郡稍微偏远，秦内地之口赋或更高，但其如何计算不当翻四倍[①]以致高于汉制。以一户五人[②]计则秦一户需出钱二百钱。以一石三十钱[③]，则卖粮七石（即189市斤）足矣。案上文之最坏“什五税一”余粮8642.7市斤计，减去抵口赋鬻粮之189市斤，则余粮仍有8453.7市斤，实不为暴。故董仲舒之言纯属臆断说辞，无证为凭，不可以作为非秦佐证。

（3）盐铁之利二十倍于古

董仲舒以盐铁之利二十倍于古来抨击秦帝国之高压政治显然颇见荒唐。盖铁乃春秋时之发明，古时未有如何比较？目下暂且先察盐铁之历史再究董仲舒说辞之荒谬。

最早之制盐历史可追溯至神话时期之宿沙氏制盐。[④]到夏时制盐业大量使用盐池制盐，制盐业已较为发达，是以有“大夏之盐”之谓。[⑤]至西周已有专门掌盐之“盐人”[⑥]，由此即可觇盐业已经臻至成熟。然古时之盐业尚未形成系统官制[⑦]，盐铁专卖之滥觞自管仲“官山海”起。齐之“官山海”将盐铁业国有化[⑧]，并将盐铁两样必需品暗暗加价而提升国家财政收入。[⑨]管子此类“寓税于价”之做法极其睿智，盖民于不知中已交税而不至于有抵抗心。[⑩]秦至商君变法始有

① 秦法制体系下，力求公平，不应过分苛责某处或左袒某处。

② 一户五人见前文注释。

③ 《秦律·司空律》云：“有罪以赀赎及有债于公，以其令日问之，其弗能人及偿，以令日居之，日居八钱。公食者，日居六钱。”故一夫公食一日扣两钱，故以一月三十日计则“公食者”需扣六十钱。。又案《秦律·仓律》曰：“隶臣月禾（粟）二石”。故六十钱除以二石头粟可知一石粟值三十钱。《秦律·司空律》亦曰：“系城旦舂，公食当责者，石卅钱”，可为佐证。（参见于琨奇．秦汉粟价与更赋考 [J]. 扬州教育学院学报，1999，03:10-14）

④ 《山堂肆考》曰：“宿沙氏始以海水煮乳煎成盐，其色有青、红、白、黑、紫五样。”

⑤ 参见李大鸣．先秦时期盐业生产与贸易研究 [D]. 吉林大学，2015，第 17-18 页。

⑥ 《周礼·天官冢宰·酒正／掌次》曰：“盐人掌盐之政令，以共百事之盐。祭祀，共其苦盐、散盐。宾客，共其形盐、散盐。王之膳羞，共饴盐。后及世子，亦如之。凡齐事，鬻盐，以待戒令。”

⑦ 若管仲之先已有系统之官制，则“官山海”之意义不大。且据《管子·轻重甲》曰：“北海之众无得聚庸而煮盐”，故揣管仲之先应当是私盐泛滥，官制虽有然并不系统。

⑧ 《管子·海王》曰：“桓公曰：‘何谓官山海？’管子对曰：‘海王之国，谨正盐策。’”

⑨ 盐之加价成效见《管子·海王》：“令盐之重升加分强，釜五十也；升加一强，釜百也；升加二强，釜二百也。钟二千，十钟二万，百钟二十万，千钟二百万。万乘之国，人数开口千万也，禺策之，商日二百万，十日二千万，一月六千万。万乘之国，正九百万也。月人三十钱之籍，为钱三千万。今吾非籍之诸君吾子，而有二国之籍者六千万。”铁之加价成效见《管子·海王》：“令针之重加一也，三十针一人之籍；刀之重加六，五六三十，五刀一人之籍也；耜铁之重加七，三耜铁一人之籍也。”梁启超谓：“将盐铁两业，收归官营，即加其价以为税。如此既合于租税普遍之原则，亦使私人无由独占而罔利。”（见梁启超：《先秦政治思想史》第 235 页，东方出版社 2012 年 6 月第 1 版）

⑩ 《管子·国蓄》曰：“民予则喜，夺则怒，民情皆然。先王知其然，故见予之形，不见夺之理。”

正式之官营盐铁。①逮至商君，天下大势已较管子之时不同。铸铁冶炼技术及铸铁柔化技术使铁器得以广泛用诸于农业生产。②故铁之需求骤增以至官营铁业获利巨大亦无可否认。③同时不可忽略者乃人口增加之问题。夏商之人口应为1944万左右④，周初之人口与夏商相仿在1950万左右。而战国末乃至秦初时之人口应在3000万—3500万。⑤故人口较之古时又有约莫1.75倍之增长，需求叠增。因铁器出现，官营盐铁，加之人口增加需求倍增，据此，盐铁之利与日俱增。董氏之言虽逻辑有失严谨，然应属客

① 《盐铁论·非鞅》曰："外设百倍之利，收山泽之税。"又据《华阳国志·蜀志》："（秦惠文王）置盐铁市官并长、丞。"

② 参见杨宽：《战国史》第42页，上海人民出版社2003年4月第1版。

③ 对于商君官营盐铁，汉代著名理财家桑弘羊赞曰："昔商君相秦也，内立法度，严刑罚，饬政教，奸伪无所容。外设百倍之利，收山泽之税，国富民强，器械完饰，蓄积有余。是以征敌伐国，攘地斥境，不赋百姓而师以赡。故利用不竭而民不知，地尽西河而民不苦。"（《盐铁论·非鞅》）

④ 据《尚书大传·虞传》载："古八家而为邻，三邻而为朋，三朋而为里，五里而为邑，十邑而为都，十都而为师，州十有二师焉。——郑注：州凡四十三万二千家，此盖虞夏之数也。"以一户五口计，则一州人口为216万人，且虞夏时有九州（《尚书·禹贡》曰："禹别九州，随山浚川，任土作贡。"），故九州人口系1944万人。（参见焦培民．先秦人口研究[D].郑州大学，2007，第142页）案《通典·食货七》："禹平水土，为九州，人口千三百五十五万三千九百二十三。"按《通典·食货七》："周公相成王，致理刑措，人口千三百七十万四千九百二十三，此周之极盛也。"是以可知商之人口当介乎夏与周之间，故依然取1944万。（注：《通典》之数据不可靠，于此仅作为商与夏人口相仿之参照。《通典》之数据为何不可靠此不赘述，详参葛剑雄：《中国人口发展史》第20–25页，福建人民出版社1991年6月第1版）

⑤ 战国之人口不取《通典·食货七》所言之"然考苏、张之说，计秦及山东六国戎卒，尚逾五百余万，推人口数尚当千余万"。因一半人口皆从军显然不实。据《周礼·地官·小司徒》："凡起徒役，毋过家一人。"又按赵文林与谢淑君之研究认为十五人中最多只有兵卒二人（参见赵文林、谢淑君著：《中国人口史》第19页，人民出版社1988年6月第1版）。如按战国有兵卒五百万，十五人二兵计，则战国当有3750千万人。然此数据是在战国中期之数据估计，因始皇帝后期灭六国人口应有减少。以人口应减员二三百万故至秦一天下初期人口应在3400–3500万。赵文林与谢淑君等认为战国七雄兵卒当在四百万余，故得出战国前中期时人口为三千二百万（见赵文林、谢淑君：《中国人口史》第19–20页，人民出版社1988年6月第1版）（注：赵与谢认为秦一天下时伤亡了千万余人口是以秦初人口有两千万余，此误。其过分计算秦统一战争之伤亡，且忽略战国中期至秦一天下人口之不停繁殖是其失也。故以笔者见之，则秦统一时较于战国中期之人口整体减员二三百万较宜。因秦一统战争系文明战争无大肆之破坏故人口减员惟有更小而无逾越减员二三百万之数之可能），按统一战争减员两三百万记则人口仍在三千万内外。梁启超亦认为："周末时（东周末即春秋中晚期），人口应不下三千万。"（参见梁启超：《饮冰室合集》卷十《中国史上人口之统计》，中华书局1989年3月第1版）据焦培民考史并据郡县角度分析得出秦帝国应有3000–3400万人（参见焦培民．先秦人口研究[D].郑州大学，2007，150页）。据葛剑雄先生考则秦定天下初有人口4000万。（参见葛剑雄：《中国人口史》第1卷第312页，复旦大学出版社2005年1月第1版）据汉平帝二年之人口普查有口五千九百五十九万四千九百七十八（《通典·食货七》："至孝平元始二年，人户千二百二十三万三千，口五千九百五十九万四千九百七十八。"），且汉常有灾荒"人相食"之记载（《汉书·食货志》曰："汉兴，接秦之敝，诸侯并起，民失作业而大饥馑。凡米石五千，人相食"，又"元帝即位，……二年，齐地饥，谷石三百余，民多饿死，琅邪郡人相食"，又"成帝时，……，永始二年，梁国、平原郡比年伤水灾，人相食"。又案汉文帝时贾谊之《积贮疏》："汉之为汉，几四十年矣！公私之积，犹可哀痛。失时不雨，民且狼顾；岁恶不入，请卖爵子，既闻耳矣。安有为天下阽危者若是而上不惊者？"），若秦时无相应之人口数则两百余年人口飞腾至约莫六千万不可信。故综上学者之考则秦初人口在3000万—3500万为宜。至于为何三代人口浮动较小，然周成王至战国中期约七百年间人口骤翻，可从农业与医学之方面解释。三代无显著之农业发展进步故其口粮有限不利于人类繁衍，然战国时期之新兴农产技术亩产倍增故人口骤长有其缘也。且战国时之医疗已较之三代有明显之进步，望、闻、问、切四诊已然普及（《史记·扁鹊仓公列传》曰："越人之为方也，不待切脉、望色、听声、写形"，故可见望闻听切四诊以为当时所闻名）且医疗已然分科。（《史记·扁鹊仓公列传》曰："扁鹊名闻天下。过邯郸，闻贵妇人，即为带下医；过雒阳，闻周人爱老人，即为耳目痹医；来入咸阳，闻秦人爱小儿，即为小儿医，随俗为变。"）故粮食之丰足与医疗之进步使人口存活率增加以致战国人口飙涨并非空穴来风。

观情况之反映，以此非秦，岂非贻笑大方？若董氏之言泛指商业税（关税）又如何？盖三代之商业尚未繁荣[①]而战国之世商业贸易已臻至极其发达，富商荟萃。燕之涿、蓟，赵之邯郸，魏之大梁、安邑，楚之寿春，秦之咸阳，……[②]又有魏之白圭，鲁之猗顿，赵之郭纵，巴蜀之寡妇清及乌氏倮等万金巨贾。[③]其商业整体蓬勃发展以致关税二十倍当在情理之中。秦征收盐铁之利同时，将此类财政收入重新投入至建设及军需中，并适当减少百姓赋税，以致国富民强，[④]其瑰玮之文明价值，不可单冠以一暴字草草了之。

2. 徭役问题

董仲舒谓："（古者）使民不过三日，其力易足。"认为秦时徭役三十倍于古即秦之徭役有九十日。按董仲舒之辞，秦徭役构成系每年更卒一月，一年正卒，一年屯戍。[⑤]据《汉宫旧仪》载："秦制二十爵。男子赐爵一级以上，有罪以减，年五十六免。无爵为士伍，六十乃免老。"故傅籍之上限一般系六十岁。傅籍起岁则应在十六岁。[⑥]综上计算则一秦民所服徭役系44×31+365×2=2094日。每年所服之徭役日数为2094÷44≈48日，约一月半，远不及三十倍于古。且秦国徭役有其极具人性化之规定，[⑦]不可冠名以暴。

① 周朝虽未限制商业然实施国家统一之管理，（《国语·晋语四》载："公食贡，大夫食邑，士食田，庶人食力，工商食官，皂隶食职，官宰食加。"）是以较之战国时代之自由贸易其繁荣程度非数十倍之差不止。

② 见杨宽《战国史》第121页，上海人民出版社2003年第1版。

③ 详见《史记·货殖列传》。

④ 《盐铁论·非鞅》曰："大夫曰：'昔商君相秦也，内立法度，严刑罚，饬政教，奸伪无所容。外设百倍之利，收山泽之税，国富民强，器械完饰，蓄积有余。是以征敌伐国，攘地斥境，不赋百姓而师以赡。故利用不竭而民不知，地尽西河而民不苦。盐、铁之利，所以佐百姓之急，足军旅之费，务蓄积以备乏绝，所给甚众，有益于国，无害于人。'"

⑤ 《食货志》原文系："又加月为更卒，已，复为正，一岁屯戍，一岁力役，三十倍于古。"然据梁向明考则董仲舒原文应作"又加月为更卒，已，复为正一岁，屯戍一岁，力役三十倍于古。"（参见梁向明.《汉书·食货志》点校一误 [J]. 固原师专学报，1990，01:104）又据高敏考，认为董氏之言"已复"系"已傅（傅即傅籍年龄）"之讹舛。（参见高敏.《汉书·食货志》载董仲舒语"已复为正一岁"句试解 [J]. 社会科学战线，1986，01:72）故综合两学者之见，则董氏之言应为"又加月为更卒，已傅为正一岁，屯戍一岁，力役三十倍于古。"此句通顺合理，笔者从之。

⑥ 对于傅籍下限众说纷纭。有以秦昭王于长平之战时发"男子满十五岁者皆服徭役"之先例。有《文献通考》所言之二十三岁（《文献通考》曰："秦制，凡民年二十三，附之畴官。"）。亦有据《睡虎地秦墓竹简·编年纪》载"喜"之事迹所得之徭役下限为十六岁。（《睡虎地秦墓竹简·编年纪》："（秦昭王）四十五年（前262），攻大野王。十二月甲午鸡鸣时，喜产，……，今（始皇帝）元年（前246），喜傅。"）因《睡虎地秦墓竹简》离秦时间最近且秦昭王时属特殊情况，故本文以十六岁为傅籍之起始年岁。

⑦ 秦徭役之人性处枚不胜数，今仅撮举三至重要者：

1. 秦有以钱抵更制度。《汉书·昭帝纪》如淳注曰："更有三品，有卒更，有践更，有过更。古者正卒无常人，皆当迭为之，一月一更，是谓卒更也。贫者欲得顾更钱者，次直者出钱雇之，月二千，是谓践更也。天下人皆直戍边三日，亦名为更，律所谓徭戍也。虽丞相子亦在戍边之调。不可人人自行三日戍，又行者当自戍三日，不可往便还，因便住一岁一更。诸不行者，出钱三百入官，官以给戍者，是谓过更也。"

2. 秦禁止每户两人同时服役。《秦律·秦律杂抄·戍律》曰："同居毋并行，县啬夫、尉及士吏行戍不以律，赀二甲。"

3. 秦规定冬季之工作量较夏时减免三分之一。《秦律·工人程》曰："隶臣、下吏、城旦与工从事者冬作，为矢程，赋之三日而当夏二日。"

退而言之，尽管秦之徭役真系三月，则亦有可谅之处。盖秦初正值大力建造之时期，除去骊山陵、阿房宫与六国宫殿写放，秦长城、秦直道、灵渠、平百越、大兴水利、“坠坏城郭、决通川防、夷去险阻”[①]等建设皆为民生工程，故不应为民所抵抗。且一夫务农，亦不可能永远忙碌，一年之隙，亦当有数月农闲彼时征徭焉能伤民？[②]是以尽管徭役三月亦不妨碍人民生计，况其徭役尚远未达至此数。故董仲舒之言恶意诽谤居多，不具有非秦之价值。

综上所述，则董氏之第一赋税徭役非秦论已然不实。盖董氏儒生仇视法家、帝国文明故大放厥词诋毁秦文明亦合情理，然后世学者常以此类偏颇之言语以佐证非秦，实属憾也。虽秦文献觳薄，参考诸文亦可回溯帝国大致之原貌。但去除非秦之烟雾而观之日下，即可觇秦时社会之太平景象，民众之丰衣足食，官员之蠢迪检押。所谓“日月所照，舟舆所载，皆终其命，莫不得意”[③]，诚哉斯言。

（二）暴力之专权政治

此非秦之说问题有二，其一认为帝国文明属专制体制，其二认定帝国政策十分暴力。故为秦正名系在两方面：其一，秦之政治专制与否。其二，秦之政策暴力与否。如次一一评骘。

1. 秦之政治专制与否

秦政专制说由来已久，后世受西方思潮之影响将秦帝国归入我国第一个封建王朝。[④]

由于中国深受二千余年封建社会之影响导致积贫积弱，故近代以降之知识阶层无不对封建制度恨之入骨。故对所认定之封建

① 见《史记·秦始皇本纪》。

② 《史记·秦始皇本纪》曰：“节事以时，诸产繁殖。”此语即谓减少扰民活动，非干不可的也要不误民时（见韩兆琦译注：《史记》第535页，中华书局2010年6月第1版），于是诸产皆得富足。

③ 见《史记·秦始皇本纪》。

④ 封建之意即封疆建土，其植根于分封诸侯，将秦归于封建社会殊为不妥。根据《牛津词典》，federal之意义系：Of，relating to，or characterized by that form of government in which a number of states constitute a political unit while remaining more or less independent with regard to their internal affairs。此文意义即封建系属于、关联或定义为一种形式之政府——此政府由许多拥有或多或少之内务独立权之州（省）组成。又据《韦氏词典》，言Federalism谓“the distribution of power in an organization （as a government） between a central authority and the constituent units.”此文意思与上文埒即谓封建主义系在一种组织（以政府之形式）内中央权力与组成单位之权力分散。故合两词典之言则可知其实中国惟有三代因有诸侯裂土分封系封建制度外，其余诸朝因行郡县制度故不当算作封建。秦之为郡县始作俑者更不应纳入其间。

制度之鼻祖——秦更是大加挞伐，非秦之风愈加盛行，秦制为专制形象愈加板结，似成铁板钉钉。始皇帝作为专制体系之始作俑者亦被冠名以专制暴君。

专制者何也？不可不察。“专制”一词非中国词汇之原创，系由西方传入。据《韦氏词典》，专制之含义即：由拥有无限权力之一群人或一个人治理之政府形式。[①]是以专制之核心尚在其是否具有无限之权力。路易十四谓“朕即国家”即专制之最佳说明，盖君主之权力至大毫无限制。秦之中央集权制则非任由君主权力之制度，且始皇帝亦非如路易十四之专制君主，以下几点可为凭证：

（1）秦中央集权制有极具影响力之百官体系

秦初定六国后，以原商君之制为基础创建超越两千年分封制度之中央集权制度。中央集权制其上有皇帝系统、中央政务系统、军队武职系列及中央散官系列，其下有十分周密之郡县制度。[②]其中官职繁多，不一一罗列，仅刺取其最重要之丞相、太尉、御史大夫三公进行评骘。丞相之职责系“掌丞天子助理万机”；太尉之职责乃“掌武事”；御史大夫之职责为“掌图籍秘书，外督部刺史，内领侍御史员十五人，受公卿奏事，举劾按章”。[③]由此可见三公分掌行政权、兵权与督察权。尽管此类体制之下皇帝仍具有最终决断权，然百官之属绝非虚设，其于皇帝仍形成极大之制衡。皇权之挥洒绝非如后世般骀荡，是以秦之中央集权制不可与后世皇权膨胀之皇权制相提并论，秦之中央集权制亦远非专制。始皇帝于此等制衡制度之下亦难为专制之君主。况秦初满朝文武，彬彬济济，皆是骨鲠之臣。朝堂之上有公议制度，若皇帝逾矩则不免遭致群臣非议，是以皇帝亦不可能任意妄为而毫无顾忌。

① 《韦氏词典》言专制（Autocracy）谓：“a form of government in which a country is ruled by a person or group with total power.”

② 参见孙皓晖：《中国原生文明启示录》第706–708页，上海人民出版社2012年2月第1版。

③ 文中三公之功能描述皆引自《汉书·百官公卿表》。

（2）秦帝国为古典法制时期

秦帝国时期乃我国史上古典法制昌行时期。其时“凡事皆有定式”且“法令至行，公平无私，罚不讳强大，赏不私亲近”[①]、“刑无等级，自卿相将军以至大夫庶人，有不从王令、犯国禁、乱上制者，罪死不赦”。[②]于此类严格依法行事之社会，虽皇帝之兄可被劓，其推行力度可想而知。故秦时之法制虽仍囿于古典君主制而未能法及于皇帝自身，然其余诸人皆需恪守法制。如此则皇帝仍有不可为之赦免权力，既有权力之框制则不可冠名以专制。秦自商君变法即知恪守法制之重要性。盖法治则中才可守，能使“顽嚚聋瞽与察慧聪智者同其治”，人治则“人存政举，人亡政息”，法治乃长生久视之道也。[③]故秦虽有孝文王、庄襄王两代弱君然因恪守法制，秦法未败故仍可以长治久安国力恒定。始皇帝乃旷古雄主，故当深知守法之重要。一统天下后更应推扬法制而不可须臾懈怠。史书云“端平法度，万物之纪”，又谓“作制明法，臣下修饬”，又谓“建定法度，显箸纲纪”，皆可为佐证。[④]故始皇帝一统天下后应更为恪守法制，与专制妄为之君岂非有天壤之别？

（3）终始皇帝一生未有滥杀功臣之行为

对于专制君主，其典型行为即排斥异己，滥杀功臣以保证绝对之权利。所谓“功高震主”，所谓“卧榻之侧，岂容他人酣睡”，所谓“尔非我族，其心必异”，皆出于此。秦后期胡亥赵高滥杀功臣若此，汉高祖杀韩信若此，赵匡胤“杯酒释兵权”若此，宋太祖朱元璋杀尽功臣废除丞相更若此。是以滥杀功臣已几成专制君主之必行。然始皇帝一统后大肆行赏，臣各显荣，后又对待如旧从无滥杀之行为。此作何解？唯一能说明者乃始皇帝非

① 见《战国策·秦策一》。
② 见《商君书·赏刑》。
③ 参见梁启超：《先秦政治思想史》192页，东方出版社2012年6月第1版。
④ 引文详见《史记·秦始皇本纪》之泰山勒石、琅邪勒石、之罘勒石部分。

专制之君更非任意妄为之君。端而言，蠕而动，遵规守纪，且能知贤用能，垂贤纳谏，与专制暴君差距何其甚远！

故合上述，则秦制体系并始皇帝为人皆与当代所揣摩刻画之形象大相径庭，吾侪不可简单将秦制文明与始皇帝冠之以专制二字而草草了事，且不应忽略对于中央集权制之一具有文明跨越性创造之意义。

2. 秦之政策暴力与否

始皇帝之诸多政策，最为人所诟病者当属筑秦陵、寻仙丹、建阿房宫、修长城、焚书坑儒五件。于前三项，因确系于民无利之举，笔者无意为之辩护。盖阿房宫之修筑史事无考，尚不知是否有筑，此不论。秦陵之建造劳动力约为三十五万人，约占当时天下人口之百分之一。[①]且此类人口多系非正常人口，即所谓隐宫刑徒。隐宫者，类似当今之监狱也。犯人需从事劳动以抵其罪[②]，依今日之法治理念，亦属公道合理，不可谓暴。考虑到秦时之相应辅助措施，即便劳动力征发于民亦无大害[③]。后世大修殿堂、行宫者，比比皆是，曷独孜孜于始皇帝耶？寻仙丹一事虽然荒诞，然人皆有求生之心，以当时人们之认知，实无可厚非。后世汉武帝亦孜孜于不老长生之药[④]，然儒生缄口不言，其褊狭偏颇可见一斑。故筑秦陵、寻仙丹、建阿房宫三事虽于民无利，但放诸当时之社会背景并无太不当。然对于修长城、焚书坑儒二项因后世误解扭曲过甚，于此有必要详论。

（1）修长城

要判定筑长城之决策残暴与否，需考修长城之人数并了解秦长城之文明意义。

据史载，秦长城之修筑人数应在30万—50万，[⑤]且修城之人应

① 《史记·秦始皇本纪》谓："隐宫徒刑者七十余万人，及分作阿房宫，或作丽山。"后世有"十馀年间，百姓死没，相踵於路"之说，然此类说辞太过虚妄类似六国贵族骂秦之泄愤说辞，故本文不给予反驳。

② 参见韩兆琦译注：《史记》第562页，中华书局2010年6月第1版。

③ 考《史记·秦始皇本纪》，但凡始皇帝迁徙民众皆有福利之政策。如"因徙三万家丽邑，五万家云阳，皆复不事十岁"，此文即谓迁徙之民免征十年赋税。

④ 《史记·孝武本纪》曰："（汉武帝）宿留海上，与方士传车及间使求仙人以千数。"

⑤ 《史记·蒙恬列传》谓："秦已并天下，乃使蒙恬将三十万众北逐戎狄，收河南。筑长城。"又案《淮南子·人间训》载："秦皇挟录图，见其传曰：'亡秦者，胡也。'因发卒五十万，使蒙公、杨翁子将，筑修城，西属流沙，北击辽水，东结朝鲜，中国内郡挽车而饷之。"又见《通典·食货七》曰："犹以馀力北筑长城四十馀万。"

皆系秦卒。即或有民众之参与应当皆是服屯戍之人。而服屯戍即服徭役，故修长城于民众之干扰不应过大。[①]

长城之伟大意义据徐卫民先生考[②]有四：其一，巩固边防。因匈奴“利则进，不利则退，不羞遁走”是以防不胜防。修筑长城可使匈奴骑兵行动受到辖制，不可肆意南下劫掠。其二，保证进攻，巩固胜利。蒙恬发兵三十万重创匈奴而夺得河南、阴山等地，若不进行建筑则夺取之土地复被匈奴所占。且长城几与城池无异，可为军队提供后勤保障以随时保证进攻。其三，促进边疆地区之开发与建设。秦始皇三十三年有“徙谪，实之初县”[③]之举。既迁民至边疆，边疆人口增加，外加长城庇护，边疆得以兴旺发达，是以边疆始有繁荣景象。其四，加强文化交流。因匈奴系游牧之文化，而边疆人口属农耕之文化，两者交融形成文化之融合，几与秦与狄戎之类似。后世孙中山先生谓：“因为长城的存在使得中华民族的同化力得以壮大巩固。”[④]

后世仅因一杜撰之孟姜女故事[⑤]将千古文明建设鞭挞至万劫不复之境地实有失公允。盖汉代修长城，明代亦修长城，莫不因知其功利千秋？故长城筑造之功毋庸置疑，乃我族智慧之结晶、文明之屏障！

（2）焚书坑儒

焚书坑儒两事应分开论述。焚书系在始皇帝三十四年[⑥]，而坑儒系在始皇帝三十五年[⑦]。始皇帝焚

① 秦长城修筑有两次，一次系在始皇二十六年（《史记·蒙恬列传》曰：“始皇二十六年，蒙恬因家世得为秦将，攻齐，大破之，拜为内史。秦已并天下，乃使蒙恬将三十万众北逐戎狄，收河南，筑长城”），第二次系在始皇帝三十三年（《史记·秦始皇本纪》曰：“又使蒙恬渡河取高阙、山、北假中，筑亭障以逐戎人”）。第一次修筑主要以维护旧长城为主（参见徐卫民．秦始皇长城研究综述 [J]. 秦汉研究，2012，00:313-342），新修不多故人力应以三十万军卒组成。第二次因修建扩大民力需求增加，人力征集更多，故有五十万人之说也。《秦始皇本纪》将始皇帝第一次著蒙恬发兵三十万击匈奴修长城记在始皇帝三十二年，其原因系因有图谶曰：“亡秦者胡也”，而《蒙恬列传》将蒙恬发兵三十万记在始皇帝二十六年。因《蒙恬列传》后有“暴师于外十余年”且《李斯传》《平津侯主父列传》皆有蒙恬领兵于外十余年之记载，故可知《蒙恬列传》所言属实。若案《秦始皇本纪》之第一次修长城系在三十二年，则蒙恬三十七年卒，首尾六年耳。若据《蒙恬列传》则二十六年至三十七年有十二年，与暴师于外十余年合。故蒙氏第一次修长城系在二十六年，秦初并天下。至于图谶一事当在第二次（始皇帝三十三年）击匈奴修长城之先，因秦已并天下，此类咒秦谣言彼时出较为合理。故《淮南子·人间训》之记载亦当系二次修长城之描述。

② 参见徐卫民．秦始皇长城研究综述 [J]. 秦汉研究，2012，00:313-342.

③ 见《史记·秦始皇本纪》。

④ 见徐卫民．秦始皇长城研究综述 [J]. 秦汉研究，2012，00:313-342.

⑤ 孟姜女哭长城之故事原形系“杞梁妻哭夫”，出自《左传·襄公二十三年》。杞梁系齐军先锋后战死，其妻哭之。齐庄公至杞梁家设祭吊唁。

⑥ 《史记·李斯列传》载：“始皇三十四年，……收去《诗》、《书》百家之语以愚百姓。”

⑦ 《史记·秦始皇本纪》曰：“始皇闻亡，乃大怒曰：‘吾前收天下书不中用者尽去之。悉召文学方术士甚众，欲以兴太平，方士欲练以求奇药。今闻韩众，去不报，徐市等费以巨万计，终不得药，徒奸利相告日闻。卢生等吾尊赐之甚厚，今乃诽谤我，以重吾不德也。诸生在咸阳者，吾使人廉问，或为妖言以乱黔首。’于是使御史悉案问诸生，诸生传相告引，乃自除犯禁者四百六十余人，皆坑之咸阳，使天下知之，以惩后。”

书一事确有，然坑儒乃后世之杜撰，需一一澄清。

《史记·秦始皇本纪》已于焚书一事作详细之描述，此不赘言。所需澄清者乃皇帝并未燔尽天下诗书。皇帝烧诗书之规定乃“非博士官所职”之书尽燔之。故释此文则民间诗书燔尽而宫廷博士馆藏书未曾烧也。[①]古典之破坏应系项羽入咸阳，大火烧宫三月于是古典尽焚也。[②]幸有萧何入咸阳收丞相府与御史大夫府之律令、图书，先秦文献方有极大之保存。[③]凡所燔之书[④]，其目的亦为不使民众以古非今而统一思想，不可以暴力一词咸尽非之。且《诗》《书》等文籍对商汤周武多有褒扬，而商汤周武之政治又与法治精神悖，故烧诗书于维护法制亦有其裨益。[⑤]

坑儒实乃后世之诽谤。秦初立便设有博士七十人，其中有大儒叔孙通、周青臣、淳于越等。且始皇帝二十八年还有“与鲁诸儒生议刻石颂秦德，议封禅望祭山川之事”之记载，可见始皇帝于儒家本非厌恶，且有招徕之意以为天下文明之典范。而坑儒一事本由方士侯生与卢生引起，与儒生无涉。考此二人行迹实乃哄钱骗人之方士，绝非儒生。寻找长生不老药之事真相败露后，二人即逃之夭夭，至皇帝大怒方有“坑儒”一事。重观此事，儒生受牵连颇为费解，因皇帝震怒者系方士，如何牵连出儒生？据《史记·淮南衡山列传》曰：

“昔秦绝圣人之道，杀术士，燔《诗》《书》。”

又见《说苑·反质》曰：

“始皇闻之大怒，曰：‘吾异日厚卢生，尊爵而事之，今乃诽谤我，吾闻诸生多为妖言以乱黔首。乃使御史悉上诸生，诸生传相告，犯法者四百六十余人，皆坑之。’”

又见《史记·儒林列传》曰：

---

① 黄石牧语曰：“秦禁书，禁在民，不禁在官。故内府博士所藏并未亡也。自萧何不取，项羽烧阿房。而书亡矣。”（见郭沫若：《郭沫若全集·文学编第十六卷》第315页，人民文学出版社1989年10月第1版）

② 《史记·项羽本纪》载：“烧秦宫室，火三月不灭。”

③ 《史记·萧相国世家》曰：“何独先入收秦丞相、御史律令图书藏之。”

④ 笔者揣焚烧之书当系儒家经典，因儒家颇好以古非今，悲今颂古。且此燔诗书一事与商君变法时焚烧儒家经典大同小异，故应延续商君做法。并墨家、兵家、纵横家等学派多为实用派，不当焚之也（《史记·秦始皇本纪》曰：“吾（始皇帝自称）前收天下书不中用者尽去之”可为佐证）。太史公载“百家语”者或系后世儒生之杜撰。

⑤ 焚诗书之正义性详见拙作《商君再考》。

“及至秦之季世，焚《诗》《书》，坑术士。”

上诸引文表明所坑之人尽系术士，并未提及儒生。后世之所以将儒生与方士联系者皆因《史记·秦始皇本纪》中扶苏之谏言：

“始皇长子扶苏谏曰：‘天下初定，远方黔首未集，诸生皆诵法孔子，今上皆重法绳之，臣恐天下不安，唯上察之。’始皇怒，使扶苏北监蒙恬军于上郡。”

扶苏一句“诸生皆诵法孔子”，以讹传讹，以致后世便将方士亦作为儒生对待。[①]郭沫若谓：“因为当时对念书、耍笔杆、耍嘴皮子的人都叫‘儒’，所以后代孔丘、孟轲的徒子徒孙们就兔死狐悲地对此说个不停。”[②]

后世之儒生之所以津津乐道于强调焚书坑儒，其目的在于“将儒家的经典抬举为圣经，将儒生们塑造为殉教的圣徒，为儒学的国教化制造舆论”。[③]当然始皇帝并非圣人，也有过失甚至重大错误，但瑕不掩瑜。后世不应专注于始皇帝之不足，一叶障目，以偏概全。

综上所述，则秦制与始皇帝本人既非专制亦非暴力，非秦专制说，不具有扎实根基。

（三）苛刻残忍之刑罚制度

秦国自商君变法举国上下恪守法制。商君之法为秦强大起到举足轻重之作用，是以后世君主无一不遵商君之法。秦始皇亦不例外，直至一扫六国合归一海后即将秦法推行全境。《李斯列传》谓“明法度，定律令，皆以始皇起”可为佐证。然而便是如此一个使秦由弱变强助秦一统天下之法器却为后世大为诟病，啐为酷法。于刑法之残苛方面，二世即位后确系无故杀人，滥杀无

① 李开元先生认为扶苏之言乃儒生之杜撰：陈胜吴广大泽乡起义，曾经“诈称公子扶苏、项燕”。后张楚政权建立一直尊崇扶苏，不仅视其为楚系的王子，亦视其为反暴的仁者。鲁国儒生纷纷投奔张楚政权，其中亦有孔子之八世孙孔甲。儒生为证明张楚政权系德之所向，故杜撰出扶苏之故事以收买天下人心。参加起义之儒生们制造出来的故事，不久得到广泛流传。此故事事后被写进《史记·秦始皇本纪》中，巧妙地插入在坑方士的故事后面。（参见李开元．焚书坑儒的真伪虚实——半桩伪造的历史[J].史学集刊，2010，06:36-47）本文不采此观点，因扶苏性情温和有纳此谏之可能，且始皇帝后期颇为刚愎自用不纳谏言罚扶苏至九原监军亦属事实。今只将此观点提出，以供读者参考。

② 见韩兆琦译注：《史记》第481—482页，中华书局2010年第1版。

③ 见李开元．焚书坑儒的真伪虚实——半桩伪造的历史[J].史学集刊，2010，06:36-47.

辜，此乃无可争辩之事实。然后世非秦者却将秦制司法体系定义为暴，误解过甚不可不查。今将后世谓秦法暴力之代表性言词一一列举，以逐一反驳。

《汉书·食货志》引董仲舒上书谓：

“重以贪暴之吏，刑戮妄加，民愁亡聊，亡逃山林，转为盗贼，赭衣半道，断狱岁以千万数。”

《盐铁论·非鞅》曰：

“商鞅以重刑峭法为秦国基，故二世而夺。刑既严峻矣，又作为相坐之法，造诽谤，增肉刑，百姓斋栗，不知所措手足也。”

《汉书·刑法志》曰：

“秦用商鞅，连相坐之法，造参夷之诛；增加肉刑、大辟，有凿颠、抽胁、镬亨之刑。”

又曰：

“至于秦始皇，兼吞战国，遂毁先王之法，灭礼谊之官，专任刑罚，躬操文墨，昼断狱，夜理书，自程决事，日县石之一。而奸邪并生，赭衣塞路，囹圄成市，天下愁怨，溃而叛之。”

《过秦论》谓：

“秦王怀贪鄙之心，行自奋之智，不信功臣，不亲士民，废王道而立私爱，焚文书而酷刑法。”

《汉书·艺文志》谓：

“法家者流，盖出于理官，信赏必罚，以辅礼制。《易》曰‘先王以明罚饬法’，此其所长也。及刻者为之，则无教化，去仁爱，专任刑法而欲以致治，至于残害至亲，伤恩薄厚。”

以上几则材料系非秦法制之蓝本。

释上诸文，非秦法制残苛盖有四方面：其一，罪犯极多

（“赭衣塞路，囹圄成市”）。其二，秦法刑戮妄加，始皇帝日以继夜断案（“昼断狱，夜理书”“断狱岁以千万数”）。其三，刑法残忍（“刑既严峻矣，又作为相坐之法，造诽谤，增肉刑”又“增加大辟，有凿颠、抽胁、镬亨之刑”）。其四，秦法严酷不行仁义（“去仁爱，专任刑法”）。然若深析根源，则此四点皆无地立足。如次一一解析：

1. 罪犯极多

此点指责显然夸大其词，更似六国贵族诽秦之说辞。曰犯人多至堵塞街头以致人数多于平民，荒唐至极。按史料，筑阿房宫与丽陵之七十万劳动者系犯人，当为当时之最大罪犯群体，然合天下人口数仅为2%耳（前文已有说明）。且此类人口终始皇帝一生未曾发生暴乱，尤其在秦军主力不在关中之时没有溃散叛乱，可资以秦法公正之凭证。[①]

2. 秦法刑戮妄加，始皇帝日以继夜断案

此点指责纯属无稽之谈，盖秦有律法，“凡事皆有定式”，焉能无过加刑？且秦素来笃行法制，此类滥施刑杀之行迹与法家之核心思想完全相悖。此类指责几类于侯生、卢生于始皇帝之指责：

“天下之事无小大皆决于上（始皇帝），上至以衡石量书，日夜有呈，不中呈不得休息。贪于权势至如此，未可为求仙药。”（《史记·秦始皇本纪》）

侯生与卢生之说辞与《汉书·刑法志》所言之“专任刑罚，躬操文墨，昼断狱，夜理书，自程决事，日县石之一”同出一窍。两文皆言皇帝夜以继日埋首案头，而侯生与卢生将此勤奋敬业之举视为贪恋权势，然两者皆不能成立。盖秦并天下事务繁冗至极，文明统一、工程建设、防击匈奴、南下百越等一系列国家

① 秦军当时在腹地人数并不多。秦并天下，兵力当在一百万，其中三十万在九原，五十万南下，除去各类关隘防守，腹地关中所剩军队应不多。若刑徒暴动其人数远超秦军，后果不堪设想。惟秦法至公而被罚者认罪无抵抗之情绪，此乃秦任由关中军少而放心大数量罪犯劳作之原因。

大事应接不暇，始皇帝焉能日夜专注于断案一隅？且秦有御史大夫、廷尉等专职司法人员，完全不需始皇帝亲自断案。（著名之“坑方士”事件便系由御史审查诸方士，最后依律处断）而侯生、卢生之浅见者流将始皇帝之勤奋辛劳贬为贪恋权势绝无可信之理。反而据此二则材料，从侧面真实再现了始皇帝之奋发形象，可知史料所载皇帝“夙兴夜寐，建设长利，专隆教诲”“忧恤黔首，朝夕不懈”并非子虚乌有。

3. 刑法残忍

对于秦法残酷与否，不可以当代之高端文明视野反顾而判定。认识秦法之性质尚需了解彼时代之背景。春秋战国时代乃“烨烨雷电，不宁不令”之大变动、大融合时代，故一国之稍微弱小即等于给予他国征伐之机会。是以春秋战国各诸侯国普遍实行重刑制度以确保社会之最大安定性，从而达到国家内部稳定以抟力对外。所谓“乱世用重典”，诚哉斯言！晋文公斩颠颉之脊，齐威王烹煮贪官皆出此理——明法而示民也。秦国作为战国时期集大成者，亦毫无例外地顺应时代潮流遵循重刑原则。也就是说，秦法乃时代之产物，应予以正视而不应一味指责。[1]且判别一项法律之残忍与否，绝大程度取决于执法之公正性。若凡事皆按法度纲纪行事，则“国法明，杀人不为暴”“明刑不戮”，不可武断地说凡严苛之法皆为暴。

4. 秦法严酷不行仁义[2]

关于此点非秦说辞，乃基于儒家王道礼制治国之理论。盖王道治国尚贤，“刑不上大夫，礼不下庶人”，对于臣子常有赦免。王道礼治之刑法特色有二：一、意不在尝惩而在感格。二、具有极其鲜明之等级特色。[3]故对于“不肴过，不赦刑”之法家主

① 重刑原则可参见拙作《商君再考》一文。

② 治国不仁说可参见拙作《商君再考》一文。

③ 礼制问题可参见拙作《礼制浅考》一文。

张，儒家每每冠名以虎狼苛政，暴官酷吏等骂词。倘若深究，则法家之暴非暴，乃依法处决。而儒家之仁亦非仁，乃滥施赦免。两相比较，以今日之高端法制文明觇之，何者进步一目了然。

后世多有诟病法家执法太严以致“残害至亲，伤恩薄厚”。然法制之能否推行实取决于执法之坚决性。若犯法仍得赦免，则人皆生侥幸心于是法制破灭，是以韩非子曰：

“世之学者说人主，不曰：‘乘威严之势以困奸邪之臣’，而皆曰：‘仁义惠爱而已矣！’世主美仁义之名而不察其实，是以大者国亡身死，小者地削主卑。何以明之？夫施与贫困者，此世之所谓仁义；哀怜百姓，不忍诛罚者，此世之所谓惠爱也。夫有施与贫困，则无功者得赏；不忍诛罚，则暴乱者不止。国有无功得赏者，则民不外务当敌斩首，内不急力田疾作，皆欲行货财，事富贵，为私善，立名誉，以取尊官厚俸。故奸私之臣愈众，而暴乱之徒愈胜，不亡何时！”（《韩非子·奸劫弑臣》）

故仁义惠爱乃法制之蠹虫，其必须杜绝而不可滥行。有此理论基础，秦法执行之严明空前罕见，并于各类具体违法情形有明确之规定。云梦出土之秦律于藏匿户口、徭役迟到、度量衡不合格、山泽保护等，甚至细微至为官售货需将钱投入罐中以使买家见亦有规定。此类法规细致明确，不合者重罚。然轻罪重罚之做法又多为后世所诟病，谓秦法多如牛毛，繁法严刑。然法家解释谓：

“法详，则刑繁；刑繁，则刑省。”（《商君书·说民》）

又曰：

“故行刑，重其轻者，轻者不生，则重者无所至矣，此谓治之于其治也。”（《商君书·说民》）

释此二文即谓法详则刑法繁多，于是甚易触法，又因法重，民皆自重不敢轻易犯法，故法详而受刑之人反少。其以刑去刑之见解实乃我国法制史上一重大发明。今新加坡之吐口香糖需处以鞭刑且不得赦免，其理同出一辙。

除外，法家自有其爱民之深邃思考，唯因其执法至公不行私故后世传讹为暴。商君谓：

“古之民朴以厚，今之民巧以伪。故效于古者，先德而治；效于今者，前刑而法。此俗之所惑也。今世之所谓义者，将立民之所好，而废其所恶；此其所谓不义者，将立民之所恶，而废其所乐也。二者名贸实易，不可不察也。立民之所乐，则民伤其所恶；立民之所恶，则民安其所乐。何以知其然也？夫民忧则思，思则出度；乐则淫，淫则生佚。故以刑治则民威，民威则无奸，无奸则民安其所乐。以义教则民纵，民纵则乱，乱则民伤其所恶。吾所谓利者，义之本也；而世所谓义者，暴之道也。夫正民者，以其所恶，必终其所好；以其所好，必败其所恶。”（《商君书·开塞》）

此文可谓犀利至哉！商君觇仁义故为民之所爱，然滥行仁义之后果乃民众最终任意妄为，其结果与民众最终不善，故曰“以其所好，必败其所恶”。若昌行法制者，则系民众之所憎恶，然最终天下道不拾遗一片安康，民最终获利，故曰“以其所恶，必终其所好”。法家因行法治又不欲民无故受罚，故务使法律简洁易懂，又置法官为民解答，因之民可以知法而不触禁。曰：

“夫微妙意志之言，上知之所难也。夫不待法令绳墨，而无不正者，千万之一也。故圣人以千万治天下，故夫知者而后能知之，不可以为法，民不尽知；贤者而后知之，不可以为法，民不尽贤。故圣人为法，必使之明白易知，名正，愚知遍能知之；为置法官，置主法之吏，以为天下师，令万民无陷于险危。故圣人立天下而无刑死者，非不刑杀也，行法令，明白易知，为置法官吏为之师，以道之知，万民皆知所避就，避祸就福，而皆以自治也。故明主因治而终治之，故天下大治也。（《商君书·定法》）”

此类体察民情，使民可“知所避就，避祸就福”莫非体恤爱民之铁证？且法家虽执法严厉然其理论根植于民本思想。管子曰：

“不为爱民亏其法，法爱于民。”（《管子·法法篇》）

商君又曰：

“法者所以爱民也。”（《商君书·更法》）

如此昌言爱民者，儒家可有？虽孟子谓“民为贵，社稷次之，君为轻”，然其所主张之尊卑等级（君君臣臣父父子子）较之法家一视同仁，何者真心为民？何者公平？岂非昭然？！盖后世非秦法严厉，系未知其法制精神之故。后世儒生亦步亦趋，彼唱君和，彼揄君扬，沆瀣一气共同辱没我国古代瑰玮法制时代，其心何堪！

综上所述，秦法残苛论不能成立。

二、秦亡原因考

秦建国之初，“天下之士，斐然向风”，可知天下民众对于一统是欢迎并且认可的，一统系民心之所向。然巍巍帝国竟然于堪堪十五年间（公元前221年—前207年）遽然崩塌，实乃耐人寻味。

夏朝“自孔甲以来而诸侯多畔夏，桀不务德而武伤百姓，百姓弗堪。”[①]孔甲到桀有四代。商朝“帝甲淫乱，殷复衰，……帝乙立，殷益衰……帝乙崩，子辛立，是为帝辛，天下谓之纣。”[②]

① 见《史记·夏本纪》。
② 见《史记·殷本纪》。

帝甲至帝辛有七代。周则更无须多言，幽王烽火戏诸侯后，周朝仍继续苟延残喘五百余年后亡。参考前代历史，后人于秦之速亡作出种种评断推测，最后的结论皆曰：秦亡于暴。前文已推翻暴秦说，自不待言。退言之，一朝暴政就会导致速亡吗？汉高祖打戮功臣，明太祖杀尽功臣、大兴文字狱、建立锦衣卫，莫非不暴？然均可延续数百年。显然单以一暴字无法解释秦迅速灭亡的原因。笔者以为，秦亡于以下五点：

（一）胡亥、赵高、李斯集团破坏帝国法制体系

王朝之兴衰灭绝皆与末代君主有极大关联。夏桀若此，商纣若此，后世各代王朝亦若此，不一而足。秦之灭亡亦不例外，与秦二世之苟合集团不可脱干系。

据《史记·李斯列传》载，始皇帝三十七年巡行时病重于沙丘，遗书扶苏一封谓“以兵属蒙恬，与丧会咸阳而葬”。事后胡亥、赵高、李斯等人沆瀣一气伪造遗诏立胡亥为太子，又赐死扶苏、蒙恬，自此帝国毁灭之厄运降临。

此场奇异之帝国毁灭行动中，亡秦之首恶当数赵高，李斯次之。赵高连受其母之罪而为一卑贱子弟。而后始皇帝闻其为人勤奋，兼精通法律，便提拔赵高为中车府令掌皇帝车舆。焉知便是这位先前备受始皇帝知遇之恩之卑贱子弟竟扣留皇帝诏旨且与李斯“更为书”，而后又野心极度膨胀，为一己之私利先是蛊惑胡亥大杀功臣皇族成员，之后又任人唯私，鼓励胡亥大兴土木横征暴敛贪图享乐，终于积怨以致天下叛乱。而作为一介寒士因受始皇帝赏识而跻身百官之首之李斯竟与赵高鬼使神差地同流合污，可谓历史之一大异数也。其原因，据史料之记载大约为：李斯于相位有私心，而赵高怨恨蒙氏曾处己以死刑，加之自己又为胡亥老师，便认定胡亥于己有大利。于是两人苟苟且且连手制造了一起大逆不道之事，最终导致秦帝国灭亡。回顾整个事件，三人败国之最大原因乃其野心与私利膨胀而破坏了已成为举国遵守之帝国法制。据《史记》载，二世之违法暴行有如下几处：

1. 无故赐死扶苏、蒙恬。（“更为书赐公子扶苏、蒙恬，数以罪，赐死。”）

2. 所有后宫未生子者皆殉葬。（“后宫非有子者，出焉不宜。”）

3. 将所有工匠及搬运殉葬物品之人员悉数关于墓内。（“尽闭工匠臧者，无复出者。”）

4. 无故滥杀大臣、郡县守尉及诸公子。（“乃行诛大臣及诸公子，以罪过连逮少近官三郎。”）

有此几类暴行，帝国法制已然荡然无存。盖如今皇上非以法治罪，而唯凭个人之喜好。此类行迹旦出，群臣惊愕不已但求保身，（“大吏持禄取容，黔首振恐”）谈何帝国运作。是以二世开滥杀之源，帝国原本飞速运作之法制系统迅速卡壳，以致国家体制完全失灵，国力大退。而后二世“又作阿房之宫，赋敛愈重，戍徭无已”“法令诛罚日益刻深，群臣人人自危，欲畔者众”，于是陈胜吴广终揭竿而起，天下大乱。随后愈演愈烈，终于在公元前二〇六年十月，子婴将丝带系于脖上，驾着白车白马，手捧天子印玺符节，在轵道亭旁投降刘邦，至此秦遂告灭。历史当然没有假使，但倘使胡亥（哪怕庸君）即位后，可以如孝文王、庄襄王般恪守法制，纵使李斯、赵高二人获得重任，则帝国运转虽稍慢保全亦足矣。

（二）春秋战国时孕育之大争精神尚未消磨

冷静分析，秦亡与在春秋战国时所孕育之大争精神不无干系。夏商西周三代虽是松散之联邦制，然而并未出现天下纷争之大革命局面，是以民众往往生出安逸惰性——除非不奋争即生灵涂炭，否则宁可苟活也不愿冒险举事。此类表现之最明显者莫过于元宋明清之统一盛世，民众乐而生逸几失其奋争之心志。大争精神消弭，苶靡风气泛滥，直至西方列强蹴践我族时，人民已“奄奄如病夫，冉冉如弱女，温温如菩萨，戢戢如绵羊”，养成一“柔脆无骨、颓惫无气、刀刺不伤、火爇不痛”之民族。①是以三代及后世诸多朝代绵延数百年非君王不暴，实乃争斗之心为太平风气所消弭。秦时则不然，华夏大地刚刚经历五百余年之战火洗礼，士子阶层兴旺，各类学者大家跌出不穷。凡有血气皆有争心，一片丹心赤忱，无有虚伪阿谀与犹豫却步，合则留不合则去，衡一味风清月朗。同时贵族政治消灭，平民有识者可以凭才识以获重任，于是形成天下问政之风气。诸侯纷争，一国生死存亡系于人心向背，是以诸侯无有敢过分享乐或是滥杀无辜之举动，否则便会被视为暴政恶政，人才流失，天下得以共诛以致亡国。此类风气，秦一天下后不可能短时间内消弭。二世即位，横征暴敛、滥杀无辜，首蹈春秋战国之世之大不韪。本于春秋战国之本色大争精神，有志之士及普通百姓群情激愤，眼见皇帝毫无悔过之心，是可忍孰不可忍也，终于一呼百应天下大乱。因秦乃五百年来之又一统，然历经几百年之大变革，兴亡灭绝已经习为常态，统一之初天下尚有极大之变数。民众欢迎秦一统之原因本乃希冀从此天下咸平，焉知二世暴虐残酷，故群起而讨之。

但观后世，凡是先前割据许久，后世一统之朝代无不具有类

① 引自梁启超：《论尚武》。

秦之结局。西晋若此，隋朝若此。前时之奋争战乱鼓动民之争心，此类争心又非几年所能平息，是以统一朝代稍有违悖民意之暴政逆行便立刻被推翻。此乃一历史现象，吾侪应正视之以助于探究秦亡本源。

诚然，后世非秦不行分封而灭亡亦似有其道理。盖秦若行分封，则君主号令力量必然减少。纵二世行暴虐之政，而封地主可分庭抗礼而不从，最后取胡亥而代之亦有可能。然而无可否认，分封制乃混乱之本，秦以郡县代之无疑具有时代之巨大进步意义。后世柳宗元于《封建论》中赞秦郡县制道：

“汉有天下，矫秦之枉，徇周之制，剖海内而立宗子，封功臣。数年之间，奔命扶伤之不暇。困平城，病流矢，陵迟不救者三代。后乃谋臣献画，而离削自守矣。然而封建之始，郡邑居半，时则有叛国而无叛郡。秦制之得，亦以明矣。继汉而帝者，虽百代可知也。”

可谓洞察沈邃。

（二）始皇帝之突然早逝

秦帝国之轰然倒塌与始皇帝之英年早逝不可脱干系。公元前210年，秦始皇在巡游途中病亡于沙丘，时年五十岁。若始皇帝可以延寿十年或是五年，应言秦帝国之命运转变是一定的。始皇帝之存在与帝国命运之联系主要在复辟与立太子问题上。

1. 复辟问题

秦虽一天下，然并未对六国贵族大加杀戮①，而同时亦未对六国贵族进行封赏。②此乃历史之大变化。盖商灭夏分封其后于“后”，后周又将夏后分封于“杞”。周灭商又封纣子武庚禄父

① 齐亡记载：“四十四年（秦王政二十六年），秦兵击齐，齐王听相后胜计，不战，以兵降秦。秦虏王建，迁之共，遂灭齐为郡。”楚亡记载：“五年（秦王政二十四年），秦将王翦、蒙武遂破楚国，虏楚王负刍，灭楚名为郡云。”燕亡记载：“三十三年，秦拔辽东，虏燕王喜，卒灭燕。”韩亡记载：“九年（秦王政八年），秦虏王安，尽入其地，为颍川郡。韩遂亡。”赵亡记载：“七年（秦王政十八年），……，赵忽军破，颜聚亡去。以王迁降。八年十月，邯郸为秦。”魏亡记载：“三年（秦王政二十年），秦灌大梁，虏王假，遂灭魏以为郡县。”以上诸文皆引自《史记》各国世家记载，皆无秦杀贵族之记录。若秦果有杀贵族行为则不可能无录，盖三代皆有杀戮详记，秦不可能无载。其原因当系秦并未杀戮六国贵族，而不杀贵族之原因应亦在招安天下。

② 秦庄襄王灭周，《史记》云：“周既不祀”，即周之香火绝断。由此可推秦并未裂土与周以延其后。后秦以郡县制治天下，更应无裂土之行为是以六国后代不曾分封是其实也。

于朝歌，以续殷祀。尽管武庚与管叔、蔡叔事后作乱，周公平定后仍“立微子于宋，以续殷后”。周朝还一并分封了部分先圣后代，如封虞舜之后于陈。故若顺应历史，则前朝皆有分封亡国后代之举动。秦一举废除之虽有利于江山社稷，然不免当时议论纷纷。六国遗民姑且不谈，仅六国王室贵族自觉大失体面，难免不四处生事企图复辟。《史记》记载复辟之激进行为有三：其一，二十一年，新郑之韩旧贵族叛乱。[①]其二，始皇帝二十九年张良锥之。[②]其三，始皇帝三十年夜出兰池宫逢盗。[③]从后两件暗杀事件可知，六国贵族势力在秦初并天下时仍旧很大，可以详细获知皇帝行踪并精密部署暗杀。在最后兰池宫暗杀时，皇帝见窘，可知谋划之细致，皇帝处境之危险。而此类暗杀事件随时间流荡销声匿迹，后期复辟进入以流言为主之消极攻势。据《史记》载，此类保守行为亦有三：其一，三十二年，卢生奏谶纬之书于秦始皇，其中有语“亡秦者胡也”。[④]其二，三十六年，有人刻“始皇帝死而地分”于坠星上。[⑤]其三，三十六年，有人持璧拦使者令其帮忙带璧于滈池君，又言“明年祖龙死”。[⑥]复辟贵族从事此类暗流攻势而不行激进之方法可见天下复辟潮流逐渐消减，其实力开始萎缩。然而始皇帝遽然离世顿使原六国贵族阶层压力骤减，加之皇帝后期大兴土木，又多多少少给天下民众带来了负担，而胡亥集团上位后诸多暴行更为复辟势力落得口实，于是复辟势力死灰复燃，重新蛊惑人心，造反暴动。

2. 太子问题

始皇帝十三岁立为秦王，三十七年死，享年五十岁。他生有二十多位王子，最后出巡时幼子胡亥已二十岁，却一直没有册立太子，连始皇帝弥留之际备受信任而留以书信之长子扶苏亦没有

① 《史记·秦始皇本纪》载：“二十一年，……，新郑反。”

② 《史记·秦始皇本纪》载：“二十九年，始皇东游。至阳武博狼沙中，为盗所惊。”又据《史记·留侯世家》载：“（张）良尝学礼淮阳。东见仓海君，得力士，为铁锥重百二十斤。秦皇帝东游，良与客狙击秦皇帝博浪沙中。”

③ 《史记·秦始皇本纪》载：“始皇为微行咸阳，与武士四人俱，夜出逢盗兰池，见窘，武士击杀盗，关中大索二十日。”

④ 《史记·秦始皇本纪》载：“燕人卢生使入海还，以鬼神事，因奏录图书，曰‘亡秦者胡也’。”

⑤ 《史记·秦始皇本纪》载：“三十六年，荧惑守心。有坠星下东郡，至地为石，黔首或刻其石曰‘始皇帝死而地分’。”

⑥ 《史记·秦始皇本纪》载：“秋，使者从关东夜过华阴平舒道，有人持璧遮使者曰：‘为吾遗滈池君。’因言曰：‘今年祖龙死。’”

提前立为太子，实非寻常，以致事后给胡亥、赵高等人留下可乘之机。

商朝因继位以“父死子继”配合“兄终弟及”以致“自中丁以来，废嫡更立诸弟子，弟子或争相代立”，其结果兄弟征伐，邦国不宁。后周人开古之先河定“立嫡以长不以贤，立子以贵不以长”之继承法则，一直传承到后世。然而此类继承法则至春秋时并未被遵行。晋文公非长子继位，秦穆公非长子继位，齐桓公亦非长子继位。到战国则几乎雄主皆非长子继位。此类现象之原因乃战国之世，诸侯纷争，国家必须保证代有明君不可再拘泥于旧制。而嫡长子常常并非最为贤良者，是以继位者常常亦非嫡长子。仅以秦国论，孝公非为长子，昭王非为长子，孝文王非为长子，庄襄王亦非长子。是以为保代有明君，立嫡逐成为一件颇为棘手事情。为保明君即意味立嫡不再有定式而需以才量人。始皇帝迟迟不立太子与先前立太子需推贤之背景当极有关联。因始皇帝本人年纪尚轻，于是希望可以多多考量以择得最佳人选。仅以《秦始皇本纪》推测，则始皇帝意下之继承者应系扶苏。据赵高言辞，扶苏“刚毅而武勇，信人而奋士”，应系朝中公认之太子候选人，且派扶苏至九原蒙恬处历练又于弥留之际留书扶苏焉无暗示扶苏为太子之意耶？然而在已有合适人选之情况下，始皇帝仍不立太子，不得不言与始皇帝后期之刚愎自用有关联。始皇帝晚年逐渐进入一荒诞时期，听信骗子方士之谰言，坑杀谣言陨石周围之所有居民，杀光身边告密侍从……故客观分析之，虽始皇帝后期所作所为尚未形成可以颠覆其人功绩之行为，然暗暗中已经开始偏离帝国法制走向势治人治。据《史记》载，始皇帝最后一次大巡游在“平原津”时已病，若皇帝此时可以幡然醒悟速立太子，则帝国尚可有救。然晚年所养成之自负习惯使得始皇帝并未关注此事（“始皇帝恶言死，群臣莫敢言死事。”见《史记·秦始皇本纪》），自信仍可以青山常在。直到最后关头方才遗下一封草草未定太子之书信，且未与大臣商议后事便溘然长逝，以致留下巨大之变数与权利空洞。假使始皇帝在平原津可以速立太子，并与丞相李斯作一次长谈，以李斯之公心自会拥立扶苏继位，而帝国之命运亦将从此改变。可过分之自信使始皇帝并未如此行事，以致巍巍帝国为一帮龌龊小人所毁，实是令人喟叹不已。

（四）帝国功臣愚忠过甚

以史料观之，秦统一之初，始皇帝册封了一批帝国功臣，以三公九卿首当其冲。可以推断出的结论是，秦之初期乃是四方辐辏彬彬济济。据上文结论，秦时之中央政府权力极大，绝非摆设，而在赵高、胡亥、李斯等人沆瀣一气左右朝政的时候，却未见史料记载大臣们有何举动。蒙恬吞药自杀，蒙毅为胡亥使者所杀，冯去疾与冯劫自杀……臣子基本毫无反抗，引颈就戮。若在扶苏自戕胡亥胡作非为后大臣们可立即觉悟，毅然拥立子婴，或许帝国之历史仍可重写。然此类怪异之历史现象解释应有二：其一，群臣之首李斯自身系苟且集团之一员，即便良心发现，发觉胡亥、赵高等人乃帝国之毁灭者后幡然醒悟、毅然举事，其实也等同于讨伐自己，日后事情败露尽管可不被治罪，但丞相之位定然无保。李斯之私心逼迫其不能成为举事之首魁，而必须一条路走到黑。其二，帝国功臣愚忠太甚，不敢有违始皇帝圣旨。此可以蒙恬一言解答。《史记·蒙恬列传》载：二世又遣使者之阳周，令蒙恬曰："君之过多矣，而卿弟毅有大罪，法及内史。"恬曰："自吾先人，及至子孙，积功信于秦三世矣。今臣将兵三十余万，身虽囚系，其势足以倍畔，然自知必死而守义者，不敢辱先人之教，以不忘先主也。"其群臣之所以不反者——不敢辱先人之教，以不忘先主也。帝国功臣与始皇帝情谊太深，始皇帝溘然长逝加剧了君臣情谊演化为士为知己者死之悲壮情怀。许多臣子独侍一主，主死即去几类于此。盖君臣友谊太深，侍奉新主已无兴致。是以二世滥杀功臣时，诸多臣子应已抱有臣死面先主之意，如此方可解大臣们概无激烈抗死行为之原因。虽大臣有劝诫之例，然胡亥两耳不闻终究枉然。随着大臣逐渐凋零，李斯虽望极力弥补过失，然已经无力回天。秦帝国之功臣们以他们愚忠之信念洒下了祭秦的一片片鲜艳血花！

（五）帝国法制体系之根本缺陷

囿于古典君主制，战国法家尚未突破至君主亦应守法之高度。虽中央集权制中百官体系实力不可小觑，然处于权力顶端之皇帝毕竟可以言出即法、一言九鼎。古代法家亦已察觉此缺点。商君谓："国皆有法，而无使法必行之法。"[1]诚哉斯言！然彼宗对此亦未能找到根本解决之法。商君苦心擘画得出一策谓：使人民法律知识普及。[2]商君云：

"诸侯、郡、县皆各为置一法官及吏，皆比秦一法官。郡、县、诸侯一受赍来之法令，并学问所谓。吏民欲知法令者，皆问法官。故天下之吏民，无不知法者。吏明知民知法令也。故吏不敢以非法遇民，民不敢犯法以干法官也。遇民不修法，则问法官，法官即以法之罪告之，民即以法官之言正告之吏。吏知其如

① 见《商君书·画策》。
② 参见梁启超:《先秦政治思想史》第 202 页，东方出版社 2012 年 6 月第 1 版。

此，故吏不敢以非法遇民，民又不敢犯法。如此，天下之吏民虽有贤良辩慧，不能开一言以枉法；虽有千金，不能以用一铢。故知、诈、贤能者皆作而为善，皆务自治奉公。民愚则易治也，此所生于法明白易知而必行。”（《商君书·定分》）

可见法家希望使法易懂又置法官等为之说明以使天下之民皆明法令且互相监督，于是法可以行。然此策只可治表不能治本，一旦权力不受约束之君主不欲行法制，则法官法条悉成摆设。正是此类非君主之维护而不得行之特性使胡亥集团得以废法而肆意妄为，倘若胡亥处于现代法治完备之体制下则此类事情断无发生之可能。

三、结语

合上诸文，秦之灭亡实有众多因素合成之原因。且因其处于数百年乱世而一统之特殊时期，其速亡不可简单以一暴字涵盖。

对于秦帝国之正视乃重新发掘我国原生文明之途之金钥匙。历代以来，各朝非秦以致当下对秦仍有极深之误解。有人还甚至觉得北征匈奴与南下百越属于劳民伤财之举动。其实，若无秦帝国伟大之北上击匈奴修长城，南下征百越立郡县壮举，汉朝重新驱逐匈奴收复百越必要花费更多的时间精力。

在全世界横向比较中，秦帝国创立了地球上最为幅员辽阔、多元文明之国家。同时秦帝国不分封而立郡县之制度一直影响至今。

汉代桑弘羊有一语讲得妙极：“今以赵高之亡秦而非商鞅，犹以崇虎乱殷而非伊尹也。”[①]对于秦二世之暴行我们必须予以谴责，然而仅仅因此否认整个帝国文明则绝然有失公允。对于秦帝

① 见《盐铁论·非鞅》。

国文明中之各类有益精神、文明创造、社会之高效运转及整合能力加以批判性地学习吸收，无疑会对当世之治理产生积极效果。当然，这一切都根植于对此文明时代认知之转变。

虽然只有短短十五年，秦朝之文明遗产仍旧如此丰厚。每当思及一个为后世提供了无限便利之朝代而为人所诟病时，屡屡感叹时间磨灭了历史之价值。本文仅望以最大之努力还原秦亡之原因以告世人以真相，希冀社会早日正视秦史，从而开启久已尘封之原生文明宝库。

2016年7月28日

杂论篇

商鞅变法对当今中国法治的启示

党的十八届四中全会通过了《中共中央关于全面推进依法治国若干重大问题的决定》（以下简称《决定》），对法治之重视程度达到了新中国成立以来前所未有的高度。与此同时，习总书记在政治局第十八次集体学习时强调：需要对我国古代治国理政的探索和智慧进行积极总结。诚然，在漫漫中华五千年文明历史中，我民族之治国理念精彩纷呈，先人们在我们民族的逐步发展中积累了大量治国平天下的理论与实践，在当今倡导依法治国的背景下，从浩瀚的历史长河中撷其精华为我所用，将更容易适应国情民意，为翊赞我国法治推行资以重大贡献。

但言法治，十之八九以为来自西方。可事实上，在西方国家尚处于野蛮的城堡割据时期时，我国已经发展到了古典法治的最高峰——春秋、战国、秦。春秋战国时期，各国纷争，唯有强国方能生存，故各国争相变法，其频率之快使人目不暇接。而其佼佼者秦国由于变法最为深彻，所以国力居于诸国之首，最终一统天下。秦国这一次震古烁今的大变法史称商鞅变法，也正是由商鞅变法始，秦国走入了古典法治，国力一跃而起，为他国望尘莫及。我们不禁要问，这场变法的成功秘诀是什么？它又有哪些不足？这些问题的回答对当今中国之法治无疑具有重要的借鉴意义。

笔者认为，商鞅变法之成功有如下几点可资借鉴：

一、法以爱民的法家民本精神。《商君书·更法》曰："法者，所以爱民也，……苟可以利民，不循其礼。"这句话道出了古代法家的本质。法，非用作巩固某一部分人的特权，法是为保护人民利益而生的。正是因为这种反映老百姓诉求之立法指导思想，所以商君之法一出很快便得到了秦国上下的认同与拥护。这种法治民本思想在当今应认真地为我所吸收，堪为立法者之立法准则。无论是订立还是修改，或废止何种法律法规，只有在这种立法圭臬的约束下才能产生良法。《决定》强调："良法是善治之前提""要恪守以民为本、立法为民的理念""使每一项立法都符合宪法精神、反映人民意志、得到人民拥护。"这与商鞅的立法思想如出一辙。若能持之以恒，法律必能成为人们自觉遵守的准则，全民守法必会蔚然成风。

二、执法之坚决性。在商鞅变法过程中，有一次太子犯法 ，可由于太子为国家储君依律不能处罚，故"刑其傅公子虔，黥其师公孙贾。"此事影响巨大，翌日"秦人皆趋令"。此事充分体现了商鞅变法期间有罪必诛的为政主张。假设商鞅在这件事上踌躇，因特权赦免了公子虔或公孙贾，这将预示秦国变法之不坚，法律威严之不足，毫无疑问将从此失去民众对于新法的支持。因此，从这事件上我们应领悟到执法需要坚定性，也就是法不阿贵，不能法外开恩。对于犯法者"有功于前，有败于后，不为损刑；有善于前，有过于后，不为亏法"，"不宥过，不赦刑"。只有在这样的执法氛围下，才能保证法律的威严及地位。也只有在一个法律至上、唯法是从的社会，国家护法的成本才会最低，人民的幸福指数、国家的办事效率才能臻至善境。从十一届三中全会提出"有法可依、有法必依、执法必严、违法必究”十六字方针以来，三十多年过去了，应该说我们解决了前面四个字“有法可依”的问题，社会主义法律体系已基本形成，但后面的十二个字依然没有得到根本解决。《决定》也指出：“有法不依、执法不严、违法不究的现象比较严重，……多头执法、选择性执法仍然存在。”中国要全面推进依法治国，严格执法是非常关键的一环。正如习总书记所言，无论什么人都没有超越宪法和法律之上的权力。唯有法律面前人人平等，坚定地执行法律，法律才会不言自威。

三、强力的求变创新精神。在商鞅变法之初，秦国君主秦孝公特意召聚了几员大臣共议变法事宜。其中以甘龙、杜挚等既得利益者为首的秦国贵族坚决反对变法，声称：“利不百，不变法，功不十，不易器。法古无过，循礼无邪。”“圣人不易民而教，知者不变法而治。”针对这种保守论点，商鞅给予了深刻反驳：“圣人苟可以强国，不法其故；苟可以利民，不循其礼。三代不同礼而王，五伯不同法而霸。治世不一道，便国不法古。故汤武不循古而王，夏殷不易礼而亡。”这种破古求变精神得到了秦孝公发自内心的强烈认同与强有力的支持。虽然在推进变法过程中，复辟势力一再阻挠，但在秦孝公及商君君臣合璧的联手操控下，均屡屡化险为夷，为秦国图新变法奠定了牢不可破的坚实根基。而这种求变创新的精神也逐步演变为秦国庙堂之风尚，在强国虎视的恶劣环境下，一次次变陈法，出新策，保证了秦法在每一时期的先进性、科学性。反观当时的其他诸侯国如楚国、齐国等，首先便缺乏这种上下同心的图变精神，而后就算一次变法成功也因缺乏创新精神而浅尝辄止，终致半途而废。毋庸讳言，只要是变革就必然会触动既得利益者的“奶酪”，变革能否取得最后的成功关键取决于推动者的强大求变决心、勇于创新意识与自我牺牲精神。我们不能不看到，中国当今拥护法治的人是大多数，但反对法治的也大有人在，只有全国上下形成一种蓬勃向上的变法求进的精神与良好氛围，法治之梦才会逐步变为现实。

商鞅变法从总体上看是极为成功的，可其中的政治制度设计也仍然存在缺陷。由于古典法治的局限，将君权置于法之上，君主不受法律制约而拥有法外特权。进言之，其将整个法治大业根植于明君一人，而并没有建立起一套强有力的法治维护机制。故王守法，则法得以行，王废法，则法殁。显然，这种制度安排在雄主明君时可以发挥相当的作用，可一旦君主昏庸则法治大厦会瞬间坍塌。我们可以设想，若秦孝公死后，不是继任者秦惠文王及一干肱骨大臣一力护法，则秦国法治必难以为继，其一统天下的夙愿也必化为泡影。而日后秦国一统天下后短短十余年便土崩瓦解，其法治根基不牢便是一重要原因。当今中国，倡行法治已成为人们之共识，但法治根基并不牢固，周永康、薄熙来等位高权重的腐败分子藐视法律、破坏法治，教训极为深刻。“殷鉴不远，在夏世之后”，我们当时刻警醒。

自然，推行法治绝非一日之功。当年商鞅变法整整维续了二十年方刷新秦国，使秦国由弱变强，时下我们推行现代法治，也应有足够的耐性与智慧，不可操之过急。从传统的人治思维转移到适应现代法治，是治国理政思路的根本转变，无论是民众，还是官员，都有一个逐渐适应、习惯的过程，只要我们本着法以爱民的出发点，法治就必会渐渐融入民心而为人民所接纳，我中华民族伟大复兴之梦就会触手可及。

2014年11月30日

为什么要学历史

史也！史也！此乃梁启超昔年任清华大学导师时之两叹。风卷云残，烨烨雷电，倏忽已有百年之隔。然平旦自思，虽跨越百年风尘内心仍不可息息平静。史学所蕴涵之学问綦为繁复，恰似卉园之中百木蓊蔚，奇花烱灼。其博大精深，其瑰奇奥诡，不一而足。屏心窒气而思索历史之渊博，不得不为其精妙所摄魂夺魄。

一个民族，乃至一个国家的崛起皆是一段辛酸坎坷的荆棘之路。无论是秦人之崛起乃至一天下，还是罗马人之崛起而立帝国，其中苦难艰辛皆不胜枚举。批一民族国家之崛起史，观先人如何披荆斩棘，于自身资质之提升无疑是大有裨益的。

当代现代史大家徐刚先生曾言：“当今之世，科技日新月异地发展，文化却日益继日地沉沦。”诚哉斯言！若将当代喻为纸鸢，则历史恰如筝线也。不学历史则犹如筝线绷断，而人如无方之民矣。当今多有人于历史不屑一顾，喻为沉疴旧习而不闻不问，而自诩为时尚。却焉知“编新不如述旧，刻古终胜雕新”之理。即欲出新亦非源于基础？旧的亦是新的，其之所以日新，正所以全其旧也。

世人常将文史哲并列。历史既然居中自是左右逢源，承上启下。学史文功自然增益，而又作为哲学之根基。放眼当今文学名典，何家又不是字里行间充蕴历史。骚人才士吟歌作对，何人又不是诗词赋曲博采众典。史之于文，其分量未可小觑。论哲学则与历史又似唇齿之密了。哲学之形成无外乎事件反复之规律。事件即历史，历史即佐证。哲学家之哲学理论脱离历史即荡然无存了。

大凡成功人士皆需能言。谈笑之间，豪兴之际能引经据典，旁征博引，莫不起烘云托月，画龙点睛之效乎？若言正式演讲则博古通今更显文化了。陶冶的是才情，增益的是智慧，此即历史之功效也。未入历史的大染缸，那学识闻见便不禁总是花凋木孤，管窥蠡测。

学习历史则可以明了人类发展之轨迹，对于事务演变之规律便可知晓，古人所谓“格物”是也。但通晓历史，则可解释当今种种乱象产生之原因，若历史知识彀薄则靡知社会之演变。为政之人必学历史，因其于历史中可以搜得古人瑰玮之见解以施诸今世，且演变之规律了然于胸方可不违大势正确治理国家。

当今社会，世风日下，人多浮躁，鲜有平心静气抱卷而诵者。故浮躁之人多学低才浅，不耐学习。若一人博学多识则断难有浮躁之态，因已入学习之门，不再孜孜于肤浅之事务。历史便可起此充实学问之作用，或可作为浮躁社会之调剂。

我国对历史学习之力度尚不足，学生对于国家文化、脉络或不尽了然。若能知晓学史之重要性，则历史学习之风兴可跷足而待。题一诗云：

千年智慧悉收储，欲新还需先学古。
古今递嬗几何多，读史总可觇脉络。

2016年2月9日

重读中国文明史

——寄语即将出国留学的同窗

但看这个标题，相信诸君中不少可能已经存有一种排斥的心理。然诸君不妨稍耐心性看我一述，想想有无道理。

自从我国清朝为列强侵入，割地赔款，瓜分豆剖，国家遂沦为半殖民地半封建国家，对于自身的文明、文化则开始显得不自信，故有五四运动打倒孔家店的呼声，故有西方各种主义传入中国的奋争与革命……

我们必须承认近代中国确在世界飞速扩张的浪潮中“落伍”了，然而我们又不可不清晰地认识中华文明已屹立五千年，而且今日又在飞速地崛起。观全世界之文明古国，又有哪一国家可以做到呢？非中国文明具有较之其他文明的超越性、先进性基因则不可作解。这种超强的文明基因我们可称为中国的原生文明，而对于这个文明的形成时期，我们则可称为中国原生文明之正源。

中国文明博大精深，此为公认至理。其中事件人物林林总总实难尽皆梳理，然追踪溯源，可察滥觞。以我鄙见，中国原生文明的正源在春秋、战国、秦三代。春秋滥觞发长，战国椎轮大辂，秦花团锦簇。这三代所产生的种种文明体系，主导了我国之后两千余年的发展轨迹，对其进行重新发掘，重新探索，无疑是跨越两千年尘埃与中华民族最为瑰玮的精神圣地进行直接的对接。春秋、战国、秦所产生的“言于室而满于室”的阳光政治理念、“凡有血气皆有争心”的大争精神、“君为青山，我为松柏”的君臣无猜大胆赏识用人理念、“天下问政”的匹夫精神（或公德精神）……一系列对我们当下有益的精神理念在当时都演绎到了极致。

然而，当下的悲哀有二：一是民众对于中国原生文明正源为春秋战国秦的否认；二是民众对于中国文明史重要性的直接忽略。很多人对于春秋战国秦的印象仍然是一个狼烟密布的时代，狡诈争斗、尔虞我诈、风诡云谲、杀戮成性。而更可悲的则是一些人干脆完全抛弃了对中国文明的认知，崇洋媚外，这则是更甚的悲剧。所以我劝诸君要重读中国文明史有两个意思：一是重新去读中国的文明史，不要数典忘祖；二是重新认识中国的文明史，认清正源。

或许诸君中的不少对于我的劝言很疑惑，说我们到时候留学为什么学这些东西呢？首先作为一个国民，对于自身国家的文明需要薪火相传，若使其做了“广陵绝响”则自身便成了这个国家的罪人。传承文明本便是一个国民所应尽的公德，若一人不孜孜于这个责任，则他本身的人格便不可问了。另外，作为一个中国人，对于自身的文明至少要有相当的认知，这样方可在“下意识”中，得着根柢，不知不觉可以“发酵”，所收获的感悟多着哩。并且有很大一部分中国原生文明已经在我们的社会中形成共识，成为常识，若是诸君因为自己要出国便不给予关注学习，便很难再融入祖国的大家庭，这莫不是一巨大的悲剧？而对于那些志存高远、希望学成报国者，则更应重读中国文明史。要知报效祖国，若不对这个国家的文明彻察，其言行、其思想、其方法必会偏离国情，水土不服，从而难以实现抱负。

无论诸君对我的劝言有何意见，有一点须诸君谨记：当你出国留学时，你不是外国学生，而是中国留学生。如何才配作中国留学生，请诸君仔细思量吧。

2017年2月4日

中国语文教育改制论

语文，顾名思义，乃口语与文字的结合。中国作为世界上唯一文明未被中断之古国，中国语文具有最为深厚之历史与文化底蕴及独特魅力。无论是汉字所具备的象形意义、发声的韵律还是方块字所具有的工整统一，皆为其他文字体系所无法企及。因五千年中华文明薪火相传，是以精忠报国、侠义肝胆、风窗雪月、英雄佳人、囊萤映雪、忧国忧民之故事林林总总，于汉文字中宛如珍珠散落，随处可见。尤其中国传统文学不乏淡雅、绮靡、隐僻之作，其辞藻之华美、用词之典雅、寓意之深远、写景之别致，斋斋皇皇，雄踞昆仑之巅，让人仰止。可见，中国语文堪称瑰宝，深具魅力。

明清以降，思想禁锢，加之西方列强蹂躏，以致国家瓜分豆剖，国已不国。当此国家兴亡之际，各类改革图变层出不穷，最早之语文改革便滥觞于此。至民国成立，经五四运动及一众大家之鼓吹，普及白话文始成大势，开现代语文之先河。“语文”一名于1949年后正式得名，于是有新中国之语文教育。

改制白话文其初衷本有“开民智”传新思之意，不期历经百年涤荡，当代之语文教育——以白话文为主已陷于颇为不堪之状态。学生字词量骤减，文章思想浅薄，文风浮躁，无病呻吟，司空见惯。更甚者对于古典文学经典不屑一顾，古文基础不忍直视……此类语文衰落之迹象实乃我民族之悲！我国家之悲！许多有识之士早已注意到这些问题①并发出语文教育改革之倡导。2014年习总书记在我国第三十个教师节时就明确提出：不赞成将古诗词从课本中去掉。如何正视当前我国语文教育中存在的问题并对症下药，不能不说是一个关乎国民素质、民族精神和国家文明传扬的重大课题，并已刻不容缓。

一、语文教育史回顾

（一）古代之语文教育发展概述

1. 三代至汉之语文教育

三代至汉并未有语文专科之教育，语文教育杂于“书”等经学教育。

古时随生产力之逐渐兴旺、农耕文明之发生遂产生教育，俟后又产生学校。《礼记·王制篇》曰：“有虞氏养国老于上庠，养庶老于下庠。夏后氏养国老于东序，养庶老于西序。殷人养国老于右学，养庶老于左学。周人养国老于东胶，养庶老于虞庠。”《孟子·滕文公》又曰：“设为庠序学校以教之。庠者，养也。校者，教也。序者，射也。夏曰校，殷曰序，周曰庠，学则三代共之。”《汉书·儒林传》又云：“夏曰校，殷曰庠，周曰序。”由上诸文可知三代已有学校之产生。②而所习者何？《周礼·地官》解释曰：“以乡三物教万民。”乡三物即六德、六行、六艺。其中“六艺”即“礼、乐、射、御、书、数”。书者为何？《周礼·地官》解释谓：“保氏掌谏王恶，而养国子以

① 1941年蒋介石便手令通饬各校：“现在中学国文程度低落，应令各中学校长切实注意，并设法提高；以后凡大学招生，如有国文不及格者，不准录取为要。”（见史成明，中国现代语文教育的早期路向 [D]. 华东师范大学，2006，博士论文第2页）1978年吕叔湘于《当今语文教学中两个迫切问题》一文中再次批判我国教育少、慢、差、费。吕氏指出：“十年上课总时数是9160课时，语文是2749课时，恰好是30%。十年的时间2700多课时用来学本国语文，却是大多数不过关，岂非咄咄怪事！”（参见石鸥：《新中国中小学教科书图文史·语文》第178页，广东教育出版社2015年7月第1版）

② 盖古书多有对于三代学校制之不同说法。即如上文之三引文对于三代学校之名字已产生分歧。据王晖先生考，则三代学校名称有异代学名说（即各代学校名字因时间变迁而不同）与等差学名说（即乡里州里国里之学校名称不同），解决此类矛盾说辞之方法尚需考古之发掘。（参见王晖．庠序：商周武学堂考辨——兼论周代小学大学所学内容之别 [J]. 中国史研究，2015，03:5-27）然探究三代学校名称不在本文之讨论范围内，本文仅将上列引文引出以印证三代有学校体制之存在。

道。乃教之六艺，一曰五礼，……五曰六书。”故书之内容乃六书。又案《说文叙》，谓：“（六书之次）一曰指事。指事者，视而可识，察而见意，上、下是也。二曰象形。象形者，画成其物，随体诘诎，日月是也。三曰形声。形声者，以事为名，取譬相成，江河是也。四曰会意。会意者，比类合谊，以见指㧑，武信是也。五曰转注。转注者，建类一首，同意相受，考老是也。六曰假借。假借者，本无其字，依声托事，令长是也。”[①]故六书即文字学之形学学习，系后来小学之一部。《汉书·食货志》谓：“八岁入小学，学六甲五方书计之事。”故学童入学亦以“六甲”[②]为学习之开端。阅读方面则无教材，盖以先人之作品为读物。[③]

春秋战国时期，百家争鸣，诸子著述甚丰，百家诸子之著作遂纳入学生学习之典。同时贵族“五世而迁”，大量受良好教育之新贵族并入平民阶层，使得平民阶层之质与量同时得到提升。新贵族的大量融入打破了“学在官府”之旧例，私学风潮兴起，其中以孔子为佼佼者，授业之徒达三千人。此乃古时语文教育兴旺之表现。新文体《离骚》亦诞生于此时。

秦兼天下，统一文字，制秦小篆与隶书二体，又以丞相李斯《仓颉篇》、中车府令赵高作《爰历篇》、太史令胡毋敬作《博学篇》作为小篆范本[④]，是为古时语文发展之极大贡献。

至汉代，董仲舒讲学授业，司马迁著《史记》，史游著《急就篇》，刘歆著《七略》，王充著《论衡》，许慎著《说文解字》，蔡邕著《劝学》等。[⑤]此类经典著作与童蒙作品皆对当时及后世之语文教育产生深远影响。

2. 隋唐科举与诗赋

自汉武帝“独尊儒术”，中国学子始以儒家经典为学习之

---

① 见章太炎：《国故论衡》第4页，商务印书馆，2010年12月第1版。

② 古时以天干地支相配计算时日，配出六十甲子。六甲即其中六个以甲开头之甲子。即：甲子、甲戌、甲申、甲午、甲辰、甲寅。周朝幼童以六甲为启蒙书。

③ 古时书籍匮乏，然亦并非书籍全无。孔子后删《诗》《书》，定《礼》《乐》，赞《周易》，修《春秋》。可知孔子未曾著书，六经古已有之。《国语·楚语》载：“叔时曰：教之《春秋》，而为之耸善而抑恶焉，以戒劝其心；教之《世》，而为之昭明德而废幽昏焉，以休惧其动；教之《诗》，而为之导广显德，以耀明其志；教之《礼》，使知上下之则；教之《乐》，以疏其秽而镇其浮；教之《令》，使访物官；教之《语》，使明其德，而知先王之务用明德于民也；教之《故志》，使知废兴者而戒惧焉；教之《训典》，使知族类，行比义焉。”释此文可知古时已有《春秋》《世》《诗》《礼》《乐》《令》《语》《故志》与《训典》。故周时学童可以此为读物也。

④ 《说文解字·序》谓：“秦始皇帝初兼天下，丞相李斯乃奏同之，罢其不与秦文合者。斯作《仓颉篇》，中车府令赵高作《爰历篇》，太史令胡毋敬作《博学篇》，皆取史籀大篆，或颇省改，所谓小篆者也。”

⑤ 参见王松泉、王柏勋、王静义：《中国语文教育史简编》第28页，社会科学文献出版社2001年12月第1版。

本。后经隋文帝设立科举制度至唐朝定形，学习儒学之传统一直沿用至清末。唐有常科与制科之分（制科乃天子下诏特行举办之考试）。[①]常科分秀才、明经、进士、明法、明书、明算。[②]其中明经与进士最重儒家经典之学习，亦最为士子所青睐。[③]因明经与进士二科语文成分最浓，故本文刺取此二科进以释之。[④]

（1）明经科之考试

甲、选择应试经种。《唐六典·尚书吏部》谓："其明经各试所习业、文、注精熟，辨明义理，然后为通。正经有九：《礼记》《左传》为大经，《毛诗》《周礼》《仪礼》为中经，《周易》《尚书》《公羊》《谷梁》为小经。通二经者，一大一小，若两中经；通三经者，大、小、中各一，……其《孝经》《论语》并须兼习。"[⑤]

乙、参加考试。《新唐书·选举志上》谓："凡明经，先帖文，然后口试，经问大义十条，答时务策三道。"故考试有帖文（帖经）、问义（即以口问之方法考经义）、答策三步。

丙、帖文考试。案《唐六典·尚书礼部》之注，云："旧制，诸明经试，每经十帖、《孝经》二帖、《论语》八帖（武则天时加《老子》）。"[⑥]每帖三字。所谓"每经十帖"，即按甲中所选之种（二、三经）及经文本各经出十帖。故若选二经为经种且选一大一小为《礼记》与《公羊》，则《礼记》与《公羊》各出十个帖。[⑦]每十贴通六帖者方可进入下阶段之考试。[⑧]帖

① 参见张隆华、曾仲珊:《中国古代语文教育史》第 217 页，四川教育出版社 2000 年 10 月第 2 版。

② 《唐六典·尚书吏部》曰："凡诸州每岁贡人，其类有六：一曰秀才，二曰明经，三曰进士，四曰明法，五曰书，六曰筭。"

③ 《唐六典·尚书吏部》曰："其弘文、崇文生各依所习业随明经、进士例。"《通典·选举三》谓："自是士族所趣向，唯明经、进士二科而已。"

④ 继后各朝皆行科举，而科举为影响古语文教育之最重要因素，故俟后皆详述其制度以明语文发展之轨迹。

⑤ 明经考试尚有"学究一经""三礼""三传"及"五经"等，然此类考试应试者较少，本文非明经考试专论，故从略。明经考试分常明经、准明经与类明经。其中应考者最众者乃常明经中之正明经（即二经、三经之属）。故本文所谓明经者仅论正明经。[参见陈飞.唐代"准明经"试策考述（上）[J]. 文学前沿，2000，02:94-105]

⑥ 参见俞钢．唐代明经科试的体系、方式及其地位变化 [J]. 上海师范大学学报（哲学社会科学版），2010，05:65-72.

⑦ 参见俞钢．唐代明经科试的体系、方式及其地位变化 [J]. 上海师范大学学报（哲学社会科学版），2010，05:65-72. 此类按经出帖法乃一说。另有一说则谓帖文考试无论应试经种皆仅考二经，一经十帖。如《通典·选举三》曰:"明经所试一大经及《孝经》、《论语》、《尔雅》，帖各有差。"张隆华、曾仲珊所著之《中国古代语文教育史》亦从此说。然《通典》之说不太可靠，因其不限定考试之经种则考生无法准备。若学生选择二经，选择《礼记》与《公羊》学习，然考试之大经乃《左传》，此不妥也，故笔者从俞氏之说。

⑧ 参见张隆华、曾仲珊:《中国古代语文教育史》第 216 页，四川教育出版社 2000 年 10 月第 2 版。

文考试之方法乃："以所习经掩其两端，中间开唯一行，裁纸为帖，凡帖三字，随时增损，可否不一，或得四、得五、得六者为通。"[①]后世帖文难考，故多有将经书中邃赜幽眇之文编改成诗赋背诵，后世谓之"帖括"。

丁、问义考试。问义即出经文及注义若干，令考生就其"辩明义理"。其考试内容乃"《周礼》、《左氏》、《礼记》各四条，余经各三条，《孝经》、《论语》共三条"。[②]考试标准为"其答者须辨明义理，然后为通。……其通三经者，全通为上上，通十为上中，通九为上下，通八为中上，通七及二经通五为不第。"[③]可见，二经考试通六为及格，三经则通八为及格。[④]问义本以墨义之方式进行，后唐玄宗开元二十四年改为问义形式。[⑤]

戊、试策考试。试策即令考生就时务进行分析回答。《册府元龟·贡举部·条制一》曰："令答时务策三首，取粗有文性者与及第"。

（2）进士科之考试

进士考试之方法，案《唐六典·尚书史部》之记载，云："其进士帖一小经及《老子》（皆经、注兼帖），试杂文两首，策时务五条，文须洞识文律，策须义理惬当者为通。（若事义有滞、词句不伦者为下。其经、策全通为甲，策通四、帖通六以上为乙，以下为不第）"后于唐玄宗开元二十五年则将小经帖改为大经帖并改为通四为过。《全唐书·卷三十一》谓："其进士宜停小经，……帖大经十帖，取通四以上，然后准例试杂文及策，考通与及第。"《通典·选举三》曰："进士所试一大经及《尔雅》。"故唐玄宗开元二十五年改制后，则进士考试为：甲、大经十帖，通四为过。乙、《老子》或《尔雅》帖。丙、试杂文两

① 见《通典·选举三》。
② 见《唐六典·尚书史部》。
③ 见《唐六典·尚书史部》。
④ 参见俞钢．唐代明经科试的体系、方式及其地位变化 [J]. 上海师范大学学报（哲学社会科学版），2010，05:65-72.
⑤ 《封氏闻见记》谓："国初，明经取通两经，先帖本，乃按章疏试墨策十道，……，开元二十四年冬，遂移贡举属于礼部。侍郎姚奕，颇振纲纪焉。其后明经停墨策，试口议，并时务策三道。"

首（一诗一赋）[1]，需洞识文律。丁、试策五则[2]，须义理惬当，及第则需至少通四。

考明经、进士考试，则二考试之方法无外乎帖经、试策、经义（有口义与墨义二类）与诗文。其中试策一部最具真知灼见，其余帖经、经义不乏多有死背古书之举。[3]而诗文则利弊兼备，然利大于弊。同时，唐代孔颖达编著之《五经正义》即成为唐官方之教材，为明经考试之参考本。

科举诗赋考试对于学习诗赋产生了极大推动力，并由此生发了一系列唐诗大家。应时而生之律诗讲究押韵、对仗、用典，对于文字更为考究。联句亦兴起成风。如白居易之《秋霖即事联句三十韵》，颜真卿之《七言滑语联句》，白居易、刘禹锡、裴度、张籍、杨嗣复、崔群、李绛等人共作《花下醉中联句》《杏园联句》《春池泛舟联句》《西池落泉联句》等皆当时之名作。[4]此类文学之发展对于语文之进步亦产生良好推动作用。然因诗文过于苛求工整，常常追求文字雕琢，崇尚纤丽浮艳、缥缈虚华之辞藻而致以辞害意，遂令写作脱离现实，成为一类文字游戏，是其失也。[5]

3. 宋科举与词

宋初科举以帖经、墨义为主，完全考核应试者对经文及注疏之记诵功夫。虽将国学基础打得十分扎实，然而对于实际人才培养并无裨益。王安石《上仁宗皇帝言事书》谓：

“夫课试之文章，非博诵强记穷日之力则不能。及其能工也，大则不足以用天下国家，小则不足以为天下国家之用。故虽白首于庠序，穷日之力，以帅上之教，及使之从政，则茫然不知其方者，皆是也。”

① “下及唐时，以诗赋取士。”（见［清］顾炎武：《音学五书·序》第2页，中华书局1982年6月第1版）

② 此五时务策中亦可包括试经义。《全唐书·卷九六六》曰：”时务策五道，其中三道问经义，两道时务。”

③ 帖经背书不需赘言。而墨义据陈飞先生考，则其考试内容有三：1. 一般知识题。如令应试者对出某作品作者人名。2. 经文题。试卷将给出经文上文，应试者须按本经原文照样答出下文。3. 经注题。应试者须按经注原文作答。（参见陈飞．唐代明经试策形式体制考论[J]．人文杂志，2006，06:115–124）故合此三类题型，则墨义专靠死背。口义乃墨义之口语表达形式，虽更为感性然亦与死记硬背不可脱干系。故言经义多死记硬背。

④ 参见张隆华、曾仲珊：《中国古代语文教育史》第261页，四川教育出版社2000年10月第2版。

⑤ 参见张隆华、曾仲珊：《中国古代语文教育史》第247页，四川教育出版社2000年10月第2版。

又曰：

"今士之所宜学者，天下国家之用也。今悉使置之不教，而教之以课试之文章，使其耗精疲神、穷日之力以从事于此。及其任之以官也，则又悉使置之而责之以天下国家之事。夫古之人以朝夕专其业于天下国家之事，而犹才有能有不能，今乃移其精神，夺其日力，以朝夕从事于无补之学，及其任之以事，然后卒然责之以为天下国家之用，宜其才之足以有为者少矣。"

故王安石认为"课试之文章（即科举制中之考背项目）"着人死记硬背根本不可取。学士虽孜孜于此类经文，然于为政毫无裨益。王氏认为"今士之所宜学者，天下国家之用也。"故王安石始改革科举、大兴学校，主张"考本经和兼经①的主旨大义（经义），不考死记呆背的注疏；试论议和时务策，不试帖经、墨义、诗赋。"②故王安石改革后尤重以经义取士。宋朝经义取士之始并非王安石所创，然王氏贡举改革力度更大，将试经义之法引入进士科，取代了诗赋，并罢黜了明经、诸科。③王安石认为经义乃衡量士大夫学术品格之标准，且视经术具有"经事务"之能，是以倍加推崇。④王安石为统一思想、"一道德"而亲自撰写《三经新义》，并以此代替《五经正义》以及他家注释，作为经义考试之参照。

对于经义考试之方式，《续资治通鉴长编》卷二二〇曰："初本经，次兼经并大义十道⑤，务通义理，不须尽用注疏。"又案《文献通考》卷三十一："试义者，须通经，有文采，乃为中格，不但如明经、墨义粗解章句而已。"故考经义"不须尽用注疏"且需"有文采"，既予应试者以自由，可以抒发己见，同时亦有文字之要求，令应试者适当追求文采不至应诗赋之废而文

① "本经"：《诗经》、《尚书》、《易经》、《周礼》、《礼记》。"兼经"：《论语》、《孟子》。（参见张隆华、曾仲珊：《中国古代语文教育史》第318页，四川教育出版社2000年10月第2版）

② 参见张隆华、曾仲珊：《中国古代语文教育史》第317-318页，四川教育出版社2000年10月第2版。又案《续资治通鉴长编》卷二二〇："今定贡举新制，进士罢诗赋、帖经、墨义"可为佐证。

③ 参见方笑一."经义"考[J].华东师范大学学报（哲学社会科学版），2002，06:31-39+122.

④ 参见方笑一."经义"考[J].华东师范大学学报（哲学社会科学版），2002，06:31-39+122.

⑤ 《宋史》卷一五五作："次兼经，大义凡十道。"《晋江县志》卷三十作："次兼经大义，凡十道。"（参见［清］周学曾等篡修《晋江县志》第696页，福建人民出版社1990年7月第1版）

工下滑，其制度有良性之处。王安石之于文章有独特之见解。王氏将“文”与“辞”比为器物与器物之刻镂绘画，认为“文”与“辞”不可本末倒置。文章不可以辞害意，不可过分追求辞藻之美妙绝伦而忽略文章之内容。[①]然王氏亦非全然摒弃辞藻，仅强调文之本质乃文章之本，而辞藻次之而已。[②]王安石此类重质轻表之思想对于唐朝诗赋考试产生之辞藻“靡靡之风”起到了良性之遏制作用。

然王安石之改制有良性一面，亦于后世产生不利影响。经义之考试亦产生了一类格式与套路。虽然此类经义之程式尚未如后世八股文般死板苛刻，亦为后世提供了典范。由于贡举制度改制后，应试者仅治一经[③]，又有《三经新义》为程式，兼之诗赋已废，故学子将其他注意及文史古典束之高阁，使得士大夫之知识量大减。[④]王安石此类以《三经新义》为官方之书之做法，使得许多急功近利者不真正研究经学而搬挪照用以至思维极为死板呆滞，是王氏之失。此弊与《五经正义》类似。如《宋史·王安石列传》曰：“安石训释《诗》、《书》、《周礼》，既成，颁之学官，天下号曰‘新义’，……一时学者，无敢不传习，主司纯用以取士，士莫得自名一说，先儒传注，一切废不用。”此类现象亦激起了士子之不满。如秦观元丰年间两次应举落第，对当时以一家之学（王氏《三经新义》）取士之倾向十分不满，道：“自熙宁初王氏父子以经术得幸，下其说于太学，凡置博士，试诸生，皆以新书从事，不合者黜罢之，而诸儒之论废矣。”[⑤]后世王安石新学与《三经新义》统治地位逐渐失去，然经义制度及文体仍被继续保留并在后代继续发扬。

宋时科举对于语文发展虽然于思想上有抑制，然宋时风行填

① “要之以适用为本，以刻镂绘画为之容而已。不适用，非所以为器也。”（见王安石：《上人书》）

② “不为之容,其亦若是乎？否也。然容亦未可已也，勿先之，其可也。”（见王安石:《上人书》）

③ 《宋史》卷一五五曰：“士各占治《诗》、《书》、《易》、《周礼》，《礼记》一经。”

④ 参见方笑一．“经义”考 [J]. 华东师范大学学报（哲学社会科学版），2002，06:31-39+122.

⑤ 参见方笑一．“经义”考 [J]. 华东师范大学学报（哲学社会科学版），2002，06:31-39+122.

词在文学上又为一巨大发展。王国维谓："词之为体，要眇宜修。能言诗之所不能言，而不能尽言诗之所能言。诗之境阔，词之言长。"[①]故词更韵味隽永，可补诗之感情不足处。诗因诗体严谨之格律及礼教上之规范使其无法涵盖人们曲折幽微之情感。而词因其长短句结合故深深切合了人们内心深处之感情涟漪。[②]因宋时对唐诗之厌倦，加之词所具有诗之所不具备之随意性，兼之经济繁荣歌楼歌妓蔚然成风等原因，词于宋时渐趋蓬勃兴旺发达，实令我国文学更见丰满。

4. 元科举与杂曲

元代之科举考试具有浓厚之重经义特征，并以朱熹《四书集注》为官方教材。据《元史·选举一》载，元太宗二十一年曾"议学校科举之法，罢诗赋，重经学，定为新制。"仁宗皇庆二年，中书省臣又上奏曰：

"科举事，世祖、裕宗累尝命行，成宗、武宗寻亦有旨，今不以闻，恐或有沮其事者。夫取士之法，经学实修己治人之道，词赋乃摛章绘句之学，自隋、唐以来，取人专尚词赋，故士习浮华。今臣等所拟将律赋省题诗小义皆不用，专立德行明经科，以此取士，庶可得人。"

可见，元代已认识到诗赋等过于浮华，认为经学实用乃"修己治人之道"，故欲专立"德行明经科"。虽后世科举考试中仍有"古赋"一部，然其分量较之经义考已相形见绌。

进士考试有人种之分，其具体之考试法为：

"蒙古、色目人，第一场经问五条，《大学》《论语》《孟子》《中庸》内设问，用朱氏章句集注。其义理精明，文辞典雅者为中选。第二场策一道，以时务出题，限五百字以上。汉人、

① 见王国维：《人间词话》。
② 见俞果岑．唐宋词兴起昌盛脉络[J]．青春岁月，2015，23:43.

南人，第一场明经经疑二问，《大学》《论语》《孟子》《中庸》内出题，并用朱氏章句集注，复以己意结之，限三百字以上；经义一道，各治一经，《诗》以朱氏为主，《尚书》以蔡氏为主，《周易》以程氏、朱氏为主，已上三经，兼用古注疏，《春秋》许用《三传》及胡氏《传》，《礼记》用古注疏，限五百字以上，不拘格律。第二场古赋诏诰章表内科一道，古赋诏诰用古体，章表四六，参用古体。第三场策一道，经史时务内出题，不矜浮藻，惟务直述，限一千字以上成。"①

此文已将考试规范详述，笔者不再赘言。然有一新名词"经疑"需稍作解释。参许家星先生文，"经疑"者，即以问答形式考查学子对朱子四书之理解，着重文本之异同比较，疑似辨析，融会贯通。②

较于前朝，元之科举考试具有间断性。仁宗皇庆二年（1313年）朝廷下诏恢复科举。元惠宗时伯颜又废科举（1336与1339年两届科举停办），其后至正元年（1341年）复又重新开设科举直至元亡（1368年）。③因元朝科举总有停顿间歇，元朝科举取士之数量较前朝大为减少。此变故使得大量之科举士子摒弃科举制之桎梏而投身于文学之创作，是有元曲之兴旺。即如王国维所言："余则谓元初之废科目，却为杂剧发达之因。盖自唐宋以来，士之竞于科目者，已非一朝一夕之事，一旦废之，彼其才力无所用，而一于词曲发之。"④同时由于元朝政治气氛较为宽松⑤，言论较为开放之原因亦促进了戏曲之繁荣。对于元曲之繁荣，尚有因"元以曲取士"以致元曲繁荣之说。如明朝之臧懋循于其《元曲选·序》中云："或谓元取士有填词科，若今帖括然。"《元曲选·序二》又云："元以曲取世士，设十有二科。"而王国维

① 见宋濂、王祎等：《元史》志，卷三十四。

② 参见许家星."字义"与"经疑"的一体——论《四书通旨》对"四书"诠释体式的新探索[J]. 中国哲学史，2014，04:67-73+103.

③ 参见许慈晖. 元代科举与文学[D]. 扬州大学，2004，第6页。

④ 见王国维：《宋元戏曲史》第69页，广西师范大学出版社，2010年3月第1版。

⑤ ［明］祝廷心《药房居士集序》谓："元氏全有中国者九十三年，不以政权属文人，而亦不以法度诛之，故士之仕者，苟循理自守，则可以致名位而无患祸。"由此文可知元时政治言论较为开放，朝廷未行统一思想之政策，文人较为宽松自由。

则认为："及臧懋循《元曲选序》均谓蒙古时代，曾以词曲取士，其说固诞妄不足道。"[①]据许慈晖先生考，所谓"以曲取士"实为宫廷中"献曲"之混淆。[②]本文不辨析元究否以曲取士，唯引出以供读者参考。

元曲乃继唐诗宋词后我国文学史上之又一高峰。乔光辉先生认为：

"中国文学史应以元为界，前期应是所谓正统文学史或雅文学史，主要以诗词为主，后期则应是戏曲、小说等俗文学史。与诗词相比，戏曲……篇幅较长，蕴含量极深，所反映的社会背景更广泛，对人性的揭示也更深入。"[③]

故元曲实有诗词所不能及处，曲、杂剧之出现使得中国文学愈加欣欣向荣。同时由于元朝蒙古文化外来，大量蒙古语如"也么哥""扑剌剌""把都儿""忽剌八"等渗透入元曲创作当中，使得汉语词汇更加丰富。元曲前期之创作对于后世文学产生了极大影响。如王实甫之《西厢记》对后世之《金瓶梅》《红楼梦》之人物塑造皆起到了较深影响。

虽然元朝氛围较为开放，各类文学著作鹊起，然因为其科举独重经义亦于后世起到了不良影响。

5. 明清之科举与小说

明时科举考试程序分为童试、乡试、会试及殿试四步。案《明史·选举志》，其考试之内容云：

"沿唐宋之旧，而稍变其试士之法，专取四子书及《易》《书》《诗》《春秋》《礼记》五经命题试士，盖太祖与刘基所定。其为文略仿宋经义，然代古人语气为之。体用排偶，谓之八股，通谓之制义，……《四书》主朱子《集注》，《易》

① 见王国维：《宋元戏曲史》第69页，广西师范大学出版社，2010年3月第1版。

② 参见许慈晖．元代科举与文学[D]. 扬州大学，2004，第24页。许氏云："有朱右献颂而升官的个案存在，就难以否定有人进献杂剧而入仕。""献曲"之说由此而来。

③ 见乔光辉．元文人心态与文学实践[J]. 东岳论丛，1996，03:96-99.

主程《传》、朱子《本义》，《书》主蔡氏《传》及古注疏，《诗》主朱子《集传》，《春秋》主左氏、公羊、谷梁三传及胡安国、张洽《传》，《礼记》主古注疏。永乐间，颁《四书五经大全》，废注疏不用。其后，《春秋》亦不用张洽《传》，《礼记》止用陈澔《集说》。”

故明之科举以八股文为格式，以四书五经内容命题，而主以程朱派注解为准。此即沿袭元代独尊程朱注解及经义之流弊，而八股文即经义文之演变。自《四书五经大全》编成，程朱理学遂正式确立为官学。《四有斋丛说》卷三谓：“太祖时，士子经义皆用注疏，而参以程朱传注。成祖既修五经四书大全之后，遂悉去汉儒之说，而专以程朱传注为主。”程朱理学因将封建伦理道德及封建等级秩序当作天理而自觉服从，正人之心术，止息邪说暴行，是以备受明朝统治者之青睐。[①]程朱理学大兴于明王朝统治之巩固有利，然其罢黜他家说辞，匡遏士子己见，乃社会思想进步之桎梏。

至于清朝，完全继承明制，专以四书五经取士。乾隆皇帝于《关于选编钦定四书文之“圣誉”》中谓：“国家以经义取士，将使士子沉潜于四书、五经之书，阐明义理，发其精髓，因为觇学力之浅深与器识之淳薄。”[②]同时独尊八股文为考试形式，编定《钦定四书文》作为官定学习八股文之读本，士子思想愈加禁锢。

然可谓“一代有一代之文学”。虽明清官学教育之下，语文之路愈发狭隘难有佳作，然不料风尘朝野多有雄奇，小说之类竟蔚然成势，明时之《三国演义》《水浒传》《西游记》《金瓶梅》，清时之《儒林外史》《聊斋志异》及《红楼梦》等创作喷涌而出，花团锦簇，将我国文学发展再次推向高峰。因明清两朝

① 参见郭素红．明初经学与《大全》的敕修 [J]. 求索，2007，10:213–214+212.

② 见张隆华、曾仲珊：《中国古代语文教育史》第 368–369 页，四川教育出版社 2000 年 10 月第 2 版。

科举过分压抑，文学士子落榜者多有不忿，故投身于文学创作，此乃文学兴旺原因之一。其二者，由于社会经济发展而社会不平等之现象愈发日显，此类以白话文书写社会不平等现象之文学面世即颇受民众青睐。其三者，因北宋时活字印刷发明故长篇小说之流行成为可能。其四者，明清出现了一批进步性思想家如王艮、李贽、黄宗羲、顾炎武、王夫之等。彼等大力倡导经世致用而批判程朱理学、科举取士，使得社会上产生了一类反思思潮，对于文学创新大有裨益。（如《儒林外史》便多有讽刺科举之举）

6. 小结

综观三代至明清以来之语文发展历程，语文思想其实大体一直衰落。

自“尊儒”而儒家官学地位确立至科举考试创立而以儒学取士，古语文之思想方面逐渐显现出衰落现象。隋唐之科举虽属一类“不拘一格降人才”之创新选拔制度，可以“朝为田舍郎，暮登天子堂”，然而独以儒学取士并颁布《五经正义》已经不妥。宋王安石变法为一统思想编著《三经新义》重经义虽有积极意义，然总体对后世思想影响不佳。元时独取程朱理学注义及以经义取士，体制机械已然初显。明清两代专以八股取士，士子思想完全固结。士阶层皓首穷经于四书五经、程朱注解及八股文章。八股考试纯然令学子死记硬背，格式死板，内容僵化，对思想创造乃巨大之摧伤。又因“圣贤立言”而不敢越雷池一步，学子思想完全被束缚，于时务等脱节，终使人才湮灭，中国走上陆沉之道。元朝时马可波罗入大都尚感慨中国之先进优越，然利玛窦来华时已认为中国大大落后于西方。此衰落之源，不可与科举禁锢国人思想脱干系。

然而于文学创作方面，唐诗、宋词、元曲、明清小说却几番兴旺，一而再再而三繁荣昌盛，其为异象欤？其原因乃在，虽历代学子思想束缚然因学子皆习四书五经之类，国学基础极为扎实，但有新思想便可成佳作。唐诗、宋词、元杂曲、明清小说皆如此。故中国古之语文发展历程虽整体思想日益衰落，然国学功底未曾稍失，奇人才士但有灵感之启发，下笔便可撰通灵奇作。

（二）清末及“五四”运动之语文嬗变

1. 清末国文独立运动

清光绪二十八年（1902年），颁布了“壬寅学制”。后又颁布“癸卯学制”，乃我国首个经正式颁布后在全国范围内施行之学制。其中即规定了小学教育为两级九年，收满六岁以上之幼童。“癸卯学制”之颁布确立了国文（中国文学）课程之单独设科。[①]“中国文学”单独设科意义重大。其一，使得中国语文教育之文史哲混杂现象逐渐消失，各科走向独立。其二，促进了语文思想之更新，不必再完全拘泥于维护封建王朝之理念禁锢，而开始注重“应用”，语文之工具性逐渐鲜明。其三，知识面愈广，不纯以四书五经为教材，而出现了一批可供阅读之官方及民间共同编撰之教科书。即从另一方面谈，分科亦促进了语文教科书编撰运动。其四，促进了语文教育方法之进步。较之以前，新学制更注重理解、启发等，此类新教育理念促进了中国语文教育方法之进步。[②]

2. 清末白话文运动

清末推动白话文运动者，有洪秀全、黄遵宪、梁启超、陈子褒、裘廷梁等。综合起来，倡导白话文之原因有四：

① 参见李杏保、顾黄初：《中国现代语文教育史》第 91 页，四川教育出版社 1997 年 4 月第 1 版。

② 参见王松泉、王柏勋、王静义：《中国语文教育史简编》第 74 页，社会科学文献出版社 2001 年 12 月第 1 版。

（1）学习文言浪费时间

陈子褒认为："学习文言之时，费许多精神，耗许多岁月，尚未得到恰可地步。若改为浅说，则从前须识六千字者，今则识二千字可矣。从前须解二千字，今则解一千字可矣。"①

（2）白话文可以启发民智

梁启超率先提出新民说，认为"欲维新吾国，当先维新吾民"。而对于当时广大中国民众而言，文言仅仅适用于文人，普通百姓并不能看懂文言，故倡导白话文运动对于维新事业广开民智大有裨益。梁氏创"新文体"即因此由也。黄遵宪谓："语言与文字离则通文者少，语言与文字合则通文者多。"②

（3）白话文学习更易获取知识

裘廷梁于《论白话为维新之本》一文中提出白话可以"保圣教""便幼学"及"便贫民"，即白话文学习更为简单易懂，不似文言般繁杂。

（4）白话文可以去奢浮文字之弊

洪秀全族弟洪仁玕于《资政新篇》中认为当今士子"不务实学，专事浮文"，并提出"只须实写，勿着一字浮文。"坚决杜绝文言之"舞文弄笔""娇艳虚浮"之恶风。后洪秀全于《钦定军次实录》中规定："（文章）要实叙其事，……一一叙明，语语确凿，不得一字娇艳，毋须半字虚浮，但有虔恭之意，不须古典之言。"③

清末之白话文运动乃最早之白话文运动，虽然有如裘廷梁之极端者认为应"崇白话，废文言"，然其主要层次仍旧停留在改良层面，并未将文言完全剔除。清末白话文改良运动为后期"五四"白话文运动打下了基础。

① 见陈子褒：《陈子褒先生教育遗议》正编第 15 页，广西师范大学出版社 2012 年 12 月第 1 版。

② 见李杏保、顾黄初：《中国现代语文教育史》第 56 页，四川教育出版社 1997 年 4 月第 1 版。

③ 见李杏保、顾黄初：《中国现代语文教育史》第 54 页，四川教育出版社 1997 年 4 月第 1 版。

3. “五四”白话文运动

1919年之新文化运动波及文界，对于“尊孔”“读经”做了大肆批判，并以胡适、陈独秀、蔡元培等人为首，大倡白话文运动。“五四”白话文运动与清末白话文运动相异，清末白话文运动仅为普及知识，而“五四”白话文运动乃欲以白话取文言而代之。

胡适认为：“中国今日需要的文学革命是用白话代替古文的革命，是活的工具代替死的工具的革命。”[①]胡适于《文学改良刍议》中提出八点改革：其一，须言之有物。其二，不摹仿古人。其三，须讲求文法。其四，不作无病之呻吟。其五，务去滥调套语。其六，不用典。其七，不讲对仗，为求文字之自然。其八，不避俗语俗字。最后结论认为“与其用三千年之死文字，不如用二十世纪之活字；与其作不能行远不能普及之秦汉六朝文字，不如作家喻户晓之《水浒》《西游》文字也。”并以施耐庵、曹雪芹、吴趼人等为文学正宗。陈独秀“甘冒全国学究之敌”发表《文学革命论》为胡适声援。其文中提出之改革方面有三：其一，推倒雕琢的阿谀的贵族文学，建设平易的抒情的国民文学。其二，推倒陈腐的铺张的古典文学，建设新鲜的立诚的写实文学。其三，推倒迂晦的艰涩的山林文学，建设明了的通俗的社会文学。合陈氏所言，其实改革仅有一点，即打破旧社会之虚华辞藻而代之以当代之通俗文字。陈氏直接将明前后七子及八家文派之归、方、刘、陶贬为十八妖魔辈，认为此十八人唯仿古欺人，而胸中无物，毫无价值，对于文化推进并无裨益。并援引欧洲革命之先例说明革命应普及于文学。陈氏认为此类阿谀夸张之文学与当今虚伪迂阔之国民性互为因果。而当今“欲革新政治，势不得不革

① 见胡适：《胡适自传》第194-195页，金城出版社2013年6月第1版。

新盘踞于运用此政治者精神界之文学。”

同时《新青年》杂志编者指出：“要拥护那德先生（Democracy），便不得不反对孔教、礼法、贞节、旧伦理、旧政治。要拥护那赛先生（Science），便不得不反对旧艺术、旧宗教。要拥护德先生又要拥护赛先生，便不得不反对国粹和旧文学。”①此类激进之思想堪为“五四”运动之核心精神代表。

在新文化运动之影响下，言文一致之“国语”科于1920年成立，民国“壬戌学制”之颁布，则确保了课程于学校教育之地位及作用。1923年，全国教育会联合会公布了中小学课程纲要。其中“国语”一科已凸显出地位，小学、初中皆以国语为学习内容。而国文科（文言）则已沦落至高中“分科必修科”中。虽“五四”导致文言之于语文文坛之位置日渐消落，然民国之语文氛围仍深受清末传统影响，文言文传统依旧浓郁。1923年颁布《新学制课程标准初级中学国语课程纲要》之目的乃“使学生能看平易的古书”且“引起学生研究中国文学的兴趣”。②而1923年颁布的《新学制课程标准纲要高级中学公共必修的国语课程纲要》明载高中国语之目的乃“培养欣赏中国文学名著的能力”“增加使用古书的能力”及“继续练习用文言作文”几项。③高中分科必修国文科则仍需学简单小学及文学概论等。1922年胡适于《中学国文的授法》中更明确声明中学国文之目的包括可以阅读平易之古书（如二十四史、《通鉴》及《孟子》《庄子》一类之子书），人人能作文法通顺之古文（指文言）。此类学习对于语文素质之培养皆不可小觑。“五四”运动刚结束之语文教育水平亦可以从当时之教科书中寻得踪迹。当时沈星一编著之《初级国语读物》第一册之目录如下：④

① 见李杏保、顾黄初：《中国现代语文教育史》第72页，四川教育出版社1997年4月第1版。
② 见 http://www.pep.com.cn/xiaoyu/yuwenbook/xy_dsyz/xy20sjzg/201008/t20100820_683626.htm
③ 见 http://www.pep.com.cn/xiaoyu/yuwenbook/xy_dsyz/xy20sjzg/201008/t20100820_683625.htm
④ 参见李杏保、顾黄初：《中国现代语文教育史》第103-104页，四川教育出版社1997年4月第1版。

（1）国文之将来（蔡元培）

（2）笑（冰心女士）

（3）梦境（王统照）

（4）地动（叶绍钧）

（5）记西贡华侨现状（宰 平）

（6）地中海道中（宰 平）

（7）江滨（叶绍钧）

（8）稻棚（刘 复）

（9）一个小农家的暮（刘 复）

（10）农家生活的一节（王统照）

（11）工作与人生（王光祈）

（12）无聊与消遣（梁启超）

（13）欢迎湖南人底精神

（14）生机（沈尹默）

（15）一颗星儿（胡 适）

（16）关于国民音乐会的谈话（萧友梅）

（17）文化运动不要忘了美育（蔡元培）

（18）三弦（沈尹默）

（19）一小幅的穷乐图（徐志摩）

（20）疑问（晨 曦）

（21）一个军官的笔记（冰心女士）

（22）学者的态度与精神（白 华）

（23）为学与做人（梁启超）

（24）烦闷（冰心女士）

（25）锁闭的生活　（叶绍钧）
（26）小河　（周作人）
（27）天上的街市　（郭沫若）
（28）光明　（晨　曦）
（29）隔膜　（叶绍钧）
（30）超人　（冰心女士）
（31）谒墓　（陈南士）
（32）致词　（冰心女士）
（33）两个扫雪的人　（周作人）
（34）迎“春”　（冰心女士）
（35）故乡　（鲁　迅）
（36）去国　（冰心女士）
（37）为什么要爱国　（潘力山）
（38）《文明小史》楔子　（李伯元）
（39）《欧游心影录》楔子　（梁启超）
（40）潮歌　（俞平伯）
（41）杜威先生与中国　（胡　适）
（43）打破思想界的四种迷信　（饶上达）

通过目录可以看出，“五四”刚结束后国语教育虽剔除了文言，然课文皆大家作品，故对于启发学生文学爱好、思想培育仍极有裨益。

然至1929年，民国政府一律改行普通科制取消分科制。而重新修订之《高级中学普通科国文暂行课程标准》与1923年之《新学制课程标准纲要高级中学公共必修的国语课程纲要》相比已经不再要求练习文言作文。对于文言之学习则较1923年分科国文学习更是相差甚远。而此类文言“淡化”现象自不可与“五四”时形成之“文言偏见”脱干系。

4. 白话文运动反思

重新探究白话文运动具有极其重要之意义，因中国白话文之社会乃白话文运动之后逐渐形成的。

以笔者一家之言论，则白话文运动虽有其时代相对之合理性，然其于后世实在有文学毁坏之过。应言清末涌现之白话文运动于当时有其正当性，因彼时中国平民识字者十之一二耳，而可以通文言者或又为识字者中十之一二。故倡导白话文学习于启发民智、传播思想具有进步意义。然俟后之“五四”白话文运动则过分激进。如上述《新青年》之引文，偏激地将一切中国传统文化全盘否定，显然不智。毛泽东于《新民主主义论》中写道：“那时，以共产党的《向导周报》，国民党的上海《民国日报》及各地报纸为阵地，曾经共同宣传了反帝国主义的主张，共同反对了尊孔读经的封建教育，共同反对了封建古装的旧文学和文言文，提倡了以反帝反封建为内容的新文学和白话文。”这段叙述当为当时众多青年之心声。盖清朝无能，任人宰割，旧社会确实可恨。八股取士扼杀思想，旧文体实在可恨。然纯然将文字、学经与旧社会划等号，与封建衰落等同而一概否认，笔者实不敢苟同。

胡适等人认为白话文为文学正宗之思想，现撮举一二予以反驳。其一，胡适谓不可模仿古人，谓一代有一代之文学，认为文学代代有新，故不必临摹古人。江山故代有人才出，然人不习经，不学古焉知今？虽人可以创造，然不将地基（文言）夯实，平地如何起高楼？其二，胡适又言不用典。其实仅昌明作文不可以辞害意，应景而作即可，典故乃人类积累之宝贵文化遗产，用典得当可收言简意赅、说理深刻之功。至于有文人用典不当或故弄玄虚、炫耀学问，此乃人之错，何究典之过耶？其三，胡适以曹雪芹、施耐庵等为文学正宗，焉知其文学著作皆充盈大量古诗词。仅以《红楼梦》为例，《红楼梦》揭橥人物命运之十二判词及杂曲莫非文言之体？园中建诗社吟咏作对莫非文言之体？饮酒时之行酒令莫非文言之体？这些文言体诗词从头至尾贯穿书中，占据极重之分量。胡适作为现代红学之奠基人之一，竟认《红楼梦》为徒然之白话小说，靡知其言也。其四，胡适又认为用僻典者令人靡知所云则不如不做。此观点于宣传思想固然，若论文学创作则不然。文学创作贵在求新，故文学有新思想新典故新知识应实提倡，如此文学方能发展繁荣。读者不知其典其新，此责任在读者，而作者焉受其责？若案胡适之言，则涵义高深之文不必问世，（如《易经》《道德经》等）而学富五车之人势成罪人，岂非荒唐？！

当然，胡适提出之不讲对仗、不避俗语俗字、不作无病呻吟、去滥调套语等具有进步意义，时至今日仍然可取。

胡适等对于新白话文运动大加鼓吹，其一乃因文言确实有其糟粕，其二乃因思想传播之需要，其三更因有历史伤痛之感，故极欲将旧社会之一切摒弃。

笔者认为，总体上说白话文运动是合理的，适时的，厥功不小，但有时不免过于偏激，尤其对文言文的价值判断产生不利影响，是其失也。

“五四”运动时期，亦有一派学者既拥护白话文运动，但又清醒地正视文言之价值，梁启超堪为代表。梁氏一方面提出诗界革命，然认为："革命者，当革其精神，非革其形式。吾党近好言诗界革命，虽然，若以堆积满纸新名词为革命，是又满洲政府变法维新之类也。能以旧风格含新意境，斯可以举革命之实矣。"[①]同时认为"文章但看内容，只要能达，不拘文言白话，万不可有主奴之见。"[②]应言梁氏此类"文学革命"之理解方为正解——不看形式而重内容，即去糟粕之思想而存瑰玮之精神。且梁氏提倡中学以上学文言。[③]究其实，文言有白话文所无法取代处。朱自清认为："白话的词类、兼语、成语等甚是贫乏，势不得不借材于文言；阅读些文言，于了解别人文字与自己作文都有帮助。"[④]朱氏所言当为共识，笔者对此观点深以为然。

"五四"白话文运动乃我国语文教育之第一次衰落，其瞬间之影响有限，然回力绵绵，对于后世白话文兴起起到了先锋引领作用。1929年民国取消分科制则为语文之第二次衰落。取消分科便与"五四"运动直接关联。1927年，蒋介石提出"党化教育"并要求所有课程重新改组，"使其与党义不违背"。[⑤]1929年，南京国民政府教育部门颁布中小学国文"新课标"，要求教材选取"党国要人""党国文士"之"时文"。于是蒋介石之《新生活运动训辞》《中国国民党废除不平等条约宣言》等文陆续出现于初中课本。[⑥]此类渗入政治教学之语文使得思想不再自由可视为语文第三次之衰落。

（三）新中国之语文教育

新中国成立后，语文教育并未能力矫前弊，其原因主要与初期起点不高及之后"文化大革命"有直接影响。如下一一评骘。

① 见梁启超：《饮冰室合集》45卷（上）之《诗话》，中华书局1989年3月第1版。

② 见梁启超：《中学以上作文教学法》，载《改造》第四卷第九、十号（1922）。转引自顾黄初、李杏保：《二十世纪前期中国语文教育论集》第239页，四川教育出版社1991年9月第1版。

③ 见梁启超：《中学以上作文教学法》，载《改造》第四卷第九、十号（1922）。转引自顾黄初、李杏保：《二十世纪前期中国语文教育论集》第239页，四川教育出版社1991年9月第1版。

④ 见朱自清：《中等学校国文教学的几个问题》，载《教育杂志》第十七卷第七号（1925）。转引自顾黄初、李杏保：《二十世纪前期中国语文教育论集》第357页，四川教育出版社1991年9月第1版。

⑤ 参见李杏保、顾黄初：《中国现代语文教育史》第159页，四川教育出版社1997年4月第1版。

⑥ 参见李鹿．语文教材的历史更迭（上）[J]. 文史参考，2010，20:38-42.

1. 新中国初之语文教育

中文学习以"语文"定名始于1949年。新中国成立之初，华北人民政府教育部教科书编审委员会决定将过去之"国语""国文"科统一改称"语文"。[①]"语"指口头语，"文"指书面文。1950年6月，中央人民政府出版总署编审局出版了全国统一之"语文"课本。自此，"语文"课之教育正式作为中文学习之开端。

新中国成立后，语文教材之选用主要以老解放区课本为蓝图，经过适当裁剪补充修订而成。然而解放区之语文教学课本具有十分浓厚之政治宣传色彩，故新中国成立前期之语文教科书无一不具有浓郁之革命气息与红色思想。1951年7月出版之初级中学语文课本《编辑大意》明言："无论哪一门功课，都有完成思想政治教育的任务，这个任务，在语文科更显得重要。"[②]故新中国成立时语文教育实有代替政治教育之倾向。试观1951年之《初级中学语文课本》第5册之目录如下：[③]

壹·斯大林的伟大宣言
贰·毛泽东同志论自我批评
叁·祖国（吕　剑）
肆·"中国人民的胜利"电影的解说（西蒙诺夫）
伍·语言的正确和明白
陆·给美国士兵的一封公开信（艾佛尔·蒙德鸠）
柒·最后的广播
捌·革命的英雄主义（朱　德）
玖·刘子林在万里进军中（葛洛、陆灏）
拾·语言的排列和错综
拾壹·5号发电机（林耘、史从民）

① 参见李杏保、顾黄初：《中国现代语文教育史》第12页，四川教育出版社1997年4月第1版。
② 见 http://view.news.qq.com/original/legacyintouch/d499.html
③ 见 http://view.news.qq.com/original/legacyintouch/d499.html

通篇大量红色经典及领袖文章。语文经过此等政治化后，白话化更明显，文学价值亦在其次考虑，以至于当时诸多教员觉得“白话文有什么可教的”。许多学生亦认为新课本“太浅”，“文言文太少”，“抒情太少”。[①]

1956年6月，中国迎来了语文复兴之曙光。新中国成立后，教育方面一直着力向苏联靠拢，大量借鉴苏联经验。1953年，北京师范大学开展了《红领巾》教学观摩活动，其中苏联普希金专家观摩后做出“语言和文学的因素过分的少”及“语文课变成了政治课从而影响了语文之发展”[②]等评判为继后之分科改革起到了推动作用。1954年中央政治局扩大会议决定实行汉语、文学分科，并于1956年6月正式在全国推行汉语、文学分科。分科施行后，文学课本之古典文学迅速增加，且政治色彩消退。当时编撰之《高级中学文学课本》第三册之目录如下：

壹·法场	（关汉卿）
贰·秋思	（马致远）
叁·林冲发配	（施耐庵）
肆·失街亭	（罗贯中）
伍·项脊轩志	（归有光）
陆·大闹天宫	（吴承恩）
柒·杜十娘怒沉百宝箱	（冯梦龙）
捌·原君	（黄宗羲）
玖·哀江南	（孔尚任）
拾·狱中杂记	（方　苞）
拾壹·诉肺腑	（曹雪芹）
拾贰·登泰山记	（姚　鼐）

① 参见董纯才．改革我们的中学国文教学 [J]. 人民教育，1950，02:19–24.

② 参见叶苍岑．从“红领巾”的教学谈到语文教学改革问题 [J]. 人民教育，1953，07:40–42+8.

拾叁·草木皆兵　（吴沃尧）
拾肆·谭嗣同传　（梁启超）
拾伍·什么是知识　（毛泽东）
拾陆·个人和集体　（刘少奇）
拾柒·伟大的创举　（列　宁）
拾捌·论新人　（高尔基）

可见当时文学汉语分科后文学之课本确实较之前大有改进。虽然文言并未过多增加，古典名著已大幅增多，乃语文复兴之征兆。且当时新编之《高级中学文学教学大纲》中有“培养学生阅读文言著作的初步能力”[①]一项，可想而知若中国语文教育以此趋势发展，语文素质必然逐步提升，而当今语文教育亦必然是另一番景象。

可惜好景不长，1957年“整风”运动[②]伊始，诸多著名文人如丁玲、艾青、冯雪峰等被打为右派，而他们的作品亦随之淡出语文教科书。而基于“整风”具有打击“脱离群众和脱离实际风气”之特点，要回归语文教学则对于文学一类经典文章不免大加挞伐，认为其具有“厚古薄今、颂古非今、脱离实际、脱离政治”之问题，并认为教材中古代文学作品太甚，简直“以古代今”。[③]有些新闻甚至报道：“今天全国人民以无比的干劲建设社会主义，而现行文学教材却选编了一些消极避世、闲情逸致、儿女情长的作品来教育学生，这和今天轰轰烈烈的时代合拍吗？”更有些人认为古典文学教学宣扬了“消极避世、人生如梦的颓废思想”，使学生“脱离作品时代，盲目崇拜古代诗人和作家的‘反抗’精神，‘与世横眉’的对立精神”。[④]

在“整风”运动影响下，汉语分科半途夭折，可谓是中国语

① 参见李杏保、顾黄初：《中国现代语文教育史》第364页，四川教育出版社1997年4月第1版。
② 1957年4月27日，中共中央发出《关于整风运动的指示》。其中指出，为了克服近年来党内新滋长的脱离群众和脱离实际的官僚主义、宗派主义和主观主义，有必要在全党进行一次普遍的深入的整风运动，以提高全党的马克思主义的思想水平，改进作风，适应社会主义改造与建设的需要。（见http://www.people.com.cn/GB/historic/0427/1352.html）
③ 参见陈百中．山大中文系語言教学中的厚古薄今、脱离实际[J]. 文史哲，1958，07:29-33.
④ 参见李杏保、顾黄初：《中国现代语文教育史》第368页，四川教育出版社1997年4月第1版。

文史上一大悲剧。而1958年之“大跃进”则危害尤烈。

1958年，“反右”刚刚结束，“大跃进”方兴未艾。全国“跑步进入社会主义”。中学语文教学开展批判“三脱离”（脱离政治、脱离实际、脱离劳动）。1958年编写之课本于当时之背景下，着力解决1956年文学课本”三脱离“问题。同期出版之语文教科书中，“五四”至1949年前之作品（除鲁迅作品外）无一幸免全被剔除。新教材于内容上大力进行“三面红旗”（总路线、大跃进、人民公社）教育，思想上“假、大、空”，极端突出“政治挂帅”，完全成为政治读物。北京市教育局明文指出：“（中学）课文内容：以反映新民主主义革命时期和社会主义革命时期的阶级斗争和生产斗争、共产主义道德修养、生产和思想大跃进，进行劳动教育的文章为主。初中不选古典文学，高中约选10%的古典文。”①同时，对于人民教育出版社编辑出版的《语文》课本中的某些现代作品，某些人亦从政治方面展开批判。如初中第一册中的《第二次考试》一文，竟被认为“强调教授、专家的作用，抹煞党的作用”，“宣扬资产阶级的‘才论’”，甚至连作品女主人公陈伊玲之出色描写亦大加诟病，认为“不由使人想起解放前的一些水彩‘美女’，这哪里像一个受过革命锻炼的女青年”。②这类荒诞无稽的批判，使一些艺术地、真实地反映生活的优秀作品无端地从课本中被排斥，而一些简单化的、标语口号式的作品却成了学生必读“范文”，成了所谓向学生进行思想教育的“最好材料”。

“大跃进”时期语文教材篇目大量减少。初中六册仅79篇，高中六册仅77篇，平均每册仅有13篇课文。③如此狭隘之阅读量自然对于文学素质培养是十分不利的。1960年，教科书进行重新修

① 见北京市中学語文教学的说明（1958—1959学年度第一学期）[J]. 语文学习，1958，10:14-15.

② 参见李杏保、顾黄初：《中国现代语文教育史》第371页，四川教育出版社1997年4月第1版。

③ 参见杨海燕. 中学语文教育与现当代文学 [D]. 山东大学，2011，第38项。

订，课文数量难度虽有所增加，然而此次修订从内容组织上并无太大创新，基本延续以前之版本形式。据统计，1960年人民出版社编辑出版之高级中学课本六册《语文》选文、文言文作品数量表如下：①

册　别	第一册	第二册	第三册	第四册	第五册	第六册
选文篇数	21	20	21	19	22	20
文言文数量	6	6	7	7	8	8

根据1960年北京师范大学中文系普通教育改革小组编著之《语文》，其第十一册课本目录如下：②

壹·中国人民政治协商会议第一届全体会议开幕词

（毛泽东）

贰·高举毛泽东旗帜，向着伟大的目标胜利挺进

（中国青年报社论）

叁·毛主席颂歌

甲、举杯祝福毛主席

乙、太阳、宝塔和号角

丙、什么最宝贵

丁、织僮锦

戊、春天啊——毛主席

肆·毛主席在重庆

伍·刘少奇同志关系群众的故事

陆·诗三首　（朱　德）

甲、纪念八一

① 参见石鸥：《新中国中小学教科书图文史·语文》第70页，广东教育出版社2015年7月第1版。

② 目录为节选，参见http://view.news.qq.com/original/legacyintouch/d499.html

乙、井冈山会师

丙、出太行

柒·赣南游击词 （陈 毅）

捌·就义

玖·井冈山散歌

从上两份材料可以看出“大跃进”对于语文可谓一次浩劫，文学气息大幅消萎，全以领袖语录、政治宣传等文章填塞。自此，文学终于淡出了历史舞台，此为中国经历之第四次语文衰落。然而“好戏”尚在后头，一场惊涛骇浪正隐隐作啸。

2. “文革”十年——语文之殇

“文革”十年，人民教育出版社惨遭解散，红彤彤的红宝书摇身一变化作了语文教本，内容走向政治极端化，中国现代语文教育史掀开了最为惨痛的一页。

1966年《人民日报》刊登之《彻底搞好文化革命，彻底改革教育制度》一文明确指出：

“要把那些违背毛泽东思想，严重脱离阶级斗争、生产斗争和科学实验三大革命运动，宣扬剥削阶级世界观的一切旧材料统统埋葬，新的教材必须以毛泽东思想为指导，突出无产阶级政治。初小学可以学些毛主席语录。高小可以学更多的毛主席语录和‘老三篇’（《为人民服务》《愚公移山》《纪念白求恩》）等文章。中学可以学《毛泽东著作选读》和有关文章，……不论是初级学校、中级学校还是高等学校，都要把毛主席著作列为必修课。”①

同时中共中央、国务院在批转教育部党组《关于1966—1967学

① 见《人民日报》编辑部．彻底搞好文化革命 彻底改革教育制度[J]. 科学通报，1966，13:596-599.

年度中学政治、语文、历史教材处理意见的请示报告》时批示：

“中学所有教材没有以毛泽东思想挂帅，没有突出无产阶级政治，……不能再用。……政治和语文合并，以毛主席著作为基本教材，选读‘文化大革命’的相关文章和革命作品。”[①]

于此类极端思想指导下，语文选材之低劣平俗是可想而知的。据统计，1967年上海市中学暂用课本《语文》第二册中课文构成如下：[②]

类型	课文数
毛主席诗词	2
歌颂毛主席	4
毛主席文论	8
政治文论	8
其他	1

十分明显，此类语文教学已经与政治教育毫无差别。政治和语文合并之结果其实是政治化语文，语文已经完全成为政治读本。此类语文教学已毫无文学色彩，更甭提文言元素。

1968年上海市中小学教材编写《语文》“说明”再次强调：“语文教学应该教育学生无限忠于毛主席，无限忠于毛泽东思想，无限忠于毛主席的革命路线。”[③]语文至斯，庶几演变为对于毛泽东之个人崇拜，此类盲从不仅从思想上进行禁锢，文学上亦未有裨益。但睹当时之课本，其盲目崇拜、统一思想之内容，着实令人喟叹不已。1968年北京市高中试用《语文》教科书目录如下：[④]

壹·毛主席诗词四首

① 见石鸥：《新中国中小学教科书图文史·语文》第94页，广东教育出版社2015年7月第1版。

② 参见石鸥：《新中国中小学教科书图文史·语文》第98页，广东教育出版社2015年7月第1版。

③ 见石鸥：《新中国中小学教科书图文史·语文》第8页，广东教育出版社2015年7月第1版。

④ 见 http://view.news.qq.com/original/legacyintouch/d499.html

甲、沁园春·雪

乙、七绝　为李进同志题所摄庐山仙人洞照

丙、卜算子·咏梅

丁、满江红·和郭沫若同志

贰·《毛主席语录》再版前言（林　彪）

叁·改造我们的学习（毛泽东）

肆·读毛主席的书全在于应用——学习“下定决心，不怕牺牲，排除万难，去争取胜利”的体会（陈永贵）

［阅读材料］

韶山升起红太阳

缅甸武装革命的最锐利武器（［缅甸］德钦·巴登顶）

大海航行靠舵手——记我们伟大领袖毛主席接见海军首次学习毛主席著作积极分子代表大会代表

祝毛主席万万岁

伍·中国革命的两重任务和中国共产党（毛泽东）

此类荒唐之教科书愈演愈烈如火如荼，“毛主席万岁”“毛主席万寿无疆”等话语无处不见。

1972年是语文基础知识短暂恢复的宝贵时期。1972年《人民日报》刊登苏州地区教材编写组之文章《正确处理编写教材中几个关系的问题》谓：“我们编写人员一度产生了宁‘左’勿右的错误想法。在编选语文教材时，只看政治内容，不管文采如何，凡认为是政治内容好的文章，便优先选用。在编写练习时，对一些观点正确、文采较好的记叙文不敢选，对字、词、句、章的练习写得很少。这样，不仅没有把题目的基本条件、内在联系说清楚，而且使思想政治教育和基础知识教学分离。”[①]

同年《人民日报》发表河北省怀来县沙城中学的文章指出：这几年毕业的学生，“科学文化知识少了一些”，原因是“政治可以冲击其他”，并提出中学教学应“以课堂教学、学习书本知识为主”。[②]沙城中学有组织地讨论并对“以干代学”进行了批判，认为“干”不应当就是手上的老茧。当时沙城中学有个中学生毕业后成为养猪模范，物理老师于志沂闻讯道：“一万头肥猪也堆不出一颗原子弹。”[③]此言与当时“文革”气息提倡之“以干代学”风气完全相左，在当时政治氛围下，此类大胆反思讽刺是极为难得罕见的。应言1972年之教育界反思是“文革”浩劫中之颤颤火光，不幸的是，希望火苗很快便为新一波“打退资产阶级右倾势力的猖狂进攻”之浪潮打灭了。

1973年“批林批孔”运动如火如荼，全国语文教育重新为政治气氛所笼罩。1974年第11期《教育通讯》指出：“新教材要反映‘无产阶级文化大革命’的胜利成果，体现‘批林批孔’精神。”此举再次将课文内容锁定，政治成分高扬。如1974年广州市编印的高二《语文》课本共分六个部分：一是马、恩、列、斯、毛关于思想文化工作的论述；二是巩固无产阶级专政的理论辅导；三是阶级教育；四是大批判；五是团结人民打击敌人的小评论；六是革命故事。直到1976年，各地小学语文课本中还有大量具有时代痕迹的文章。[④]

“文革”时期乃中国史上第五次语文衰落，亦为中国语文发展史上之巨大悲剧。外乎极端化之教材，当时强调“以干代学”“旷课闹革命”“复课闹革命”“上山下乡”等偏激行为使得学生不上课，整日戴着红袖标，搞串联，贴大字报，开批斗

① 见石鸥：《新中国中小学教科书图文史·语文》第130页，广东教育出版社2015年7月第1版。

② 参见石鸥：《新中国中小学教科书图文史·语文》第131页，广东教育出版社2015年7月第1版。

③ 参见彭秀良，季秀丽．“文化大革命”中关于“教育革命”的不同声音[J]．百年潮，2012，11:41-44.

④ 参见王淦生．新中国语文教材的变迁[J]．文史天地，2014，01:36-39.

会，抄家，以致十年间荒芜了一大批青少年之成长。

3. 筚路蓝缕——冰封语文之维艰复苏[①]

1977年，刚刚恢复工作的邓小平同志主持中央的科学及教育工作，“文革”期间已经荒废的语文教学遂开始复苏。人民教育出版社重新成立，开始主编中小学各科教材。1978年4月，全国召开“文革”后第一次全国教育工作会议。此后《全日制中小学暂行工作条例（试行草案）》颁布。其中“教学目的”一栏再次将“高中能阅读浅显之文言文”纳入[②]，且每册课文都大致有四篇古文或古典文学，可视为语文文学元素逐渐上升之兆。然囿于“文革”之时代烙印，语文教材之编订仍然充斥着大量红色经典、政治著作、伟人作品。《全日制中小学暂行工作条例（试行草案）》中教材选取仍“以政治标准放在第一位，以艺术标准放在第二位”。至1980年颁布之《全日制十年制学校中学语文教学大纲（试行草案）》，“文革”烙印逐渐淡化，选文之要求不再将政治放于本位，而要求“课文要选取文质兼美的文章，必须思想内容好，语言文字好，适合教学。”[③]同时课文内容上，古典文学著作大为增加，梁启超之《谭嗣同传》亦再次出现于课文中。

1977年至1986年乃中国语文教育逐渐扭转“文革”、“左”倾问题之阶段。1978年至1980年，国家草拟并修订了中小学语文教学大纲，提出了“思想政治教育必须根据语文课的特点进行，必须在读写训练过程中进行”的要求。这之后的中小学语文教材，真正的范文逐渐增多，特别是古典诗文的比例加大，有关政治宣教的内容大幅减少。20世纪70年代初上海教育出版社出版的小学课本中与中国革命史相关内容所占的比例达34%，这一比例

① 本节所讨论之语文复苏仅至1986年。本文将1987年后之语文视为当下语文，俟于第二部分进行分析探讨。

② 见 http://www.pep.com.cn/xiaoyu/yuwenbook/xy_dsyz/xy20sjzg/201008/t20100820_683608.htm

③ 见 http://www.pep.com.cn/xiaoyu/yuwenbook/xy_dsyz/xy20sjzg/201008/t20100820_683607.htm

在10年后降到了8.5%。[①]20世纪80年代很大程度仍以恢复为主，然已经可以见到选材明显之进步。文言成分虽然仍旧匮乏，但已经大为好转。1980年人教版《高中语文》第一册之课文目录如下：[②]

壹・散文两篇 （朱自清）

荷塘月色

绿

贰・长江三峡 （刘白羽）

叁・记念刘和珍君 （鲁 迅）

肆・包身工 （夏 衍）

伍・为了六十一个阶级弟兄

陆・路标 （魏 巍）

柒・为了周总理的嘱托——记农民科学家吴吉昌

（穆青、陆拂为、廖由滨）

捌・现代自然科学中的基础学科 （钱学森）

玖・．一次大型的泥石流

拾・我们的文艺是为什么人的 （毛泽东）

拾壹・讲讲实事求是 （邓小平）

拾贰・在马克思墓前的讲话 （恩格斯）

拾叁・悼列宁 （斯大林）

拾肆・评论二则

惊人相似的一幕 （胡 雪）

魔鬼的笛音 （司马达）

拾伍・药 （鲁 迅）

拾陆・百合花 （茹志鹃）

① 参见王淦生．新中国语文教材的变迁 [J]. 文史天地，2014，01:36-39.

② 见 http://www.pep.com.cn/xiaoyu/yuwenbook/xy_dsyz/xy20sjzg/201008/t20100820_683607.htm

拾柒·装在套子里的人（契诃夫）
拾捌·堂吉诃德（塞万提斯）
拾玖·诗经二首
伐檀
硕鼠
贰拾·邹忌讽齐王纳谏（《战国策》）
贰拾壹·察今（《吕氏春秋》）
贰拾贰·国殇（屈　原）
贰拾叁·廉颇蔺相如列传（司马迁）
贰拾肆·师说（韩　愈）
贰拾伍·游褒禅山记（王安石）
贰拾陆·赤壁之战（司马光）
贰拾柒·原君（黄宗羲）
贰拾捌·林教头风雪山神庙（施耐庵）

由于“文革”后遗症仍然严重，对于恢复工作亦产生了极大影响。后遗症主要表现于思想及人员两方面：

（1）思想影响

受“文革”时期所形成之“政治挂帅”思想影响，教育界在短时间内思想并未完全解放，课文中带有政治思想教育之文章仍占有重要成分。而对于许多文言作品仍旧抱有其为封建社会之产物、具有消极之影响等态度，使得文言作品未得到足够的重视。直到1986年制订教学大纲开会时，教育部基础教育司一位副司长还转达了国家教委副主任何东昌的意见：“文言文最多只能20%。”人教社编审顾振彪解释说，当时的观念认为文言文不利于思想政治教育。[①]

（2）人员影响

“文革”对于人员方面之影响一是老师二是学生。由于“文革”时期语文教育耽搁，不仅学生基础教育一塌糊涂，许多“文革”结束后之老师亦未曾经过良好培训。尽管1977年版教材的选文范围非常狭窄，仍有不少师生向人教社反馈，教材内容过多过深，吃不消。当时语文教师主要是20世纪50年代的中师毕业生和60年代的高师毕业生，“五四”时期的文学作品他们已少有接触，文言文更是读不懂，讲课只能让学生抄下来背。艾青的诗歌重新被教材接受，却得不到教师的接受，一些教师的思维模式和业务水平仍停留在“文革”时代，说“艾青的诗有什么好？连标点符号都不会用”。[②]俗语云“名师出高徒”，如此庸师如何教出文学素养优秀之学生？1979年人民教育出版社分别派组至福建、四川两地调查中学生语文素质，惊讶地发现学生中不知道李白、杜甫的大有人在，举不出鲁迅、郭沫若代表作的也为数不少。在文言文方面，则更是知之甚少。[③]甚至于1983年初，“文革”时期产生之“读书无用论”仍在起作用。据87版红楼梦导演回忆：“当时（1983）有一个杂志到一个大学文学系做统计，结果学生对中国古典名著一本都没读过。所以央视决定将四大名著推到荧幕上以普及中国四大名著及传统文化。”[④]

二、当下语文教育问题

1987年至今，语文教育一直处于深度改革阶段。应言已将“文革”、“左”倾问题纠正。且此期间推行九年义务教育模式、结合社会实际与环境之教学法、教本之不断改革等，于语文

① 参见李鹿．语文教材的历史更迭［下］[J]. 文史参考，2010，21:50-53.

② 参见李鹿．语文教材的历史更迭［下］[J]. 文史参考，2010，21:50-53.

③ 参见李杏保、顾黄初：《中国现代语文教育史》第433页，四川教育出版社1997年4月第1版。

④ 据王扶林采访语录。视频见 http://tv.cntv.cn/video/C14129/532d405df3274f0ca115cae837592506

事业发展功不可没。然而其改革力度距离培养出真正文学大家之教育尚远远不足。

当今之语文教育不仅没能成功使学生产生文学学习之兴趣，反而使学生觉得语文无味。很多学生已经将语文看成一个令人厌倦的东西了。

问题出在哪？笔者认为主要集中于教学、考试、教科书三方面。今将其撮举一一评骘：

（一）教学问题

1. 赏析问题

目前典型的语文课是如此教授的：老师上课→让学生划分自然段→分析段落大意→分析人物形象→分析某句话是用明喻还是暗喻→某句话表达了作者怎样的思想→分析如果老师换一个词为什么没有作者的好……这种教授法美其名曰赏析。

究其实，此类赏析有何意义？一篇浅白易懂的文章，学生目过即明，非要程式化地、不厌其烦地进行赏析，令人生厌。更为可笑的是，此类过度分析有时连作者本人亦不明就里不知所云。1997年，薛毅在《文学教育的悲哀——一次演讲》便记载："一个女作家说，她的一篇文章收进了中学课本，可是里面出的思考题，搞得她莫名其妙，她都不知该怎么回答。几个孩子不同意老师对巴金的文章的解释，他们的解释老师又不赞成，孩子们写信给巴金，巴金支持孩子们的观点，但老师还是坚持原来的那一套，因为教学参考书就是这样说的。"[①]而2013年纪录片《盗火者——中国教育改革调查》中作家周国平对自己撰写之《人的高贵在于灵魂》一文出的试题进行回答仅仅得了69分[②]，勉强及格。

① 见薛毅．文学教育的悲哀——一次演讲 [J]. 北京文学，1997，11:12-17.

② 见周国平采访语，视频见 http://v.ifeng.com/documentary/culture/201309/03d6c3e6-3612-48c5-bb86-b9d67a2b99a4.shtml

当代著名学者资中筠也曾说：“几年前我有一篇文章入选上海的教辅，习题中就有‘作者意图’是什么等等，我一想我哪有这意图呀。里面还有问答，这一段说明什么、第二段说明什么。我就觉得特别滑稽，我还活着呢，他们也不来问问我。”①

其实所谓“段落大意”“中心思想”等抽象概念多系后人强加，岂有作者写作时尚考虑本处需使用倒叙手法、彼处要运用暗喻修辞手法、本段需阐明主人公之英雄形象、下段开头需开门见山？

赏析问题由来已久。古时因教材是文言，而文言难懂，故老师总需充当翻译员之角色。然而白话文浅显易懂，学生自学便可看明白，其实不用老师作太多解释。所以语文课便改成了文学赏析课，去分析时代背景、中心思想、文学手法等。②然而此类学习对于文学素养不仅无益，甚至危害甚烈，不仅使优秀文学作品失去其美感，更使学生对于作品之感知能力完全冻结。吕叔湘先生曾亲述一个例子：“之前叶老（叶圣陶）讲了一个故事，是关于抗美援朝的。前线作战的志愿军为了抢救一批粮食，牺牲了。当时有个学生拿到新课本一下就翻看了，他看得很感动，落下泪来。可后来老师讲到那课，老师就开始分析了，这一课时代背景怎么样，是抗美援朝的时候，国际形势怎么样……底下就讲到中心思想，段落大意，分析来，分析去，……没完没了。那个学生说：‘老师分析完了，我漠然无动于衷，我的眼泪不出来。’”③之后吕氏总结认为，“作品不分析还能感动人，一分析倒不行了。这叫七宝楼台，拆下来不成片段。”此观点至今仍然见用，其实许多教科书选文是有真情实感且文字优美的，然若斤斤于将其一条条分割，则不成体统了。文字本来属于感性美，若刻意将

① 见 http://learning.sohu.com/20160804/n462537557.shtml

② 参见吕叔湘．中小学语文教学问题 [J]. 江苏师院学报，1978，02:1−7.

③ 见吕叔湘．中小学语文教学问题 [J]. 江苏师院学报，1978，02:1−7.

其纳入理性分析中，不但晦涩难懂，且美感全无，简直得不偿失。

过分赏析使得学生思维僵化，丧失纯真审美观。语文赏析固化了学生思想，且直接导致学生感官麻木。如上文所提吕老所叙之例中，老师过度赏析导致学生根本难以被故事所感动。再比如对鲁迅《药》之解释，说它是反省辛亥革命的，辛亥革命这帖“药”失效了，因为它脱离群众，应该另求新药。如此分析之下便很难感受那黑夜中观看杀头之残忍场景，滴血馒头之血腥，泛着几点小花墓冢之清冷。斤斤于课文分析，此类感性知觉之强度便逐渐衰退了。学生若日日浸淫于灌输分析，则自己很难产生思想，更难产生发自内心之感受。文学作品本不应具有唯一之评判标准。好比《红楼梦》之林黛玉便有无数种解读。有些人认为林黛玉可以突破封建社会桎梏，当视为女性争取自由恋爱之发轫者。而有些人认为林黛玉虽然冰雪聪慧，但是稍微不顺便潸然落泪，哭哭啼啼，还小心眼多，不如薛宝钗温和待人、落落大方。要是硬要将林黛玉这个人物做一标准评判可谓荒唐至极。其实如何评判圆颅方趾皆有不同，所谓“一个人有一个人之《红楼梦》”即此意，但保可以启发思维自圆其说即可。故意去套标准而赏析是无谓的，这样不但难以引起学生对于文学著作之兴趣，反而遗留于他们一类无聊无趣之印象，这自然于文学人才培养是极不利的。

故对于赏析问题，笔者认为，赏析可以作为某种学术研究，但不能作整齐划一之理解，硬灌输给学生。大学以前，语文教育的目的之一便是激发学生语文兴趣。而文学之魅力主要靠感染、熏陶、陶冶，对于课文分析，只需将学生看不明白处进行解释便可。阅读完后令学生提出各自意见，然后令其解释如何得出此观点即可。对于学生不能自圆其说者则应该指出并让其重新思考。如此便可以保证学生可以原汁原味地品鉴课文，同时保证学生思维得到启发。

2. 作文问题

语文能力之好坏，最为直观者即作文能力。是否可以作一篇好文章，思想与文采并存实非易事。究其实，前面所讨论之赏析问题，其目的也无外乎对学生作文有所裨益。然平心而论，哪个会写文章之人是靠作品分析培养出来的？换言之，会赏析的人就能写好文章吗？对于如何写好作文，吕叔湘谓："找十个八个作家来问问，你当初是不是学了作品分析以后，才会写小说、剧本的啊？恐怕不是。他也是念了别人的小说、剧本，不知不觉地模仿，一步一步学着写。起初写得不好，慢慢就精了。"[①]吕氏道出了一个作文之秘诀。作好作文主要在于博览群书，再模仿，所谓"读书破万卷，下笔如有神""熟读唐诗三百首，不会作诗也会吟"即是此理。作文不同于化学公式，一劳永逸，永恒不变。古人谓"文无定式"，文字之表达是千变万化的，企图通过分析几篇文章而掌握文章定式是绝无可能的，那样只能写平庸落套之文，而难出新颖出彩之作。

作文一需看，二需写。然而我国语文教育在此两方面皆未起到应有作用。

当今学校语文教学阅读量很小，仅局限于教科书或基本辅导教材，此与上文所提及之需博览群书是格格不入的。并且课文方面尚有许多不当处很难对学生写作学习起到真正助益（此问题俟后再作详述）。在写方面则学校要求太过频繁，现在许多学生一个星期便需作文两篇，放暑假后更需一日一篇日记。此类作法使

① 见吕叔湘．中小学语文教学问题 [J]. 江苏师院学报，1978，02:1–7.

学生疲于应付，只好随意杜撰甚至抄袭，很难使学生做出有益之文，反而养成了学生对待文学之轻薄态度。同时作文评判标准太死，一讲记叙文便需使用倒叙、插叙等修辞手法，一讲议论文便是教条化的起承转结，与八股文无二。这些评判标准极大束缚了学生的灵感与手脚，也极难产生佳作。

正确之作文学习法，在看方面，笔者认为应看多、看对、看懂。阅读范围过窄断难拓展知识面，在写作中便极难旁征博引。若仅仅抱着现代庸俗文学看个不休，则断难产生深远之思想、灵动之火花，于作文无助。若纯粹是“好看书，不求甚解”，看过等于白看，亦无益于写作。“学而不思则罔”便是此意。看之方面应多看具有启发性意义、具有正能量且文学素养高之书籍。胡适于《中学国文的教授》一文中拟定中学生可以读平易之古书如二十四史等，二十部以上至五十部以下之类似四大名著之小说，同时看梁任公、康有为、章太炎、章行严、严几道之散文。[①]笔者认为胡适所定之阅读量或许过大，不完全适宜当今中学生阅读，然而其所荐书籍颇有参考价值。假使学生可以将四大名著中任意一本学完看懂则对人物刻画、景物描写等均可收获大量素材。若多读并读懂了梁任公、胡适之等人的议论文，对于思想启发必大有裨益，同时可以累积新知。有了此番大量知识储备后自然就有了下笔之资格。

在写方面，笔者认为宜少而精。文章最妙莫过于有感而发，下笔如有神，洋洋洒洒上千言，一挥而就。可惜人并非时时皆泉思喷涌，故作文数量应有度，不可强迫公鸡下蛋。文章贵在创新，若是陈词滥调摇笔即来莫如不作。故作文一定要少而精，有一定沉淀后再作文，方可保证作文之质量。1904年《高等小学堂

① 参见胡适:《中学国文的教授》，载《教育丛刊》第二集（1920）。转引自顾黄初、李杏保:《二十世纪前期中国语文教育论集》第117—132页，四川教育出版社1991年9月第1版。

章程》中规定："即教以作文之法，兼使学作日用浅近文字。篇幅宜短，总令学生胸中见解言语郁勃欲发，但以短篇不能尽意为憾，不以搜索枯窘为苦。蕴蓄日久，其颖敏者若遇不限以字数时，每一下笔必至数百言矣。"[①]此类作文方式还是可取的。梁启超于《中学以上作文教学法》中认为学生每学期作文次数至多两三次。梁氏谓："现在中学生至少一星期做一篇文，不但中学生做不好，便叫我做也必定越做越不通。我主张每学期少则两篇，多则三篇，每一篇要让他充分的预备，使他在堂下做。看题目难易，限他一星期或两星期交卷。"[②]同时梁启超认为在作文之前应提前将有关之学习材料发给学生看，令学生作文时将时间花在寻找阅读材料方面而不费于苦思冥想。

除此之外，作好作文尚需注意批改及"文德"。梁任公之"作文少而精"之观点于此两点皆有裨益。

当今教师一个人或许需负责两三个班级教学，一个班级40人，两个班80人，三个班级120人。作文批改方面，学校老师常常因为班级人数太多难以尽皆详改，连错别字亦难以匡正，最多将文章写得精彩处画出波浪线以示鼓励。最后学生仅看到一个分数，或寥寥数字的评语，对学生增益不多。如何解决学生多老师少批改不到位的问题？吕叔湘先生给出了极为可取之法，即摒弃以往之每人批改法，而挑选一班中具有代表性之优秀文章、差文章精批细改然后在课上进行评点。讲解作者一段、一句之问题所在，措辞如何不当，并自己是如何更改的。如此下来则作者不仅受益其他同学亦是如此，因为毛病大多大同小异。[③]且为公平起见，可以在班中进行轮换。假使班中有40人一次点评5人，则正好点评8次为一轮，如此既可保作文之批改质量亦可保学子不至触

① 见李杏保、顾黄初：《中国现代语文教育史》第65-66页，四川教育出版社1997年4月第1版。

② 见梁启超．中学以上作文教学法[J]．中华活页文选（教师版），2008，01:9-11.

③ 参见吕叔湘．中小学语文教学问题[J]．江苏师院学报，1978，02:1-7.

望。[1]

另一方面，作文精而少也有益于学生养成“文德”。作文数量少，则学生进行查阅资料之时间可予保证。梁启超认为：“凡作一篇记载之文，便要预备传到后来作可靠的史料，一面对事实负严正责任，一面对于读者负严正责任。学生初学作文时，给他这种观念，不惟把‘文德’的基础立得牢固，即以文体论也免了许多枝叶葛藤。”[2]记叙文贵在真实，此乃最基础之“文德”。当今作文布置太频，许多学生硬生生便虚构出“扶老爷爷过马路”“给老师送伞”“借同学橡皮”等八股定式作文以应付作业，长此以往求“真”之学术品质便逐渐消弭了。但要作假成习，再要改便颇费周折。

3. 字词问题

当今语文教育衰落之表现除作文幼稚无谓外，另一现象即学生字词量贫乏。《康熙字典》四万七千余字，估计当今中学生认得五六千已然十分了得。若将梁任公“五四”前文章给学生阅读恐怕是生词连篇，难以吟诵。字词匮乏问题自与白话文学习难脱干系。前文已述，陈子褒认为若改学白话不学文言“则从前须识六千字，今则识二千字可矣”。[3]乍闻似乎颇为吸引人，省时省力，然而文字表达之妙已然逐渐殆尽。当今课文中学生所学习之字词量极其有限，常常通读一文难觅一二生字。本来中小学期皆字词积累阶段，若过了此段，成人后再行积累，一则已为时过晚记忆力不如之前，二则工作甚忙极难得闲。故字词之学习根基便是中小学阶段，期间积累之词汇可受益终身。（字词量低下与教科书选材有直接关系，俟后详述）

同时当今学校于字之学习亦未曾起到足够之教育作用。中文

① 作文尚有命题问题，俟于后文“考试问题”中详说。

② 见李杏保、顾黄初：《中国现代语文教育史》第147页，四川教育出版社1997年4月第1版。

③ 见李杏保、顾黄初：《中国现代语文教育史》第57页，四川教育出版社1997年4月第1版。

一字至少有“形”“音”“义”三方面讲解。若言当今学校于此三方面中有一面做得到位仅可谓“音”一部了。“形”“义”两部教学尚未达标。

当今学校教字最喜著学生硬背、听写。然而此类学法十分不智，全然将中文文字之特性弃之不顾。若对文字演化进行讲解，则翻来覆去仅有象形一部，最常见者即教授“山”“水”“网”三字之象形演化，如此未免过于狭隘。古时有六书，而象形仅为其中一部分。[①]学校仅将字之演化法则讲六分之一，且对于象形一部之讲解仅教授几字是极不负责的。如“义”（義）之一字，乃会意字。董子云，义者，我也。其从羊者，所以别于小我。羊能群者也。故我国文字凡形容社会之良性者皆从之，群、善、美、义（義）等。[②]若学此类字时教师可施以此类教法，不知学生受益几何。学校不重视字“形”教学自然亦忽略教授学生如何充分使用字典。其实《新华大字典》中每个字之“形”部解释俱已将文字属于六书何部表明，然鲜有学生关注此部，字典的作用未能充分发挥。

理解了字便不难解词、造词，字乃词之基础。每读大家作品，佳句妙辞层出不穷，然又难以从词典中寻见，原因在于作者将字义已然通晓于心，可以信手拈来。比如“弱”“孱”“羸”三字，但明其义即可随意组合，汉字词汇之丰富多彩亦因此缘。另一方面，则许多文字简练之描写最需以单字盖词义。比如形容一小茶杯杯口正好一手可以握住，若用一单字“盈”则可谓“杯口盈手”，可谓既简练又文气。然若平日未曾透解字义，仅仅以词为基础，非“盈满”“盈亏”不敢用，便断难写出“杯口盈手”之伦。

① 六书详细可见上文“三代至汉之语文教育”部分。

② 见梁启超：《梁启超论中国法制史》第10页，商务印书馆2012年6月第1版。

4. 阅读问题

当今学校教学素喜著学生大声朗读，每日皆有朝读课，然而对于静读并不重视。杜佑周先生已将静读问题详述透彻，今引其文如下：[①]

“学校为社会的一部，无论何种科学，当以灌输社会上有用的智识为目的。试问社会上能朗读的地方有几？演说、报告、发表意见等，虽是今日国民常有之机会，但朗读国文，对于这种能力，究竟有什么补助呢？我以为凡此种种，学校内部应设有特别时间练习之，万不能借重朗读的方法。至于静读一节，则社会上几无时不需用他。我们读报、览书，增进智识，探求新闻，没有不以静读为主。现在学校所学，非社会所用；社会所用，非学校所学；这真是违背教育的宗旨。……倘学校里仍拘守旧法，注重朗诵，忽视静读，则学生费数点钟功夫，所读也不过数页。恶习一成，后将难改。既缺乏读书优良的能力，想成为一个富于常识有用的国民，就不容易了。选择儿童有兴味、理解力所能及的材料，养成他们有一种自动的能力。以一定的时间，静读一定的分量，然后解答关于所读的问题。或笔书，或口述；一则可以为作文的补助，一则可以练习演说、报告、发表意见等能力。如是，教练一二个月，学生读书的能力，就是速率和理解力，便可以进步许多。”

杜氏之见，可资借鉴，然而全然否定朗读或许又稍显偏颇。

朗读之本意原在培养行气、声调，其实为作文之裨益。蔡维乔先生总结诵读之类有三：“一曰机械读法。就文字读之，朗朗上口，可以练熟口齿，使敏而确。二曰论理读法。一字一句，析之至明，使文字意义，跃于心而发诸口，期其思想与文字联络。

① 见杜佑周：《国文教学的几个问题及现在一般儿童读书能力的测验》，载《教育杂志》第十五卷第七号（1923）。转引自顾黄初、李杏保：《二十世纪前期中国语文教育论集》第280—286页，四川教育出版社1991年9月第1版。

三曰审美读法。注意音节之抑扬顿挫，使古人之声调，拂拂然与我喉舌相习，以畅发作者之感情。”①

故朗读其实原有其益，不可一语否之。合当今语文教学，其确实缺乏静读训练，故采补杜氏见解甚妥。而朗读一面又无需必然取消，只需略作调整即可。调整有二：其一，缩减朗读时间。其二，读有必要诵读之文，而不读宜静读之文。笔者所谓之有必要诵读之文乃诗、赋、词、曲类，再有便是辞藻颇为优美、排比句较多、语言押韵之一类文章（比如梁任公《少年中国说》）。读此类文可以培养韵感，文章措辞、节奏等自然增益。诵文同时对于晦涩难懂或精妙绝伦之修辞增加一层听力记忆更易帮助背诵，可以拓展字词量。且此类文章较有内涵，不致学生读之无味而应付了事，以至培养出诵读“拉腔”。或有人担心学生是否可以接受《少年中国说》类文章及诗词等。笔者认为可对此类或许过难作品进行节选，挑选较易懂之篇章练习诵读。且从某种程度言，学生不必定需明白文章诗词深意，但可明白字面意思即可。古人幼时诵《诗经》想必亦难揣摩深层涵义，然朗朗上口，倒背如流，其意徐徐显现，今人可效仿之。

5. 教师素质低

所谓“名师出高徒”，当今不少学生语文素质低下，与老师群体水平不高亦不可脱干系。可以想见，当今教书之语文老师大多为70后或80后，而教授他们之老师又大多为50后或60后。前文已述，“文革”导致诸多学生未受良好教育。这批幼时未受良好教育之50后或60后教授之学生，虽其中不乏自身努力用功者，然主流水准是可以想见的。他们普遍缺乏中国传统国学基础，对诗词赋曲基本处于未知状态，对中国传统优秀文学作品知之甚少。

① 见蒋维乔：《论小学校以上教授国文》，载《教育杂志》第一年第三期（1909）。转引自顾黄初、李杏保：《二十世纪前期中国语文教育论集》第4—7页，四川教育出版社1991年9月第1版。

语文老师水平有限，故上课即照搬参考书，将课堂弄得死气沉沉，十分可悲！

故不仅学生当日求上进，老师亦不可置身度外。陈子褒将教师比作乳母，谓："学者，教师之乳也"，"乳母必多食嘉馔，而后其乳良，乳良而后有补于食乳者。"[①]诚哉斯言！

（二）教科书问题

1. 选材不当

小学之教材笔者不过多评论，因其主要处于识字阶段且智力未开姑且不谈。最重要者为中学阶段，因中学阶段思维已开，此时所受之熏陶终生受益，若教材平庸实难起教育之效，对于成才影响巨大。故本节讨论仅限于中学课本。当下中学课本的选文仍有不少可以商榷。

第一类乃选文与学生脱节。譬如人教版九年级上册语文课文之《雨说》《星星变奏曲》《外国诗两首》（《蝈蝈与蛐蛐》和《夜》）。选编者无非希望学生可以借此了解大自然，感受大自然之唯美，从而激发对大自然的热爱与兴趣。然而想想当今城市里的学生几人曾感受青山隐隐绿水悠悠、蝈蝈蛐蛐聒噪不休、飞鸟钻麦田唧唧啾啾？既无亲身感受，如何可以感受诗歌之美？正如南方人从未见过雪，把雪描述得再美丽缤纷也是徒劳。而且此类诗歌内容幼稚，文字粗简，其实离了意境全然无是。故此类作品实际不宜选入。若有个别爱好者，闲暇翻阅即可。

第二类乃文字浅白之纪实类文体。如《孤独之旅》《我的叔叔于勒》《心声》等。此类通俗课文实难以提升学生文学素养。

第三类乃充斥负面情绪之作品。负面情绪并非悲情，此不可

① 见谢长法．陈子褒的教育观简述 [J]. 教育评论，1994，04:60.

不察。盖悲情之作品未必定属负面情绪，有些悲情之作扣人心弦，反而可以陶冶性情，净化心灵，给人以力量，如《诗经·郑风·子衿》《蝶恋花·伫倚危楼风细细》《葬花吟》《秋窗风雨夕》等。而笔者所谓负面情绪者乃对社会总愤愤不平、喜欢冷嘲热讽之作。此类作品读之或可，教之不然。故笔者认为不宜将大量鲁迅作品纳入语文课本。盖其文章固有独到处，然而悲观色彩浓郁，兼之语句晦涩，不适宜教学。盖学者，觉也。学校乃感悟之处所，应大力推崇阳光教育，令学生充满正能量。笔者认为康有为、梁任公、蔡元培、胡适之之文可以多读。因上述几人皆历经革命洗礼，思想积极，对中国抱以希望。但看梁任公之名言："少年强则国强""欲维新吾国当先维新吾民""十年以后当思我，举国犹狂欲语谁"等便可觉阵阵爱国气息扑面而来，阳光精神不言而喻。学生愈读此类文章方对社会愈抱以希望，方可以积极之心态面对社会。

第四类乃平淡老旧之作。此类作品主旨寓意固好，表达方式却无新意。如人教版2003版九年级下册之《祖国啊，我亲爱的祖国》《外国诗两首·祖国》《那树》等，既难引起学生之兴趣，更难启发学生之思想。前两篇文章其实本意为爱国主义宣传，然而反复排比反复比喻反复拟人，给人感觉堆砌辞藻，何其造作！爱国从来不是嘴皮说辞。读者断不会因为读了舒婷的《祖国啊，我亲爱的祖国》便生出"留取丹心照汗青"的爱国之志。[①]再论《那树》一文，无非欲激起学生对大自然之热爱，呼吁爱护自然。此类话题已是耳熟能详，其实不需于课文中反复强调，何况认为因扩路而砍树不道德之论点不甚严谨，是否成立尚待商榷。对于环保，应创造条件带领学生付诸实践。可以想见此类平白直

① 爱国是一个恒久弥新的话题，国人如何才能培养出爱国情怀，笔者认为，但凡学习了祖国之传统文化，血液里自然流淌着中国之血液，自然便会对国家尊重，自然便会爱国。当今不爱国之人大凡都是受到西化影响，未受充分中国传统文化教育并排斥中国文化之人。

露之作若拿来赏析，学生自易生厌，久而更觉无味也。

2. 选文零碎

选文零碎首先表现在教材常将不同朝代之作品罗列一起。比如人教版2003年版九年级上册中便撷取了《陈涉世家》《唐雎不辱使命》《隆中对》《出师表》等文。其问题乃此朝代一篇，彼朝代一篇，历史脉络不清，学习后学生之知识处于零碎状态，对于建立体系框架十分不利。文学与史学一脉相承，若文学学习时不了解当时之历史则断难感受其魅力。故学习文章可以历史为阶段。如先秦一段，两汉一段，南北朝一段等，而不应四处出击，结果无一处历史可以讲明，亦无一处之文学可以深察。对于历史知识，语文老师可事先备课，或与历史学科老师共商。如此这般扎扎实实一朝一朝学来，不仅教材学得扎实，对于文学之背景及演变过程更可以了然于胸。胸中对于文学有了宏观认识，今后再读其他著作便有了根基，容易使吸收之知识互相联系。

选文零碎之另一表现即在于名著节选。以人教版2003年版九年级上册中《红楼梦》节选《香菱学诗》一节论，文章虽是大家之作，然前因后果皆无介绍，未读完整《红楼梦》之人便难以领悟此节之妙。由于节选，学生或者一不知紫鹃、李纨、王夫人、贾母等系何人；二不知诗社之事；三不知林黛玉有何才气，为何香菱竟舍近求远不拜宝钗为师却拜黛玉为师；四不知宝钗为何谓宝玉道："你能够想她这苦心就好了，学什么有个不成的"；五不知宝玉为何默默不答；六不知惜春为何在画画。虽然此类细节对于文章理解并无大碍，但是疑问存在便极难使未曾读过原著之学生体验《红楼梦》中每一人物之特征特性。因节选所限，即连本节主人公香菱曾出生于小康之家之背景亦无法备述，《红楼梦》中之宝玉、黛玉、宝钗三人之特性更无法详言了。且本文中黛玉之形象竟令人颇感乐观、欢喜，与黛玉本有之哭哭啼啼形象并不匹配，若非全面了解《红楼梦》者极易被误导。对于此类巨著，学生学习最好可以整本通学，至少亦应以几回为单位方可，否则极难揣摩人物之性格及作者之用意，名著之魅力也会大打折扣。

若从更高视野审视名著节选问题，则节选完全将作者所暗藏之玄机破坏。再以新课标高二上册中《红楼梦》节选《林黛玉进贾府》一节为例：

黛玉一见宝玉，便吃了一惊，心下想道："好生奇怪，倒像在那里见过一般，何等眼熟到如此！"之后宝玉见黛玉又道："这个妹妹我曾见过的。"

此段对话看似平常，其实大有缘故。若读得第一回，可知有一神瑛侍者与一绛珠草。神瑛侍者日夜浇灌绛珠草以甘露，久而久之绛珠草脱胎木质竟修得一女体。后神瑛侍者下凡，绛珠仙子无所报答，故与神瑛侍者一同下世为人。神瑛侍者便是宝玉，绛珠仙子则为黛玉。故二人想见貌似见过并非空穴来风，其实大有一番渊源。然此理解自然根基于连读《红楼梦》第一、二、三回方可。此可再次印证学此类巨作需以几回为单位，切不可断章取义。假使学生学习《红楼梦》第一、二、三回后老师如此讲解，则学生文学研究之兴趣自然倍增，如此学习名著方不枉其功效。

3. 数量不足

教科书本具有增益知识之最大责任，若教材中文章数量不足则难以奏效。当今语文教科书文章仅25篇左右，以笔者观之，但有一周之时间已可以通晓全书。然而学生竟需以一学期之时间进

行学习，其知识增量之微可见一斑。杜佑周先生曰：①

“教材必须时常更换，分量必须逐渐增加。……学生当养成一种自动的能力，则分量亦宜就其能力所及，逐渐增加。如是，学时才有进步。从前选一文，必须反复诵读，这不仅时间不经济，对于智识，也没有什么进益。……现在学生所学，倘都是他们理解力所能及，且都适合他们的兴味，则必时半功倍，分量自然可以增加，而发表能力也自然随之进步。至于单独一篇文章，有什么价值，可以要求学生费了许久时间反复去读它呢？”

杜氏一言道破真谛，“一篇文章，有什么价值，可以要求学生费了许久时间反复去读它呢？”毕竟类似《红楼梦》或某些绮靡之诗词乃少数，大部分文章读过读懂即可，不需青灯白卷耗费许多时间进行研究。而今日学习语文常常围绕一些课文大作赏析，不得不说与课文篇数有限相关。若课文有上百篇，则老师断难再花大量时间去作无谓之赏析。

4. 国学元素不够

国学乃语文之基石，当今教科书国学选文不过七八篇，显见不足。（此问题于后文尚有详述）

（三）考试问题

1. 作文出题

作文出题之良莠实在影响学生写作之好坏。若出题大而无当，其结果必然是学生满纸陈言、了无新意。若题目剀切，可以激发学生灵感，则学生有创出佳作之机会。这里分描写、记叙、议论文三类说明作文出题问题。

① 见杜佑周：《国文教学的几个问题及现在一般儿童读书能力的测验》，载《教育杂志》第十五卷第七号（1923）。转引自顾黄初、李杏保：《二十世纪前期中国语文教育论集》第280-286页，四川教育出版社1991年9月第1版。

（1）描写类

描写类作文最明显之问题即“大”“空”。大而无当，一看头脑空白，缥缈不定，惟胡诌乱造，不知如何入题。

描写类作文题最常见的莫过于“春”“雨”“梦”之类。此类题目过于空泛，难以搜寻入题口。文章贵在精、新、当。然而如此空泛之题目如何使学生泉思涌动？其结果必定造成学生大肆描写凑数，将一语可以概括之描写凑成三四句进行赘述。且引当今学生典型描写春雨一段观之：①

“她（春雨姑娘）选在了一个夜晚，夜深了，万籁俱寂。本以为她会慢吞吞耽误了时间，没想到春雨如期而至。盼着她的小芽和花蕾打了好几个哈欠，睡意蒙眬，很快休息了。见到春雨的到来，些许冬日的寒风搭上末班车，依依不舍地离去，取而代之的，是与春雨同行的伙伴春风。春雨要行动了，她以俯瞰整片天空的角度，开始挥洒雨水。纤长的雨丝若隐若现，淅淅沥沥地落下，近看犹如一块用针线细细缝制的织布，远看这块织布却仿佛消失不见了，留下令人好奇又神秘的烟雾。春风有默契地伴着雨吹去，轻柔温顺，掀起雨水。水汽飘浮在空气中，使空气里突然变得湿润又阴凉了起来。春雨姑娘在上空随风挥舞飘荡，行动起来，动作细腻温柔，不曾发出声响，周围依旧恬静如初……”

平心而论，作者语句通顺，表达清楚，想象丰富，然而读后却难以感受春雨清新扑面、玲珑剔透之感，并且措辞显得幼稚。可再观以下一段文：

“那夜下已约莫三更，万籁俱寂只闻得院内微有淅淅沥沥之声。翌日搴帷下榻，微觉轻寒，启户视之，只见苑中土润苔青，雨挂竹梢。”②

① 节选自笔者邓同学《春雨》一文，此文受到老师极高评价。

② 选文乃笔者据《红楼梦》第四十五回潇湘夜雨处及五十九回描写春雨处合并而成。

虽寥寥数语，已将春雨清新、润物无声、略带春寒、雨滴小巧尽皆概述。同时描写画面跃然纸上，予人无限遐想。是何原因导致一段长文尚不及一行短文之意境构造？其一是因为长文唯为描写而描写并无真情实感。其二乃长文立意太浅，不知为何而描写——以致文字冗长而无主线。其三则实在因长文作者对大自然不甚了解，竟直令冬寒离去，对于春雨来时尚携带一丝寒气未能感受领略。总谓春寒春寒，此处却未曾用上。其四亦为最关键者，即长文描写不曾留白，将空间塞得过于饱满不能给人以遐想空间，少了那番诗情画意。可见以上问题，除第三点外，尽皆与题目“大”“空”有关。

由于此类“大”“空”题目常出，故学生只得将类似作文多作几篇以备应付考试之需，再套些修辞手法拿个好分数，结果是陈陈相因、千篇一律。作文完全脱离作文之本旨。描写本贵在真实，景物真实、感情真实乃最基础之“文德”。今日城市之学生又有几人曾于大自然中亲历春雨得出“小姑娘”之结论耶？正应了那句：“不务实学，多事浮文，舞文弄笔，娇艳虚浮。”有些作家可以描写事物入微入心，乃因情发于心，骨鲠在喉，不吐不快，下笔自然有神助。然凭空借题与学生练习作文，则强人所难，适得其反。

不知孜孜于景物出题者对于景物描写之意义是否反思过，景物描写大多数为故事情节之发展做铺垫，少有纯为描写而描写之景物。可以随意查阅大家手笔，如明清小说、元曲、诗词类，从未像如今一般专对春、雨、梦作细致描写。若“大漠孤烟直，黄河落日圆”或“枯藤老树昏鸦，小桥流水人家”之伦，并非纯然之景物描写，其实是以景喻情，映衬作者飘零凄凉之感。

而小说、元曲之类则更是如此。若仅为景物描写而描写实难作出佳品，且未曾融入情感实难令人产生共鸣。景物描写必须自然真实，而专为描写景物类出题则教人脱离真实，容易令人写出如上述之穿凿文字。

（2）记叙文

记叙文出题并无太大问题，只因出题频率过高导致学生胡编乱造是其失也。前文已然论述，此不赘言。

（3）议论文

当今议论文问题最严重者即题目立意太简。如前几年高考之“梯子不用时请横着放”及2016年江苏卷“话长话短”一类作文考题立意实在简陋不堪，毫无探讨之价值。

议论文乃文体中最为高级之文体，其作用主要着眼于解决实际问题。然似“梯子不用时请横着放”及“话长话短”之类之论又有何益？若论述不可解决实际问题，空空泛泛，则作之无益。2016年普通高校招生考试卷全国I卷之漫画作文题便属于陈旧话题。①中山大学中文系教授谢有顺先生于其感慨道：“这可是全国卷，对象又是高中生，还出如此简单的、毫无思考力的题目给他们作文！数百万的青少年，在人生的关键时刻，共同探讨的不过是分数高低是不是最重要的这种毫无思想光彩的话题，这个民族怎么会出思想家？怎么会有独立人格？这样肤浅的问题，就是拿来做中考题都显得太过简单了，何况高考！”②

还有一类议论文题目曾经颇有价值，然因重复出现导致其意义降低，如“不畏挫折”“戒骄戒躁”类。因其频繁出现，学生已庶几准备了一系列事例专门应对。但写“不畏挫折”便是司马迁、林肯，“戒骄戒躁”便是杨修、司马懿。成文之后千篇一

① 漫画可见 http://www.51edu.com/zuowen/gaokaozuowen/yxzw/5236856.html

② 见 https://mp.weixin.qq.com/s?__biz=MzI1MDAzNzExOA==&mid=2649659258&idx=1&sn=a79a2535f2e9268dced7d9cf36e16ffd&scene=1&srcid=0608RPh33iCOeN8zaXx0St9c&pass_ticket=H4dQ1%2Flp%2FkuROVCSwKWaKGtwikjwFCEOmyMJ%2B0p2%2BVDIfgg6BHQSVkJFsBGA3fv0#rd

律，鲜有不落窠臼者。要独辟蹊径很难，要博古论今、中西贯通更难。

2. 语文考题答案标准化

当下语文题目具有十分浓郁之“理科”色彩。无论是选择题、分析题还是阅读理解题，皆有标准答案，然语文之魅力本就在于其千人千面，不具有标准之答案，各有说辞，理解各异，但能自圆其说即可。若唯一家之言是从，必然导致语文魅力沦丧也。

比如《背影》一文后有一道关于课文理解之习题：

联系上文，揣摩下边句子的含义，选择正确答案。

·唉，我现在想想，那时真是太聪明了！（　　）

（A）因自己聪明而沾沾自喜。

（B）反语，悔恨自己太笨。

（C）恨自己未能体会父亲的深情。

（D）觉得自己聪明过头了。

按照教材的“正确”答案应选（C）项。然而，稍微一个具有阅读能力的人都可以看出，朱自清这句话的涵义至少有两层：（B）是第一层，（C）是第二层，（D）也未尝毫无道理。只有这样理解，才能体会作者在时过境迁、人到中年、回首往事时那种苦涩、悔恨、对慈父的缅怀等复杂的心情。①

语文阅读题，最喜欢考类似“张三发现了什么？说了某话，你认为张三为什么这么说？”或“张三发现了什么？你的感觉是什么？为什么？”笔者认为此类回答绝不可只有一种答案，否则学生想象力完全僵化。当今中国语文教育之下无奇士，与成日浸淫于此类题目实不无干系。

① 见王丽．中学语文教学手记 [J]. 北京文学，1997，11:7−11+17.

语文既然属于一类感性学科，则在学习过程中应注意灌输人文色彩而非理性标准。对于文字之理解本来便属“月本无今古，情缘自浅深”，因人而异。故出题时，应以自圆其说为准，而不应以一家之言概万众之念。

三、语文改制刍议

当今语文问题不少，然九九归一，其后果均会落在学生身上。笔者认为，目前学生的语文水平不佳主要集中表现在两方面：一是文字简单浅陋；一是思想苍白平庸。以下即以此为靶子，以求对症下药，提出一己之策。[①]

（一）提升国学水平

国学对于语文为何重要？其实甚易解释。因在学习国学之过程中，学生掌握大量史实，吸收伟人思想，并修炼极深之文字功底，经过此番积淀，稍有触动便可将所学交织，创出佳作。古人如此，清末民初梁启超、王国维、章太炎、蔡元培、胡适之等人亦如此。

多读古书，在文言熏陶下，不仅辞藻可以长进，对字词句的理解力也会突飞猛进，表达起来文笔自然优雅、流畅。一篇文章思想可贵，然配以平庸之文字，则其感染力煽动力骤减。文字要达至简洁、委婉、动情、绮靡、邃赜、感人、传神之效果，若无海量词汇做基础断难奏效。文字功夫高深，方可恣肆于思想之海洋而无显晦涩、造作。

“五四”以来，学生在白话文影响之下对于学习国学兴趣日衰，国学水平逐渐下降，以至一代一代每况愈下。朱自清先生于

① 上文已经提及部分改革建议，本节将尽量避免重复。

《再论中学生的国文程度》一文中早已提出："现在的中学生，似乎都不爱读文言文，特别是所谓古文，乃至古书。他们想着读文言文是没有用的。"[①]而在民国及新中国成立后虽意识到学生语文水平低下，却并未对国学予以足够重视，教科书里的古文篇幅仍明显不足。当代欲扭转语文衰败趋势，势不得不立倡国学学习。

1. 重定学习内容

（1）古典方面学习内容

上文已述，当今课文在选取古文上存在零碎现象，故应力避之。

古典有经、史、子、集四类。因为当今中学生学习压力太大，学习科目又多，故对于国学之学习需要进行取舍。对于经，最好只定一部进行学习。小学最宜学习《诗》及《论语》，因其内容较为简单。中学时期则可以学完一部书一部经（具体何本可由学校指定），但只要学通一部，再读其他便十分容易了。并且后世科举考试总以经学为主，故有几本书与经垫了底，再学其他经典皆较为容易。史类著作繁多，亦极难完整学完一部。可以令学生自行学习，哪怕读白话文亦可，主要是积累历史素材。课堂上，可以朝代为序选择"史"之文言材料一朝一朝地学习，先秦、两汉、三国两晋等一直排下去。对于选择之材料一定要完整并且经典。所谓完整便是不能对一件事情进行缩减删改，要保持其原貌。所谓经典主要是因时间有限，要选择一些重要的有价值的内容进行学习。笔者认为对于历史人物宜选择变法人士、大将军、开国元勋，此类人物之生平比较具有启示意义。像《商君列传》《蒙恬列传》皆可以作为选文。此外，《史记》《汉书》《唐六典》《元史》《册府元龟》《资治通鉴》皆为上品可供选择。对于子类，由于时间限制，主要以法家、儒家典籍为学习对

① 见李杏保、顾黄初：《中国现代语文教育史》第249页，四川教育出版社1997年4月第1版。

象即可。法家可以读《商君书》《韩非子》，儒家可读《荀子》《孟子》[1]。对于集类，由于太杂，可以仅选《楚辞》《乐府诗集》稍微学习即可。

上文仅仅为一大致框架，根据学生程度不同，以上内容可酌情增删。合上文所荐书目，全文相加亦不逾两百万字，但将平时用于赏析并机械作业的时间交还给学生，则学生学习时间完全够用。并且借助译文等参考资料，学习起来也并不十分困难。老师主要起辅导作用，对于学生纠结或不确定处进行指导。由于当今有些老师水平亦不足，可与学生一同学习，经历一代过渡后，老师水平必然大涨，学生水平亦会随之水涨船高。久之，国人国学水平必然大进也。

（2）议论文与散文内容

议论文可令学生主读“五四”时期的大家作品。如梁任公、蔡元培、胡适之等人作文。若小学时可以将《诗》《论语》一类学完，初中完全可以读懂上述作家之文章了。尤其是梁任公之文章涉猎面极广，并且文学功底雄厚，博古通今，论述许多问题都旁征博引，必能引发学生对于学习文学的兴趣。且文章中多有犀利见解，对于学生增益知识开阔视野极有帮助。

散文选取则可以1923年沈星一编著之《初级国语读本》为参考（目录已列于上文）。

（3）小说、元曲类内容

对于小说、元曲类，笔者认为应分年龄段进行学习。比如小学时学《红楼梦》便不太适宜，亦不太需要学习元曲，因其情情爱爱居多。可读《三国》与《西游》之简化版，先读情节以培养其阅读之兴趣。也可以将《三国志》相对应于《三国演义》部分选

① 《孟子》属于经，因亦属于个人著作，此处一并撮举。

取出来让学生比对，以此来激发他们的批判性思维。初中时期，则要求应该提高，自然需将《三国》《西游》原著读完，再学《三言二拍》《镜花缘》与《儒林外史》等，元曲可以适当学些悲剧如《窦娥冤》《赵氏孤儿》。至高中阶段，则可以放开任凭学生学习，《红楼梦》《西厢记》《琵琶行》《牡丹亭》《梧桐雨》等皆为上品。高中时期学生情窦初开，对于此类爱情故事方可真心揣摩感受，读之过早，看见《葬花吟》《秋窗风雨夕》等毫无感觉，则实在是暴殄天物。

（4）诗词内容

常言道：熟读唐诗三百首，不会吟诗也会吟。故诗词学习，当以唐诗宋词为范本。

对于上述内容之学习，除诗词部分应背诵外，其余读懂即可，但能理解有些许印象记得几个关键词，以当今查询之便可轻易搜索到，不须耗时费力死记。

2. 提升自学能力

文学水平提高，除多学国学、多阅读外，教师还应培养学生学会自学。如果学生不能学会自学，则其水平永远处于老师之下，很难超越老师。唯有学会自学方可以超越老师水平，重新兴旺我国语文界。按照梁任公之说法，教学生学会自学能力便是“让学生学会打老师”。自学便是令学生“不到万不得已时，决不假手教员”。当今中国难以培养出优秀作家，其中一重要原因即为学生缺乏自学能力。总是依赖于人，走出校门便不知如何再获取新知，如何又能巩固提升语文素养？

学会自学并非难事，须注重培养学生对于学习之兴趣和阅读理解能力。对于语文之兴趣，但能将那些无谓荒唐之应试题目去除，并消灭一元化答案，再加上引导学生开启思维（俟后论述），必能激发学生兴趣。而对于阅读理解能力，大量练习后再辅以静读训练[①]则无有不通者。

（二）开拓思维

思维不开，则文笔必艰涩，思想必平庸，故如何开启学生思维至关重要。

1. 倡导课堂讨论

课堂若欲讨论，必须提前备材，不可凭空胡诌。由于课堂时间较为宝贵，不可尽将读书内容放置课堂时间。小说、元曲应在课外完成。课堂主要学习较难揣摩之国学。国学上课前应将所讲课文先令学生熟读，课堂上主要令学生问问题，老师进行解答。若老师亦不知，可以综合课堂学生意见事后钻研再回答。同时在学习国学时，老师可以让学生思考某伟人之某行为是否妥当？或令学生综合当今价值观对古人行为进行评价。对于学生感兴趣之话题亦可提出进行讨论，每次讨论不必求结果，亦不可强加己见于学生。但凡学生积极参与讨论并可以自圆其说即可。如此不仅可以开阔思想，亦可锻炼学生口才。

当下中国学生班制较大，且久拘于被动听课，回答并不十分踊跃。故课堂讨论之初，可先以全班为单位实行。待学生逐渐适应且踊跃后，老师可以委任几位活跃之学生以小组长之身份，进行小组讨论，令更多学生有参与机会。对于不常言语之学生，老师可以逐渐观察发掘之而后单独聚为一个小组，老师亲领此组。如此班级氛围逐渐活跃，学生思维自然愈发活跃开阔。

① 静读练习法上文已述。

2. 作文题切忌空泛

如前文所述，当今作文出题存在许多问题，改革方式可以历史方面的题材为主出题。因根据历史素材出题不致流于空泛，学生容易理解，也容易搜索材料，从而有话可说。同时历史上立意高远、引人深思之话题较多也容易出题。比如“从秦始皇身上我可以学到什么”“人人都说商鞅是酷吏，我怎么看”一类话题便颇为实在，它迫使学生去研读大量历史素材，无形中其思维会受到启发，灵感或可开启。如在确定题目为“人人都说商鞅是酷吏，我怎么看”后，老师可以指定学生阅读《商君列传》、《战国策》中之《秦策》、《盐铁论・非鞅》、《韩非子》之《五蠹》、《商君书》关于法制理论节选，然后交与学生令其作文。如此不仅可以锻炼学生分析材料、阅读材料之能力，更可以锻炼他们独立思考提出一家之言。此类能力对以后从事研究、进入社会皆大有裨益。

3. 适当阅读当代时政报纸及西方作品

应鼓励学生在学习规定书目之外再阅读新闻报纸及西方著作。在通晓古今、中西合璧之下必然容易产生思维碰撞之火花，亦极易令人生发出瑰玮之思想。清末民初之大学者皆因具有雄厚之国学功底，通晓时政并阅读了大量当代及西方著作方有惊人见解，故对于“今”“西”之学习亦不可忽略。囿于时间，大学以前学习当以国学为主，辅以“今”“西”学问可矣。

（三）结语

王国维曾于《教育杂感》中言道：“生百政治家，不如生一大文学家。何则？政治家与国民以物质上之利益，而文学家与以精神上之利益。夫精神之于物质，二者孰重？且物质上之利益，一时的也；精神上之利益，永久的也。”[①]诚哉斯言！

蔡元培先生曾言：“（我们）或使读了一首诗，一篇文章以后，常会有一种说不出的感觉，四周的空气变得更温柔，眼前的对象会变得更甜蜜，似乎觉得自身在这个世界上有一种伟大的使命……还能去享受人生的乐趣。知道了能享受人生的乐趣，同时更知道了人生的可爱，人与人的感情便不期然而然地更加浓厚起来。”[②]蔡先生已将语文之魅力阐详了。语文、文学予人一种心灵美，此美对于推动人伦和谐相处起到了十分重要的作用。

语文教育之复兴道路确实艰辛，因为我们需要跨越语文一百年的衰败趋势而重新将其振兴。

对于语文教育问题，学者老师虽多有研究，然而鲜有学生发声。笔者以学生之视野结合自身感受撰成此文，愿抛砖引玉，引起国人之重视，但能尽縠薄之力，足矣。

2016年8月18日

① 见薛毅．文学教育的悲哀——一次演讲 [J]. 北京文学，1997，11:12-17.

② 见薛毅．文学教育的悲哀——一次演讲 [J]. 北京文学，1997，11:12-17.

读《红楼梦》的三重境界

《红楼梦》一书为曹雪芹所著。后二十八回亡佚，程伟元、高鹗续书四十回，俟乾隆五十六年，雪芹之八十回与程、高之四十回合并印发称程甲本，即为当今之通行本。《红楼梦》内容蕴意深邃，情意绵绵，耐人寻味，“草蛇灰线，伏延千里”，奥妙无穷。以笔者拙见，读《红楼梦》盖有三重境界：第一重在情节，第二重在弄懂，第三重在参透。

初读《红楼梦》，则应为情节所吸引，其中诗词歌赋可暂放置一旁，不求甚解。但看黛玉之冰清玉婉、宝钗之款款落落、湘云之爽快聪颖，再有各丫环之稔色秾姿、大观园之闺阁事迹，不一而足。后观佳人落魄，瘗玉埋香，贾府衰败，“飞鸟各投林”，感喟唏嘘，流连忘返。春衫犹在，罗袖飘香，闺阁之事历历在目，“寒冬噎酸齑，雪夜围破毡”，萧然之景令人触目伤悲。读毕一回，又欲读下回；读罢下回，又欲读下下回，至此可谓已入读《红楼梦》第一重境界。

若论第一重境界乃饕餮鲸饮，第二重境界则须细细嚼读。第一重所略过之诗词、谶语等无不需静心品味、揣摩。如十二钗之判词、菊花诗、螃蟹咏等便可此时再阅再钻研。如在晴雯判词中，《红楼梦》描写道：“霁月难逢，彩云易散。心比天高，身为下贱。风流灵巧招人怨，寿夭多因诽谤生，多情公子空牵念。”判词中“霁月难逢”乃赞晴雯人品；“风流灵巧招人怨，寿夭多因诽谤生”乃影射王善保家对晴雯予以诽谤以致晴雯被撵出大观园，翌日含泪而逝；“多情公子空牵念”乃指宝玉悼晴雯而撰写《芙蓉女儿诔》。如此弄懂方可更加明了《红楼梦》故事之铺排，领悟《红楼梦》字字之精妙。

若已臻第二重境界，则可入参透《红楼梦》之门，亦可谓入红学之门。《红楼梦》之诗词歌赋、人物情景刻画、建筑描写、美食佳肴之种类等皆可作为研究方向。加之《红楼梦》乃一自传性小说，虽有大量艺术渲染，然人物皆有生活原型，故索引探佚红楼人物之原形亦趣味盎然，由此又引申出曹学，即曹雪芹身世之研究。由于《红楼梦》原稿后四十回佚失，为参透作者之真意，又有判辨真伪版本之种种努力，故有脂学、版本学之研究。因曹家与清皇室关系非同寻常，尤其康熙之时势力鼎盛，书中之描写其实多有隐含清皇室宫廷斗争之细节，若可觇明曹公文字之影射意味，则应已达至参透《红楼梦》之境界。此书合悲欢离合、璧坐玑驰、世事真实于一体，其博大精深、海纳百川，令人合掌膜拜，俯首称臣。

《红楼梦》之魅力至深，以致世人独创红学，两百年来滔滔而无遁词。因《红楼梦》将中华大量传统文化囊括其中，可谓中华文化之瑰宝，是以提倡阅读《红楼梦》对于中国文化之传承、国人文化素养之提升皆具有不可小觑之意义。今人有谓红学为新国学者，此乃对《红楼梦》文化内涵之充分肯定。阅读《红楼梦》，读懂《红楼梦》，再到参透《红楼梦》实为一渐进历程，绝非一朝一夕所可成就。笔者乃《红楼梦》初学者，以上三点仅为笔者感悟，或贻笑大方。然“苔花如米小，也学牡丹开”，愿为推扬红学稍尽芹意。

2016年8月11日

管窥《红楼梦》的文化价值

相信但凡是中国人，对于《红楼梦》是不陌生的。并有许多人亦知道《红楼梦》博大精深以致衍生出了红学。然而《红楼梦》到底于我国的文化产生了如何的贡献或许是少有人知的。笔者虽学识浅薄，然而在这个方面略有所感，在下文且试试看可否解诸君之惑。

《红楼梦》的文化价值，当是指《红楼梦》独特的、非他莫属的文化贡献。毋庸置疑，《红楼梦》的文化价值是多元的，笔者于此仅撷取一二：

一是创作艺术上的独特构造。批《红楼梦》真本八十回，鲁迅先生早已提出观点，认为《红楼梦》乃“正因写实，转成新鲜。”而《红楼梦》的批书者脂砚斋又评曹雪芹下笔：“一源万派，草蛇灰线，伏线千里。”戚蓼生作的序[1]中也言道：“（《红楼梦》）一声也而两歌，一手也而二牍。”这几例评价加上《红楼梦》首回提出的“甄士隐，贾雨村”概念，可见《红楼梦》通书的艺术手法：以生活中的事情为原型描写，但使用艺术的手法（假语存）将此类事隐去（真事隐），同时全书贯穿伏

① 《红楼梦》有一个版本叫戚蓼生钞本，其中有戚蓼生作的序。

文伏笔。以生活原型为背景的小说描写及伏笔的艺术手法运用并非曹雪芹首创，然而两者合之并贯穿全文则为古今之创举，此即为《红楼梦》对于我国文化的一个重要贡献。为方便理解之故，于此撮举两例说明上述分析。一是说明《红楼梦》之写实特色，另一说明《红楼梦》之伏笔特色。例一：《红楼梦》第一回中作者自云这部著作"朝代年纪，地舆邦国，却反失落无考"是真事隐的意思。然而后文即云携那石头到"昌明隆盛之邦"。昌明二字皆日字旁，日在《易经》中是乾卦，而文本中一个隆字就凸显出来了。两字一合，则《红楼梦》所叙述乃乾隆朝之故事，此手法即假语存之谓。例二：第一回中有个癞头和尚对甄士隐之女说了一首诗，其中有一句叫"菱花空对雪澌澌"。单看文本是说菱花（本夏天开）空对着澌澌大雪。但若再揣摩则知此诗说的是生不逢时。诸君若读后文则当知士隐之女名叫香菱，而后为薛蟠所买纳为小妾且并不待见。此菱花之菱即指香菱，而雪是谐薛蟠之薛，故所伏即香菱空对着无情之薛。后来薛蟠正娶夏金桂，香菱遂惨死，正应此伏笔。《红楼梦》的这种写作手法，今人大可不用，却不得不感佩作者巅峰造极的文学创作，给予了后人莫大的文学审美美感。

二是思想上的大胆创新。《红楼梦》于思想上之创新则更具有跨时代的意义，愚见以为体现在两方面：一是大旨谈情，二是讴歌女性。在开书第一回，作者便云"大旨谈情"，这于当时便是一开天辟地的大新闻。要知彼时中国的主流思想为儒、释、道三派所占有，而此三派对于"情"皆持否定之态度。儒家不喜言情。《诗》中诸篇何其旖旎风情，何其情思婉婉，而《毛序》非言为"刺情"不可，又言"诗者，志之所之也"，总是避开谈情。道家要越情，要太上忘情。佛家则最忌情，强调要戒除七情六欲、斩断情孽。故曹雪芹开书便昌明此书谈情，不免为石破天惊之语。然而诸君若认为“情”仅是些儿女私情或是所谓的“钗黛争婚”“二女争一男”的小家子爱情故事，则未免太肤浅，太不解《红楼梦》，太不懂曹雪芹。曹雪芹所谓的“情”当是人与人的关系、人与物的关系的总称。而宝黛的爱情仅是书中“情旨”之一部。贾宝玉作为书中唯一的大主角，不光是对女儿有情，而对于社会边缘化的优伶（蒋玉函、柳湘莲等）、对于大自然中的一石一木皆具有感情（例不细举，诸君可于书中自寻）。哪怕是贾环恶意用蜡烛烫了贾宝玉，贾宝玉仍要维护之。这是一种普世的情，一种对超脱血缘的无私精神，正是这种超脱旧社会观念的突破性博爱使得《红楼梦》在文化上本就居于一个很高的地位。假如当今社会人人皆有贾宝玉一般的无私博爱精神，社会还会不太平吗？另一方面，《红楼梦》开头便言：“字字看来皆是血，十年辛苦不寻常。”脂砚斋亦批道：“作者以血泪哭成此书。”这是作者的真心，而此些泪又为何而流？作者在开头通过解释此书的一个旨意“不使闺阁泯灭”已经给了我们暗示——是为了普天之下广大妇女的不幸而落泪。曹雪芹在书中的化身贾宝玉对于身边的每一个女儿都是如此地关怀。这种关怀还不局限于小姐，对于丫环甚至是很卑微的小婢女如五儿，贾宝玉都表现出了莫大的体贴关心。这种行为在当时是与谈情一般异乎寻常的。因清朝的女性地位极其卑微，一男三房六妾是常态，大部分的妇女仅仅是充当了一个生殖繁衍的工具。如此尊重女性、关爱女性的态度即便在今日依然可取，曹雪芹在二百五十年前便提出来，对于我们文化的贡献自然是巨大的。

2017年1月28日

健体说

《韩非子》谈秦军谓："出其父母怀衽之中，生未尝见寇耳，闻战，顿足徒裼，犯白刃，蹈炉炭，断死于前者皆是也。"余不禁感慨秦人好武，其国恃此以强。于是反观后世吾族颇有微感。中华立世数千载，跻身世界文明之林，开化最早，延续今日，赫赫煌煌，世人侧目。然秦朝以降，乍遇外族则见窘，诚为憾也。自周伊始，西有狄戎、义渠之患，北有山戎、楼烦之困。其余胡人、匈奴不一而足。桓公尊王攘夷，始皇发蒙恬大举挞伐，汉武帝命卫、霍等征讨，使外族胆丧而望风披靡。而自汉以后，每朝军力愈下，皇帝唯重一时江山，大兴滕缄扃鐍之策，不敢萃其精力以一搏。至晚清，则内忧外患，瓜分豆剖，国将不国。反观思之，何至如斯？曰：无外乎我族人之不尚武、不尚体也。

秦恃力一统，汉尊儒右文。后世儒家重武轻文，尚武之风渐弭。健壮为莽，柔弱为美，此类风气日以继夜刓削人民强体之风。是以至清，人民体格已然懦弱孱羸不堪一击，以致西人诮我为"东亚病夫"。斯巴达之区区万人尚体是以雄希腊，日耳曼人尚体而抗罗马，德意志尚体而得一统。正如梁启超所谓“人种不强，国将何赖”，国因健体而衰因健体而兴，健体之重要岂不昭然？国之如此，其民亦然。

凡人之所恃立者无外乎身体与精神。无体格之健魄则无体力之支勉，无精神之旺盛则无劈艰之心志。不健体之人，其自身不禁体质趋于羸弱，不堪重负，履霜坚冰，由来渐矣。有大冲击与大悲伤则不可以承受，面无华色，行步蹒跚。如此之人卧榻之苦已足餍其受，安敢奢言鸿鹄之志？健体之人则不然，虎虎生生，强健有力，声自丹田溢出，孔武雄迈，蹴踏桀骜望而生畏。举世之伟人跋艰历险，开天辟地冒险极多，是知健体之重要也。无强健之身体则无以受重，故勤习之而无间断。东晋名将陶侃年当天命犹日运甓一百。毛泽东主席嗜好游泳，古稀之年尚可勇渡长江。当今美利坚总统奥巴马、俄罗斯总统普京更是日日健身。

若体育仅野蛮人之体肤，尚不足为重，因成大功者身体不健者亦大有人在。其之所以重要者乃给人以“赖以激活精神的鲜活的变革之气”。有体育是以有竞争，有竞争于是有进取，有进取于是每每出新，日日见异。其求变求新精神方为体育之内涵也。故尚体也求强，故求强也好变，故好变则人不及，于是屹立昆仑之巅，而他人惟能瞻望。体育精神弥足珍贵亦昭显于此。

有强民于是有强国，吾侪既明健体于个人之效益，自当勤勤亹亹不可颓靡。于此亦为国家强大资一芹意，岂不窃喜哉！

2016年2月18日

析中国古代美女于文明之价值

鸿蒙初辟，女娲挥泥鞭，始生男与女。男者勇迈坚毅，兼沉稳之心志，具拔萃之才略，于是多有男性之伟人，创造历史、推动文明。男性之于人类赫赫文明发展之贡献自是昭然。只是女性与男性同时被造，披阅历史其建功立业抑或是斗魁一方的事例却星点难寻。何故？盖因远古时建功立业多靠厮杀拼打，腥风血雨，自非女子所擅长。尔后又有三从四德，或缠足，或女子不可为官等多类糟粕，女性建功立业之机会、享受同等教育之机会愈加微渺。然外乎仕途，女性中不乏佼佼者以绝世稀容立于文明之林。千古观来，令人可歌可泣，可怜可叹。如次录其要者析之：

一、侍立君侧影响国家政治。饶是女子不参政，史书并不乏女子身姿。其原因为何？皆因历朝沉溺女色之君主比比皆是。先有夏之妹喜，再有商之妲己，后有周之褒姒，再后又有西施、郑旦、南子、郑袖、貂蝉、杨玉环等众多娉婷。这些绝色女子因其美色对当朝君王皆产生了重大影响，有的甚至导致国家走向灭亡。最著名的莫过于周幽王为博得褒姒一笑，烽火戏诸侯，导致周朝东迁。可叹的是这些绝色女子在断送主子的锦绣前程的同时亦往往害了自我卿卿性命。究众美女身世，又不得不为其扼腕。大凡生于草泽，并非达官贵人，父母盼其入宫谋得龙颜青睐，福荫众亲岂不大好？昔年杨贵妃显赫一时，“遂令天下父母心，不重生男重生女”，一女显荣，众亲列土，原也情有可原。惜乎女子终是皇权的玩物，青春韶华时饶是“日日说恩情”，待到人老珠黄，花颜凋谢时又一朝弃之逐入冷宫。更可悲的是，美女多是政治之棋子。中国四大美女，其中三人做了政治之牺牲品。西施为越国能征服吴国而狐媚夫差；貂蝉为铲除董卓而进宫挑拨吕布与董卓，使之产生隔阂；王昭君为巩固边塞少数民族与汉之关系，远嫁塞外。上述三人无疑饱经风霜雪月，历尽挫折坎坷，然最后亦不尽善终。西施“一代倾城逐浪花”；貂蝉“影里死”；王昭君是夫死复嫁再复嫁，终是无以承受压力，服毒自尽了。就连在安康盛世之杨玉环最后亦魂丧马嵬坡，瘗玉埋香，香消玉殒了。命也，数也!

二、美女成就千古经典之爱情故事。自古以来，爱情故事是人类津津乐道的永恒主题 ，而女主角姿荣貌美，则又平添无限魅力。千古不知几多俊男美女，风情月债，男痴女怨，几经雕琢，精工文饰，即刻脍炙人口，妇孺皆晓。好比《梁山伯与祝英台》《孟姜女哭长城》《牛郎织女》，《西厢记》里的张生与崔莺莺、《红楼梦》里的贾宝玉与林黛玉等。饶是女佣也罢，但凡天生丽质，或颦或蹙，或喜或忧，总能紧扣男人心弦，博得眼球。若无美女，真不知爱情故事怎么演绎？更有些文人偏爱写红颜薄命、天涯两地分之故事，使娇儿“揉碎桃花落满地”“春山愁锁泪偷弹”，格外能打动人心，惹人怜惜。

三、女子美貌恒久裨益文学之创作。若说文学之发展，则美女之功劳实不可小觑。只因生得好姿容，骚人才士巧动笔，撰出传诵千年的一段诗词或一阕曲文来。句句浓艳，字字流葩，文字的魅力从中更显风致。此类写女子美貌之诗词佳句，中国古典层出不穷。春秋战国最为尚武，然《诗经·卫风·硕人》仍不乏美人之描写。“手如柔荑，肤如凝脂，领如蝤蛴，齿如瓠犀”，实乃精妙至极。《诗经·国风·桃夭》亦将桃花比美人。后世美女亦没使骚人才士少费文墨。李白为杨贵妃做《清平调》，白居易又做《长恨歌》。其字里行间，创意百出，美女实为文学进步创下了不朽之功。自忖若无女子国色天香，焉得文笔这般风雅俊俏。又如“小子多愁多病身，怎当他倾国倾城貌”，再有“若共你多情小姐同鸳帐，怎舍得叠被铺床”，再不便是“风魔了张解元”等，尽显浓艳风骚，若没了美女，其文采又不知如何增益了。原是男子雄健，素常也就是洁面玉冠、器宇轩昂等措辞勾勒一二便止，若再细致描写岂不稍嫌猥琐？但若比之女儿身反倒添了一番细腻与精美。是故不知是有意而为或是客观相似，总之但凡描写女子之美总能与自然景物沾边，是以有“解语花”“远山黛”“绢漆眉”“樱桃嘴”等之谓也。再有便是“闭月羞花，沉鱼落雁”“桃羞杏让，燕妒莺惭”云云。为描写女色，不知枉费千古作家几多心血。正因如此，方有文学之妙语流葩，璧坐玑驰。

当今之世，男女平权，女子入仕建功者大有人在。今之美女较古代美女更有出彩机会。只是目下世风，多有不自重之女子任意挥洒其娇媚，使得世间少了清风多了媚态，便不善了。但有此类行迹之女子，其唯知花容月貌之重要，焉能参得“天然图画”、温文尔雅之内涵？舍却本来之清纯可人，偏要浓妆艳抹、虚与委蛇，最终“春残花渐落，色驰颜衰无人怜”，岂不悲乎？莫非班婕妤、赵飞燕之训已然忘却？须知“浓妆艳抹，争妍以相笑”又焉得长久？还需婝嫿莫风骚，有识多培雅内涵。否则“纵然生得好皮囊，腹内尽皆草莽”，到“一朝春尽红颜老”，唯有独抱幽芳感参商。愿今世美女切记！

2016年12月22日

纪褒姒

钟灵毓秀山蓊蔚，奇花异卉馥郁芳。
轻烟薄雾恁氤氲，云青青兮雨纷纷。
老妪老夫匆匆过，忽闻凤啼鸾鸣声。
二老定思细细闻，却似婴儿哭母声。
飞眸瞠眼四下寻，见一襁褓置林间。
两老陡生慈悲心，携婴急行至褒城。
悉心呵护十六载，弱婴已成丽娉婷。
褒君知此国色花，隆恩倩女入宫房。
宫闱佳丽多稔色，独专恩情于一人。
可怜时非太平日，天子强征自家人。
苦为王室列土后，为保社稷献贵人。
情愫缱绻意绵绵，苦海情思爱不绝。
国色天香天子笑，遽领众将凯旋归。
回宫细细观美人，一顾倾神再倾人。
两弯青烟远山黛，一双秀色绢漆眸。
乌云挽髻腻生香，雪肤凝脂艳有韵。
依槛而立多婀娜，定睛而思更嫓婳。

出浴后蟾宫素影，神仙似翩若惊鸿。
荷袂翩跹衣飘舞，花招秀绦柳扶风。
举襟而挥如云霭，纤腰訬婧似霞光。
朱唇轻起音绕梁，莺鸣婉转悦朱房。
媚如秋月娇如花，情思万种甚风骚。
龙颜得此可意种，从此疏政不早朝。
惜乎娇儿思母国，去褒从周不再笑。
天子为博妃一笑，竟至烽火戏诸侯。
前拥龙旌后凤翣，雉羽夔头绵千里。
携妃玉笋同登台，欲观诸侯狼狈态。
诸侯望得烽火燃，即领众士来勤王。
冠帽未正衣未更，群兵汹汹颇樊然。
娇儿见士窘迫状，花容舒展终韅然。
咯咯笑似珠入盘，却如雷霹赤忠诚。
从此将士不信王，置之于死任其亡。
不信终有不义报，正值犬戎蹴周坛。
因王烽火戏诸侯，群侯冷眼壁上观。
血泪盈溢哭无泪，畅饮浩歌苦无歌。
天子惨为刀下鬼，娇儿落魄为人掳。
单于见此倾国花，知是惑君害国者。
遂令娇儿自坠潭，不使魅色迷心堂。
可怜无过娇儿者，因仪绝色躯身亡。
佳人玉陨香消尽，花柳无颜泪阑珊。
明媚秀色非自惹，全凭造物愚弄人。
千古几多倾国色，惜乎西归以此途。

可怜君王与美人，鹣鲽之情不得深。
若将身许万民国，岂能恩泽与美人？
倘若专穿花蛱蝶，国祚寿夭讵得欢？

2016年4月3日

悼黛玉

父母双亡入贾府，伊始偿泪辛酸途。
共赏西厢赠绡帕，何疑金锁与麒麟？
蘅芜君已诉兰心，痴公子已试情辞。
只怨自家太小性，总嗔公子情不情。
葬落花独吟凶谶，凹晶馆互发悲音。
寿夭皆因过牵念，春山愁锁泪偷弹。
金玉良缘终已定，木石前盟叹无缘。
中秋时已泪偿完，质洁终是还洁去。
绛珠仙子香消尽，茜纱公子空幽咽。

2016年8月20日

游学篇

黄坑小学支教有感

高一上学期，正值深秋时节，我们一行约二十位同学历六小时车程迤逦来到粤北山区——韶关南雄市黄坑小学支教。但见树树皆秋色，山山惟落晖，夕阳残照，百卉泛金，秋风拂面，微寒沁心，好一番别样景致！

学校有一栋二层的教学楼兼办公楼，一间公共阅览室，书籍不多，大多是一些过时的杂志。学校共设六个年级，每个年级十余学生，约七十人。由于地处偏远，师资一直紧缺，全校只有四位老师，有的老师一人教几门课。教学楼下面有一个小型椭圆形操场，水泥地面，两副篮球架看上去比较新。这一切，比想象中的要好。我们一行一下车，便受到了黄坑小学校长及同学们的热烈欢迎，他们为我们准备了一个简短的欢迎仪式。这让我们很受感动。

我支教所负责之科目乃五、六年级的历史课。来支教前我已就三皇五帝、大禹治水、井田制、夏桀、商纣、周平王东迁及春秋五霸等史事做了精心的准备，还特地做了彩色卡片，讲课时我胸有成竹且十分投入，可谓声情并茂，效果颇佳。每至课堂尾声，嗓音已显沙哑，可因人人投入，讲者忘倦，听者亦忘倦。我宣布下课，可学生们不放我走，希望让我继续讲，结果自然是应允，焉有学生想学而老师不授之理？虽然口干舌燥，但心甘情愿。望着学生们专注的眼神，喉咙疼痛何足道哉？！这大约就是激情的力量吧。在课堂上我还针对“历史”二字重新认真地向同学们进行了解读。历史之所以如此重要，乃是因为它可以赋予我们民族归宿感及民族责任感。一个民族的历史见证并保证着一个独立民族的存在。在非洲，多少部落由于看不起自身之历史，于是忽略对历史的学习以致多年后被其他文明所同化。作为一名中国学生和老师，我深感有责任传承灿烂的中华文明，有必要让学生们生出对自身民族的一种责任感和自豪感。早在民国时期伟大的思想家梁启超针对中国人的劣根性就一针见血地指出：“私德其一端也。”若是人人都敢于为民族、为国家慷慨悲歌，这个民族的力量是不可小觑的。带着这种想法我带领学生们背诵了一段

支教时上课

话："未能自度，而先度人，是为菩萨发心。以是为尽国民责任于万一而已。"

几日支教下来，我注意到老师的服饰对上课颇有影响。我们一行的服装颇不统一。有着牛仔裤、短裤、T恤者，有直接穿校服者，而我则身着一件发旧的米黄色西装，下着深黑素色长裤。因服装不同，所产生之效果亦不同。据了解，学生们大都以姐姐哥哥称呼这些小老师，课堂上并不拘谨，吵闹玩笑之声不绝于耳，此类现象尤多见于老师着短裤者的课堂上。而大部分学生对我则以老师称呼，有部分甚至叫我叔叔，且我的课堂纪律严明，无一敢稍微嬉笑。造成此类不同之效果固有教授之原因，然而服装亦不可脱其干系。若人前往支教，则必定是去为师，而非为学生，故穿着校服殊为不妥，岂有学生教学生之理？而时髦穿着者虽已表明自己非学生之身份，然穿着过于轻率，亦难令学生产生敬畏之心。所谓"君子不重则不威"，诚哉斯言。而我因着装比较正统，故给学生一种老师般的尊重感和威严感，可保课堂安静。"人看衣裳马看鞍"，此类面子工程不可小觑。但愿以后支教者均引以为戒。

几日支教，虽感乡村学生普遍存在知识匮乏、素质不一等问题，然而他们炽热求知之目光令我久久难以忘怀。我同时感慨：多少城市里的学生拥有优越的学习条件与环境，却不务正业，专事游戏娱乐，直将光阴虚度，岁月空添！若令乡村学生享城市学生同等之条件，则他们未必不如城市学生优秀。求知而不得是十分痛苦的，我为此行能带给这群乡村学生以新知而稍感欣慰，亦可谓积一小善矣。

时光荏苒，光阴如梭，万里宴席终有散。依依惜别这群山村学生，我们顺路前往当地著名之银杏林，那是本次支教活动的最后一站。在前往大山深处的银杏林路上，可以见到夕阳照耀着同学们颇显疲惫而又心满意足的脸庞。一路清风袭面，炊烟袅袅。望着道路两旁的山林与金黄麦田，不禁思绪翻飞，联想翩翩，又回忆起当年康梁的一番对话：

康有为："卓如，人皆曰我等为狂生，究竟何狂之有？"

梁启超："我等寒士便如那芦苇，自生自灭自强不息，任他冬来黄春来绿。就是不去豪华庭院里做小摆设，在那万紫千红看来不也是狂态毕露吗？"

那刚刚告别的气氛加上康梁那充满哀意的言语与满眼金色的稻田构造出久久不能平息的怀旧心境，随着秋风的凉意沁入心骨，让人难以自拔。

银杏林游人如织，参天银杏稀稀疏疏，树下满地铺金。金黄的枝叶在秋风中轻微摇曳，瓦爍砖房，天蓝如洗，意境之美，如诗如画，令人深醉其中，我不禁喃喃自语：

问："在此置一陋室，了此孽生，诗罢酒罢但闻鸟鸣朝霞，亦是天下，岂不快哉？"

答："不可矣，国家至大，若人人皆生此安逸心，置国家于何顾？爱国强国之心不可舍，哪怕安逸一世终究苟且！"

2015年11月20日

入庠序犊子初遇挫 探寒舍彝俦洗风尘

——记凉山冕宁县胜利学校支教

自有经济上之不同，兼有慈善心之滥觞，援支穷乡之事、帮助贫校之役不绝。然记述之伦，千部共出一套。故逐一观去，竟不可得新意。

作者自云："因有一番机缘，得以阅此故事，细细考较过来，又不似其他相埒行迹之文墨，是以录之。但可稍使读者喷饭供酒，在饱酣畅馔后可以解闷消乏，略换新眼目则足矣。"

列位看官，此事原从蜀地凉山冕宁县说起。当地沙坝村有一间学校名作胜利中学，最是当地学生抟聚之处。生员浩浩达两千余众，然教师缺乏，设备稀缺，是以教育质量并不可观。可巧霜月之初，此校校长却得到南粤有一名为广东碧桂园学校的支教请求，欢喜之余，遂将诸事一一备下，不提。

却说中旬将至，广东碧桂园学校一干学生共十人，加一女老师带队，迤逦来至胜利中学。这一干学生按例本不应支教初中，然因初生牛犊不怕虎，却愿破例历练一番。兼之校长恩许，竟遂了愿，前后准备了约莫六十节课。于是出行前每日练习准备，其中如何艰辛困难难以备述。

且说学生来至学校，正门步入有几株松柏。前行几米，左手系男女学生的宿舍，正面却是一幢四层水泥房，乃初中学生之教室。再向前行却有一块方形操场。操场的前边又有一栋房子乃小学生的教室，左边又有一方厂房乃学生饭堂，饭堂后方又有一排青瓦房屋却是幼儿园学生上课之所在。整所学校为群山所环抱，空气沁人肺腑。晚间蟾光皎皎、繁星满挂，早间日月相照，同处争辉。正是：

万千萤火小星星，怎比玉容色婵婵。

独烛穹苍人应敬，岂晓日已出山岚。

学生到的当日已是日下西山，晚间又逢冕宁县教育局领导视察顺便燕见，可谓欣喜荣幸之至。

翌日以后，学生们遂开支教之进程。原计量着无非是一人教几班，每日几课。不想首日支教后便力感不支。“诲尔谆谆”“诲人不倦”尚简，然如何循循善诱并逐点详说则实非易与。俟胜利学校老师旁听一二学生之授课后，所提建议又竟高丁学生许多，感激之余，又叹此行意义之所在。若不可达裨益教育之目的，岂非汗颜？故立时开会讨论，企寻改革之方法以济不足。是日晚带队老师及组长亦与校长交涉。然校长不认为学生们稍显稚嫩之教学以致耽误进度乃过失，因四五节课之损于整学期之进度无伤大局。相反，学生所裹挟之新气、锐气乃至诗书气质、恪守尽职于乡村学生之影响甚善。若此地学生可知有比其稍长之学生能风云于讲堂，滔滔不绝、娓娓而谈则不仅智识上涨亦可弥单见浅闻、肤见谫识之短。故学生上课或稍妨碍进度，开阔眼界、启发思维之利足以补弊。

闻得校长此言，一干学生方才安下心来。之后备课愈加黾勉。批改作业，细备教案常至子时方归。又砥志研思，精血诚聚以期为学校做贡献。正是：

梅花绽雪色愈寒，勉人一语胜金砖。

如此兢兢业业三日后，小老师们渐与受众厮熟。加之尽心尽责，常讲者忘倦而听者亦忘倦，融融之景，快慰人心。

此处上课刚有着落，又需按约前往家访。第三日下午，学生一行人分为两组分别由学校老师开车前往家访。其中一组行程较远，这组学生又执意家访后走路三四小时回来，故事甚奇，确有可看处。

且说执意家访后步行的一组六人，随两位老师及被家访的学生带领，颠颠簸簸倚山而上。车马劳顿约莫一小时有余，竟入一世外桃源。两边青山脉脉，谷中梯田叠叠，“暧暧远人村，依依墟里烟。”因山路凹凸不平、坑坑洼洼又兼有山涧流水时时横腰斩路，两辆车中，一辆底盘稍低者竟被淹蹇住了。无奈之中，全组唯有步行前往。好在此处已离那学生家不远，行走一段草芳扑鼻，绿迹点点，倒也十分清爽。

约莫步行二十分钟后，一间小屋已经若影若现，疾行几步，那学生之祖父与父亲正站立于门前等候。闲聊几句，便入了屋子，进去却是一个逼仄的小院。院内一个鸡笼，正面一间水泥小屋是正房，右边一间偏房是厨房。进入正屋，里面置着几张烂木拼凑的小杌子，靠墙处却是一张污垢百积、邋遢不净之沙发。向上瞻望只见房椽裸露，瓦漏丝光。见此景这帮学生不禁感慨万千，叹自身锦衣玉食、饫甘餍肥而不知足，若置身如此裸椽裂

席地鸡宴

瓦、鹑衣百结真不知如何过活。

闲聊一番，方知这家学生名叫张裁，乃彝族人氏。张裁爷爷、父亲都在座与我等闲聊，从谈话可知，这张裁乃初三的学生，虽极为用功听话，然而回家后总需为家中做活，是以学习时间不足，以致成绩并不理想，已经复读了一年。家中甚贫，仅靠着几分薄田度日。而张裁家因离学校甚远，交通不便，故张裁现住在离学校较近的婆婆家中。

勉人几语，即欲告辞，刚出院中却见张裁之母擒着两只鸡要杀鸡宴客，如何都掣不住。

饭罢，出至门外，已是一片漆黑。只见满目星光，一丝银带横空高挂，虫语唧唧，清风拂面，好一处钟灵毓秀之地！然竟有如此之赤贫，不免伤感。乃吟一联云：

世事难料皆因偶，讵知谁是有情人？

因鸡宴耽搁，故步行已然不可。幸亏两位老师未走，故原路驾车返校，不在话下。

因来时不知学校之困难，几日观察之下，竟发现这里学生饮水

捐赠

竟直取自来水，教室中以纸糊牖以代窗帘，厕所污秽臭气熏天，故立时组织了众筹，期望可募得一万元以改造学校环境。不想方发出去两日，热心人士捐助已达一万八千元，可谓可喜可贺。

光阴荏苒，倏忽已至支教最后一日。校长特意组办了初中生大会，将那学校初中学生全部聚集，同听我等小老师们之演讲。其中两位小老师特地准备了关于礼仪与志向之分享，又有一位则传达了关于国华纪念中学可免费录取贫困优秀学生之消息。虽受众达四百余人，然一干小老师临场不惧，可见真才实学，又可见几日历练之效。讲罢，诸多学生围着小老师们要联系方式索签名，师生友谊，斯可为证。事后校长及几位学校领导又与支教学生们交流，并表示希冀两校共建友谊桥，一干小老师无不赧然。

千里宴席终有散，送君千里总须别。演讲翌日早，校长等一干领导与带队老师及众位学生一一握手言别。正是：

山红柏树青，日出东来渐。

惜惜别庠序，兰语已存心。

2016年11月19日

学生们与小老师合照

哈佛夏校记

申请哈佛夏校不亚于一次大学预申请，需准备六篇文书，同时要求托福达到103分以上。我由于托福考试成绩及其他申请材料递交较晚，是以在得知被录取后，我之首选——美国法律入门课已然悉数报满，我只得退而求其次，选报了伦理学。然而因先前从未接触过伦理学，颟顸懵懂，心中一片忐忑。

夏校要求6月26日报到。妈妈为我算准了时差，买了6月24日北京出发经纽约再到波士顿的飞机票。航程长达二十多个小时，且多次转机，颇为辛劳。幸有妈妈同事之女袁楚涵（在波士顿上中学）在世界另一端等候我。波士顿下机后直接前往袁楚涵的房东家安顿了两日。房东家主人十分好客，让我有宾至如归之感。房东家在郊区，空气清新，氧气充沛，抬头繁星满挂，低头虫语窸窣，真乃一处好所在!

26日下午约莫1点半，我终于跨入了哈佛这座世界殿堂级大学之校门。穿过哈佛主校门，通过主校园前往我在哈佛学习两周的宿舍——Dunster House报到。Dunster House处在哈佛校园边缘，而我上课的Sever Hall处于主校园中心，从Dunster House步行至Sever Hall约需10分钟路程。袁楚涵是一位细心负责的同学，她一直将我

威德纳图书馆内景

送至Dunster House门口方返回。

未花太多工夫我便办理完登记手续并领到了哈佛夏校之配赠物品。Dunster House的房间颇为有趣，分为两翼。东翼男生住，西翼女生住。我住在东翼411，是一个双人间，舍友名叫Noah，印裔美国人，为人友善，处处为他人着想，极易相处。

在入宿安顿后大家便到大堂集中听一个入学须知之类的介绍，主要是强调上课严禁迟到，八个课外活动均必须参加云云，违者在结业时不能得到良好之评价且会影响大学申请，严重者则会被直接开除，而此记录亦将成为其人生档案上之污点。介绍毕，夏校活动总管便让各个RA（Residential Assistants，与宿管埒）将同课程报选之学生划为一组，组织参观了解哈佛校园。我也借此认识了全班同学。班里仅有15人，只有三名男生，男女比例十分不平衡。班上除我之外还有两位中国人，一位女生叫Jackie系香港人，另一位男生叫Kent，来自深圳。其余皆为美国籍学生。

哈佛校园占地面积很大，建筑物比较分散。哈佛许多研究中心及学院皆散落在各个街道上，真正之核心校园仅涵盖了几栋较为陈旧的教学楼及宏伟的威德纳图书馆（Widener Library）。我们的食堂Annerberg系Memorial Hall之一部分。

晚餐

整个Memorial Hall富丽堂皇，外部与内部装饰得如同天主教堂。据悉，此处亦为畴昔电影《哈利波特》食堂取景处。我们参观到Annerberg，便顺便进去吃了晚餐。晚餐是自助的，选择倒很多，只是饭菜都不十分合口，米不像中国大米，溜长松散毫无黏性，嚼之无味。

吃罢，大家便前往哈佛书店（Harvard Coop）购买伦理教科书，可惜书店已经打烊，无功而返。

晚间，负责我这翼的RA将大家聚集一处，带我们将整个Dunster House熟悉了一番。Dunster有地下室，地下室有一个小篮球场、钢琴房、洗衣机等一系列配置。

参观完回房便早早躺下。因还在倒时差，触枕即着，不在话下。思当日情形当真：

刘姥姥入大观园，院内外咸大新奇。

翌日早上梳洗毕，前往Annerberg吃过早餐便往哈佛书店买教科书。余下时间便匆匆去了图书馆将所需了解内容读了一番，深感赜邃难懂，约20分钟方读一页，字里行间无不需细细揣摩，无助之痛苦实难备述。

由于上课时间系中午12点至下午3点，故午餐只好作罢，直接上课。

头两日上课内容皆是元伦理学，十分抽象难懂，让我深感吃力。上课时，其他优秀同学举手频频，回答问题极为踊跃，而作为一直以来的学霸，我毫无往日的神勇、灵气，是故压力大极，亦倍感绝望。料想在此群英荟萃处，但能完成作业自保已然万幸，谈何鳌里夺尊？同时亦颇为惊讶外国学生之答问奋勇，一问未完，众手齐举，好不积极，直与国内大相径庭。

本来哈佛官网已经言明夏校作业为2—4小时，由于初时内容深奥且英文难通，我常需5小时方才做完。星期一、二皆是如此。一早起床便直奔Annerberg，用过餐后便在图书馆自习至上课。下午参加完活动又直奔Annerberg用餐，然后回宿舍做作业，直至卧下。

如此两日下来已是身心俱惫，不堪重负。至第三日时直感全世界之空气压在身上呼吸困难，真可谓压力山大。幸得周三下午

与哈佛夏校同学合影

未有活动，便到体育馆运动了一番，顿时倍感轻松。又到CVS（美国极负盛名之连锁店）买了些许食品及次日早餐，加之元伦理学已然学毕，明日即进入规范伦理，便觉生活多了些新希望。

周四时，参加我们RA组织之社区活动，要将一条绳在蒙眼情况下围成一个正方形。一开始我们成员中一人仗着嗓门大，胡乱指挥，企图以脚步度长短，以手机定直角来围正方形，如此折腾了半日却是毫无效果。我便出一策，令大家将绳子对折两次然后得到四条一样长之边，再找到四个顶点，然后抓住四个顶点依着一个墙角同时拉直，自然就是一个正方形。按照此方法我们很快便成功了。这也是到哈佛以来首次有成就感，对我颇有鼓舞。值得一提的是，由于我与他人并不熟，我的想法皆由室友Noah帮我提出，且他在讲述时总是特别表明此乃我之主意，令我不胜感激，由此可觇此人之义气。

过了周五便迎来难得的三日假期（周一系美国国庆）。周末期间参观了Newport之海滨风光及波士顿美术馆。最大之收获莫过于结交了Daniel这个新朋友。Daniel与我同归一个RA管，十分帅气阳光，与我在下周生活中多有交往。

美国国庆时闲暇，自是青灯黄卷，不在话下。

自此以后，光阴如梭，日复一日，并不稍觉。从这一周几日之学习看，哈佛夏校的美国学生亦并非一个个爱因斯坦般聪明，一个个霸王龙般可畏。他们固然聪明勤奋，然仅以智商论则未见比常人高明多少，逻辑思维亦常常不若亚洲人。且他等在问问题时十分随意，缺乏讨论之价值。是故当我在课堂上逐渐适应并问出一些十分有趣之问题后，我渐渐又找回了自信。当然，前路仍感茫茫，只是云霭渐散方向已大致明晰。

最后三日之学习大都是辩论。老师Kate先一日将资料发了，然后要求我们准备第二日辩论。原以为能人众多，是故颇为用心，怎料第二天一辩才晓得原来大家都极为随意，好似谈话，不懂时又可停顿与队员交流，与国内的辩论大异其趣，直是将心思空耗。有此前车之鉴，后几日辩论准备便不似先前般紧张慎重了。

周三与Noah、Daniel同去健身，健身馆设施相当齐全，且保养良好。周四又与Daniel去游泳。泳池虽小，但由于可以跳水，且水里加了盐，游起来迅速异常，亦颇为有趣。遗憾的是哈佛没有乒乓球台，我的乒乓球特长无以施展。有朝一日，若我能成为哈佛一员，必将中国国球带入哈佛。

周五去了哈佛招生办公室，同时参观了哈佛东亚文化研究中心。

哈佛招生官是不可轻易接见学生的，幸运的是我与招生办工作人员进行了面谈。在面谈中，我就申请哈佛的要求提出了一些问题，但工作人员并没有给出十分具体明确的回答，只言需顺意而为，跟随自己之爱好发展。

东亚文化研究中心着实令人震撼。刚入门便见有一幅徐世昌之字画——“居今识古”，另有小学伦纲之类大纲图悬挂于墙上，顿觉古风阵阵，令人感慨西人竟也能如此爱好中国文化且将其研究入微。后经了解，东亚文化研究中心主要是给有一定名望或前途的学者在此进修学习用的，而非给在读大学生用的，每年都有许多知名教授在此学习。是以如能进入此类高等学府，应有结交此类大家之缘。

概而论之，此次哈佛之行收获颇丰。我最终给老师Kate留下了一个不错之印象，她说十分欣赏我所问的那些有趣的问题。她在我的评语中写道：“Joshua（我的英文名）在伦理课上表现出的勤奋、能力及进步令我印象十分深刻。……Joshua达到了我的高期望值并在许多方面为班级学术氛围做出了重要贡献。”（“I was very impressed by Joshua's hard work，ability，and improvement in my Ethics Theory and Practive course.......Joshua met my high expectations，and contributed to the intellectual environment of the classroom in significant ways.”）

此次哈佛之行使我对美国社会也有了全新了解。盖美国虽仍为世界第一强国，但其基础设施之建设已落后于中国。波士顿为美国最发达城市之一，可地铁陈旧，轨道生锈，转弯时发出的巨大摩擦声至今仍“余音绕梁”，与我国许多城市新修筑之地铁直是天壤之别。另外波士顿街头有许多流浪汉，衣衫褴褛，满目愁容，原以为美国处处皆富裕繁荣，实则不然。诚然，美国有其极为可敬处，比如车礼让行人之尊重人权意识，凡事依例而行之法治精神，鼓励创新、倡导言论自由等，不一而足。这些方面我国尚需时日予以弥补，非一朝一夕可以赶上。

本次之行最让我印象深刻的是，美国社会处处充满浮躁之气息。嬉皮士、花花公子等追风时髦青年过多，此类人士将大量时间付诸打扮、追风、谈恋爱、娱乐等俗务，浮躁虚华，直把光阴虚度、岁月空添。美国少年早恋现象十分普遍。此时正当精力无比旺盛、求知欲无比贪婪之际。古人谓“十五而志于学”，现在美国少年“十六而志于情”，其人未来大有成就我不信也。基础不牢何来万丈高楼？重观我国少年，相比之下更加勤奋用功，才思敏捷，且少受此类靡靡之风影响，应大有超越美国少年之前景。但是中国教育又太过拘束，没有予学生自由讨论之空间、自行学习之空间。是故在中学最重要之学习阶段，仅被动填鸭一堆知识，未曾对这些知识产生兴趣，学习之方法也较欠缺。到大学后，则学习散漫，兼之高中时未培养出良好之学习习惯，故几无学习之欲望，将时间用于恋爱、游戏、打工者不在少数。而美国学生在大学里（尤其是排名靠前的大学）往往极为用功，故又可以超越中国之学生。

当然美国高中教育也并非乏善可陈，如一部分少年在高中时期便将大学一年级课程学完（AP课程），且将诸多时间分布于文体艺术等以求全面之发展，此类学生进入美国高校，毕业后往往成为美国各行各业之精英。重观我国教育体制，精英教育一直被忽略。美国在高中时期可以提供大学先修课程给优异之学生，而我国则无此类之制度安排。如此，美国优秀中学生所学知识其实已经大大超越中国学子。

言讫，以几句话将哈佛之行概述如下：

寥寥数日，收获不可斗量。落园春色飘香絮，学院威耸忑辉煌。课始觉颟顸懵懂，课结感韵味悠长。参了赫赫图书馆，观了巍巍美食堂。谒见了庠序顾问，拜访了燕京学坊。日长夜短梦黄粱，觑那月下蝶影转眼化作了高耸厅堂。每日四五小时昏惨惨，两周课堂巍颤颤。向伦理书籍雪窗萤案，把康德边沁刮垢磨光。不敢言满腹经纶，好歹读了几篇文章。离别时，伤怀日，做了江州司马泪痕多，血泪撒杜鹃红。身是异乡客，悠悠思母国。笑辗辗见了哈佛面，来日有缘再相见。

2016年7月31日

南极游记

不知从什么时候起我看了有关南极的资料，便一心向往有朝一日能亲自登上南极，领略极地风光。有一段时间，我的数学落下了不少，爸爸为了鼓励我学好数学，便定下规矩：若能考100个100分，便让我去南极。（后来鉴于考100分的难度太高，爸爸为鼓励我的积极性又逐步调整为98分、95分、90分以上皆可）每次看到爸爸亲自批改并将理想的分数写在我的作业本上，我便欣喜并认真地在印有100个空格的纸上填上一格。终于，这一天盼到了！

2014年12月26日至2015年1月10日，我参加了中国科学探险协会组织的新年南极探险活动。这是我第一次一个人出远门。

26日晚，我们在广州出发的团友于20点30分在白云机场集合准备乘机前往多哈转机，这趟飞行大概需要9小时20分。我们选择的航空公司是卡塔尔航空公司。卡塔尔航空公司算得是世界众多航空公司中最为出色的一个，无论是服务态度还是航空水平都是一流的。

比较幸运的是，我们前往多哈乘坐的机型是波音777，很大，每一列有九个座位，并且每个座位的背后都装有视频设备，可以

A table for Joshua's 100 points of Mathematics Test

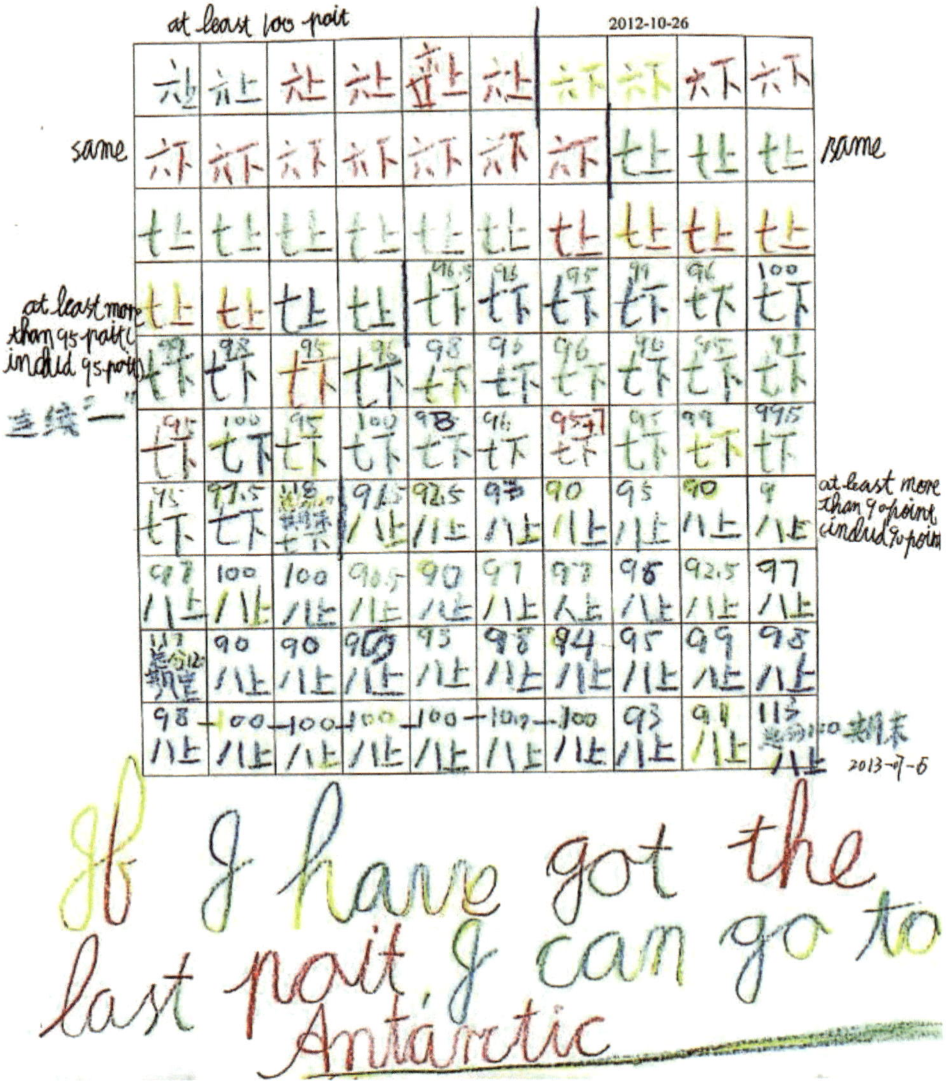

100个100分图

播放电影及音乐，这也使这趟漫长的旅行有了一个消遣之处。

登机时已是约莫凌晨1点了，大家摆好行李坐下没几分钟就都睡着了。因为空间狭隘，身体难以舒展，所以总是睡睡醒醒，长则一两个小时，短则几十分钟，头脑混沌，颇感疲惫。到达多哈后，我们有2个小时的中转休息时间。多哈机场的一切设施都显得豪华气派，甚至在一处免税购物区陈列着七八台苹果电脑以供免费使用。我中途去了一趟洗手间，那里的人非常自觉地排队，厕所秩序井然，无论是等上厕所的人还是上完厕所的人都不急不慢悠然自得，貌似要将生活的每一个细节都享受到。在这个富得流油的中东国家，这种风气随处可见。

稍稍休整我们再次登上飞机，这次是一趟19个小时前往布宜诺斯艾利斯（以下简称布宜）的漫长旅行。虽然乘坐的仍是777，但是由于一直没有足够的睡眠，再多好看的电影也提不起兴趣。

大概稀里糊涂地睡了几个小时后，我们被叫醒用餐。食物还是比较可观的，有素食、鸡肉、牛肉等，味道比起国内的许多航空公司都好得多。美中不足的是没有米饭，这让人吃着实在不扎实。

在空中度过了近三十个小时后，我们于当地27日晚9点抵达了布宜。住宿的酒店是五星级的洲际酒店，里面的装修设施都十分上档次，环境舒适、干净、温馨。本以为可以踏踏实实地睡上一觉的，可是由于时差，凌晨2点就醒来了，虽然可以接着再睡，睡眠质量还是差了许多。

28日吃过早餐，大伙儿继续乘机前往乌斯怀亚。在飞机即将降落时分，透过云层可以看到那连绵不绝的雪山，十分壮丽。我也是平生第一次见到雪山，更别提连绵不绝的雪山，心情无比激动，拿出相机拍个不停。稍感遗憾的是，飞机的玻璃窗比较脏，对照片的清晰度有所影响，图片上常常会出现几个淡淡的污点，大大影响了图片的美感。

乌斯怀亚的机场非常小，我们没花太多时间就出了机场。接待我们的大巴一共有3辆，我被分配到了第三辆车。我们先回宾馆入住，之后分成两拨人吃晚饭。吃正餐的一帮5点出发，另一帮吃帝王蟹的7点出发。我属于5点出发的那批人。饭菜很不错，是自助餐，并且味道很正，该咸的咸，该甜的甜，吃得十分舒心畅快。我曾经去过韩国、泰国，那里的饭菜都不太合口，本来好端端的土豆丝非要洒点柠檬汁和芝麻，再不就是要把辣辣的食物里加点糖，吃后特别反胃。我想或许这就是正儿八经的文化差异吧。

用过饭后，没什么节目，大家自由活动。我跟李叔叔一家在乌斯怀亚的街上晃悠。在反复了几次后我发现乌斯怀亚的市中心大致是由三条大街平行构成，每条大街都与几条纵向的小街道垂直相连。我在比较了多家商店后，终于找到了一个售卖明信片最为便宜的地方。5比索一张，折合人民币大概是2.5块一张，这在这个旅游胜地算是比较便宜的了。我一共买了50张明信片，准备给每个好友同学都送上一张。

晚上8点了，可太阳仍然高高地挂在天上。乌斯怀亚被称为是世界的尽头，顾名思义就是离极地比较近的地方。这种地方容易出现极昼极夜现象，当然乌斯怀亚尚未进入南极圈，所以还是有黑夜，只是时间极为短暂，只有3小时左右。

逛完街回到酒店，本想写写明信片，但可能时差还没倒顺，一躺下就睡着了。凌晨2点又醒了，经历与在布宜的那晚相似。翌日起床，早餐比较简单，就是普通的一些点心、水果和果汁。使人不适的是，早餐只有甜食，在饥肠辘辘的情况下很不顶饿。不过也别无他法，只能将就了。

用过早餐，大家集体前往火烈岛国家公园。一路上风景宜人，山脚下绿草茵茵，山顶上白雪皑皑，好似两重天地，搭配在一起别有一番风味。在火烈岛国家公园里，我们参观了雪山、水獭巢穴，还参观了一种好似小灯笼一般的特别植物。令我印象最为深刻的是参观景点中碰到的一群鸭子。母鸭带着一群还身裹绒毛的小鸭在水草丰茂处悠然自得地觅食。它们似乎对我们毫不害怕，有时甚至主动接近我们，这也为我们的拍摄提供了良好的机会。据了解，这些鸭子之所以对人毫无畏惧，是因为国家公园有严格的要求，严禁破坏打扰野生动物，在这种长期和平共处的环境下，人与动物双方都互相产生了一种信任。有了这一次经历，我感触很深，究其实，这种人与自然和平共处的环境才能产生最大的美感，这种快乐的感受我想远超享受野生动物肉食的一时快感。可世界上大部分人貌似尚未能意识到这一点，仍然想方设法地猎食野生动物，极大地破坏了生态平衡，我真切地为这些人感到可悲。

中午从国家公园回到乌斯怀亚的中心城区，我们仍回到昨日吃晚餐的地方用餐。午餐过后我又重新选购了30张明信片，原因是之前没有认真统计以致明信片数量不足。之后我又与Charis一同前往当地邮局盖邮戳。那里的邮戳一共四种，我在每张明信片上都盖了两个邮戳。由于穿着一身大衣，我盖得一身大汗。

下午4点大家开始登船，船名普兰休斯。这是一艘丹麦的退役科考船改装的，走廊还算开阔。我的房间是一间在2楼的4人间。

母鸭带小鸭图

由于处于底层，空气流通较差，一开门里头就透出一阵使人反胃的味道。

稍待一时，船缓缓起航，看着那渐渐远逝的乌斯怀亚小镇，突然生发出一种壮志，颇有梁启超当年亡命东瀛的味道，可谓“飘然一身如转蓬，披发长啸览太空”。

船刚刚开动，所有成员便集中起来进行了一个弃船逃生演习。我们运气极佳，演习刚刚结束，便发现了海豚。海豚追逐着船只游行，不时跳跃出水，动作飘逸优雅。这种海豚比较少见，皮肤是黑白相间的，且背上没有鳍。事后得知这种海豚叫南无背脊豚，是一种稀有品种。

但言南极，没有不谈德雷克海峡的，德雷克海峡也是前往南极的必经之路。

乌斯怀亚邮戳图

这里是西风恣肆处，风大且极易晕船。我们也不例外，必须经过这片神秘的“杀人西风带”。船是在30日凌晨一二点时进入德雷克海峡的，一觉醒来已是30日早晨5点了。比较幸运的是，风浪不是很大，但还是能明显感觉到一定程度的摇晃。我一直没用晕船药，想看看到底自己能不能撑过去。可是到了午饭过后，恶心感就十分严重了，于是我向船上的医生买了一个晕船贴，赶忙上床睡觉。下午的讲座我一个都没听，全在睡觉。用过晚餐后又立马回到床上继续睡觉，这也算是将这几天的睡眠不足大补了一下。

等到31日早晨起来，整个人已然舒坦了，一丝晕船的感觉都没有。我想晕船的原因可能是多方面的，但是睡眠不足可能是一个关键因素。睡眠关系到整个人机体强弱，一觉不足常常就容易使人不适，更别说在几天睡眠不足的情况下又不停地颠簸，晕船也在情理中了。下次再坐船，最好保证足够之睡眠并早早用上晕船药，防患于未然。也是由于30日晕船，好多事都没做成，也错过了报上南极露营的名额，挺可惜的。

31日晚餐过后约几分钟，我们发现了鲸鱼。早在餐厅的时候，大伙便沸腾了起来，嚷嚷着“有鲸鱼”“有鲸鱼”，于是我迅速地跑到后甲板上准备拍照了。那时还没有什么人，我用肉眼可以大概看到比较平静的海面上有一个柱形的白色气状物，将镜头拉过去可以大致确定就是鲸鱼喷出的水汽。但是很快，那个柱形水汽就消失了。稍稍过了几分钟，甲板上三三两两地布满了一些团员。大家都端着相机焦急地等待着鲸鱼的出现。正当大家失去耐性的时候，突然，在最上层甲板上的团友惊呼到：“快看那边，鲸鱼！”大伙赶忙冲向甲板的另一边。在那里，我们可以清楚地看到一条头部偏大、头上有些突起物的鲸鱼在离船不到15米处喷射着水雾，而在它的旁边深水处好似有一条纯白的幼鲸。在

座头鲸图

幼鲸纯白的身体衬托与阳光的照射下，深蓝的海水变成了蓝绿蓝绿的好似靛青的颜色，神秘而多彩。鲸鱼与我们相伴了大概5分钟。经过专家鉴定，我们得悉这种鲸鱼叫座头鲸，这段时期正好从赤道附近回游到南极哺育幼仔。座头鲸频频出现于破冰船的左右两翼，最后还做出了一个尾巴入水的动作，煞是优美。有的团友称还目睹了座头鲸翻身的动作。可惜的是，大伙都没有一直关注着摄像机，而座头鲸这些精彩的瞬间实在是太过迅捷，结果没有一个人拍到这些震骇心魄的时刻。

31日傍晚，我们已可隐约看到几座漂浮在海面上的冰山了。当晚，船上举行了迎新年晚会。不少人在那里尽情地喝酒吹牛，声音震天响。就个人而言，我并不喜欢掺和这种带有狂欢性质的庆祝活动。喝得满腔酒气，不停地重复一大堆冗长俗气之言，这完全就是浪费生命，实让人不敢恭维。相反在这种时候独自走到一个寂静处，呼吸一下新鲜空气，思维就会无比活跃。这时若是有几个至交好友畅谈心得，则必会使人大有领悟。

等到元旦早上起来，我们已完全置身于雪海之中，左右前后都是洁白耀眼的雪山，并不时有成片的漂蓝浮冰。元旦晚上用过早饭后，大伙准备进行第一次的登岛活动。我们准备登陆尼克湾（Neko）附近的岛屿，到这里的主要目的是近距离接触金图企鹅。

我是最后的上岛者之一。只要上岛，都必须穿好事先已发的水鞋，并将自己上岛的衣物等全部完完整整地用吸尘机吸干净，避免有外来物种进入南极。临登岛之前还需将代表自己身份的一个牌子翻一下以证明你已出发上岛。我们先从大船登上冲锋艇，冲锋艇再将大家送至岛边。在下艇时需要注意的是，要以面对大海的方向下艇，这样可以减少摔倒的概率。

上岸后，大家都必须与企鹅保持至少5米的距离，且必须按照探险队事先上岛划分的路线行走。金图企鹅算是我们这次南极行最为常见的企鹅。它们身高大约45厘米，头顶挨着眼睛处有一道白痕，且有着红红的喙。它们三五成群地在岛上晃悠，时不时走近我们好奇地瞧两眼。我们登岛时正属金图企鹅的孵化季节，因此我们可以目睹许多雌性的金图企鹅趴伏在用小石子垒起的巢穴里孵蛋。

登岛的参观路线有两条。其中一条是可以攀登到小岛的制高点俯瞰整个海湾的。我在参观完另一条路线后，选择了登山路线。路不算长，但由于雪比较滑，且山也有些陡，爬至山顶亦有些喘息。在山顶我们可以清楚地俯瞰整个尼克湾和安沃尔湾（Andvord）的轮廓。面对碧蓝如洗的大海，坐在光洁雪白的雪地上俯视成群的企鹅，别有一番风味，我想这就是南极特色吧。

登岛的时间大概2个小时，冲锋艇重新将我们拉回主船。回望我们登陆的第一个岛屿，颇有些惆怅。这个岛或许平生只有一次可以登览，就算还有机会造访南极，沧海桑田，或许这岛也就消逝了。在南极，我们经历了太多的第一次及最后一次，或许将这些点滴记录下来的最好方法就是摄影与写作吧。

下午，我们准备登陆天堂湾附近的“Brown”——阿根廷的科考站，它坐落在南极大陆的边缘上。这个地区积雪极深，在阴天的衬托下，整个区域似乎散发着一种神秘的气息。

我并没有参加登陆的活动，我报名参加了划独木舟。划独木舟一共分为4组，我们是第二组。在早上，第一组就已经划过了，据悉他们目睹了一条座头鲸在附近游弋。

我们参加划独木舟的成员先到后甲板集合，合力将几艘独木舟放下水，之后冲锋艇将这几艘独木舟拉走，而另外一艘冲锋艇则搭乘着我们前往一处浩渺平静水域登舟。

带领我们划舟的是一个严格的美国老太太，她叫Luyics。我们登舟后都紧紧地跟随着她划往一处海湾。在即将入湾处，我们看到了一块岩石，由于积雪的覆盖浮现出一幅中国地图的样子，极为独特。入湾中段，我们遇见了不少浮冰，这对我们的技术无疑是一种挑战。我们小心翼翼地前进，以免碰撞浮冰导致翻舟。

不懈的努力终于带给了我们回报。在海湾的尽头，在一块乌黑的岩石上懒洋洋地躺着一只海豹！由于我们划的是独木舟，所以我们可以比较近地观察它，这也是挺进南极后与海豹最为亲密的一次接触。

稍感遗憾的是，由于独木舟的空间有限而又容易进水，且划舟必须使用双手，我们都没有携带好一点的相机，导致只能用手机或傻瓜机拍摄，自然相片的质感也就打折扣了。登上冲锋艇在回程的途中我们又偶遇了一只帽带企鹅，它围着我们的冲锋艇嘎嘎乱叫，貌似我们侵犯了它的领地。这也算是一个意外惊喜，因为这种企鹅在我们的行程中还是第一次遇见。

所有人都上船后，船仍没有马上启动。我们就在天堂湾（Paradise Bay）吃晚餐。大概晚上8点多，奇妙的事情发生了。天堂湾附近我们登陆过的岛屿的山谷中浮现出深深的蓝色，蓝色的雪，蓝色的空气，蓝色的云。在附近的雪山和正前方阿根廷科考站的衬托下有一种暖暖梦幻的味道，貌似我们到了圣诞老人的家，而并非冰天雪地寂静神秘的南极！

2日上午，我们即将前往此次南极远征的最南点——彼得曼岛，在那里我们可以欣赏到已经比较稀少的阿德利企鹅。据专家

金图企鹅图

讲解，阿德利企鹅最初也并非如此稀有，只是19世纪全球气温变暖导致约莫90%阿德利企鹅的死亡，才形成如今并不多见的局面。

为了登岛后可以尽情恣肆快门，我特意换了一张储存卡。可是由于置卡方向不对，而又用了蛮劲，结果相机置卡处内部的芯针被我压歪了几根，使得相机无法识别内存卡最终无法拍照。这可算是此次行程较大的一个遗憾，因为阿德利企鹅在此次行程中只能在彼得曼岛见到，而我由于相机故障失去了亲自清晰记录这些特别生灵的机会。虽然还可使用另外一个小相机，可质感无疑是下降了不少。

登上彼得曼岛后的第一幕仍是大片的金图企鹅趴在地上孵蛋。我们随着探险队标记的路线继续向前推移，在登上一片高地后，终于看到了阿德利企鹅的栖息地。阿德利企鹅不高，跟金图企鹅的身高差不多。它们最为独特的地方当属头部。阿德利企鹅的头部通黑，喙也是黑的，而眼睛周围有一圈白线，正是这圈白线，使得阿德利企鹅看起来特别呆板，貌似一双眼珠是镶嵌在眼眶里似的，从不移动。我们参观的时候正值阿德利企鹅孵化的季节，所以我们可以看到一些已经破壳的阿德利企鹅幼崽。它们全身呈咖啡色，一身绒毛，生猛机灵，看起来更惹人怜爱。

大致过了两个小时，我们登艇回船，在途中我们偶遇一只海豹，它懒洋洋地躺在一块浮冰上晒太阳，对我们的到访拍照毫不理会。在海豹附近有一块部分浸在水中的浮冰，冰在水中部分的平面上停息着一只小虾，虾大约长10厘米，身体呈深橙红色且有一丝丝的红纹。回船后我向专家咨询这种虾的种类，可根据我的描述，专家也无法作答。可惜当时没拍下照片，不然发现了一种新物种也未可知。

写到此处我还需特别感谢皮燕勇叔叔。在回到船上后我向他借瑞士军刀中的小捻子，准备用这个工具将相机读卡器内处的芯针扶直。了解这件事后，他立马伸出援助之手，主动帮我修好了相机。不难想象，若是没有皮叔叔的帮助，我的相机可能无法修复，之后两天或将错失不少拍摄佳际，以致终生留憾。

下午时，我们不再登岛，而是前往费纽岛附近进行冰山巡游活动。我们分为两组进行巡游。在勘查自己所属组别时我获得了一个好消息，经过不停地向李主任申请替补露营名额，我终于获得了露营的资格。这无疑是一个巨大的喜讯，毕竟能获得在世界上唯一的净土上露宿一夜的机会是十分难得的。

我在巡游的第二组，在第一组巡游期间，船上的探险队员Michelle跟所有要露营的队友进行了培训，主要讲解如何使用睡袋等问题。

很快，第二组巡游的时候到了。我们登船穿越了不少冰块，很多浮冰都呈现出淡蓝色，而位于水下的部分则将海水托衬得碧绿剔透，好似宝玉色泽，两相对比，蓝绿交融，天高云淡，美不胜收。途中我们巧遇两只豹海豹，它们同样憨态可掬地睡在浮冰上。有一只在我们摄像途中将头转了过来，我们可以看见豹海豹的脸十分可爱，胡须细溜分张，嘴角莞尔，若不是脖子上的一道明显血痕任谁也难以想象这便是残暴凶恶的豹海豹。这也可谓是“真人不露相”的典范。

在前往露营地点时我们穿越了拉梅尔水道，这里据称是南极最美的地方之一。恰逢此时阳光明媚，两侧冰山，四周浮冰，白云点点，蓝天碧海，直如仙境一般。

傍晚时分，我们靠近Doumer Island，准备在此岛露营。探险队

普兰修斯号航行在拉梅尔水道上

员率先登岛勘察情况，之后再视情斟酌是否露营。不巧的是，当天傍晚天气恶化，风开始起急，探险队员也发现岛上的雪质不佳且布满企鹅粪便，气味难闻。最终综合意见，露营计划取消了。补偿方式是，想继续体验露宿的队员可以免费到7层甲板露营。可最终大部分人都放弃了，唯独两位叔叔和我愿意到甲板上去疯狂一回。

大约半夜11点，我们睡上了甲板。在音乐和呼啸的狂风下，我们钻进睡袋，仰息于变幻莫测的苍穹之下（此时天尚是亮的），带着好奇与些微的恐惧迅速进入了梦乡。早上6点半，我们被雪花打醒了。一阵寒意袭身，我们撤回了温暖的房间。回忆整番经过，或许会觉得有些疯狂，但很多时候人皆是明知故犯的，因为不为不能除憾，我们露营也盖出于此理吧。

3日我们有一个比较特殊的活动，就是前往世界上最南端的邮站，这个邮站位于Lockroy 港，在这里我们可以购买明信片等纪念品。当然最为重要的是我们可以在此处盖章贴邮票将世界尽头的祝福带给好友家人。这个世界最南端的邮站是由英国在19世纪时建立的科考站改造的，规模并不大，自然对于人员接待的数量也有限制。我们除了参观邮站外还会同时登陆Jougla点，因此所有的参加队员分为两拨，一部分先登陆Jougla点，另外一部分先登陆英国邮站，之后两相交换。

我首先登陆的是Jougla点，在这里所见的仍是大片的金图企鹅。殊为特别的是这里栖息着几只威德尔海豹且遗留了一具鲸鱼骸骨，更为有趣的是，岛上有两只帽带企鹅，与大量的金图企鹅交错互动镶构出许多精美画面。我们顺着探险队规划的路线向前，便来到了鲸鱼骸骨的遗留处。鲸鱼骸骨也并无独特处，乍一看质色倒是与灰色的珊瑚礁颇为相似。威德尔海豹还是挺给力

邮站图

的，我们在一旁拍照时它们不时抬头观望，间或还用它们那看似愚钝的爪子挠痒，惹发阵阵骚动。

Jougla点与英国邮站相差不远，乘艇大约也就几分钟。邮站不大，其中最大的一间房主售纪念品，而另外几间房陈列着当年英国探险队员遗留的食品、工具等。那些已经锈迹斑斑但种类繁多的工具似乎还依稀散发着当年英国世界头号强国的味道。我在邮站寄了5张明信片，但愿收件人能如愿收到。相隔万里邮寄明信片，实在不能保证邮寄的可靠性，我唯一能做的或许就是祈祷吧。

从邮站出来，我们有幸目睹了金图企鹅的幼崽。它们披裹着淡灰色的绒毛，小小的躯体不住地向外张望，看似羸弱却充满活力。

下午探险队没有再安排任何登岛活动，我们即将满舵向南航行，预计于4日下午造访长城站。

在Gerlache strait时我们遇见了两条座头鲸，它们的表现十分出彩，有一条甚至鱼跃出水面。我们的普兰休斯号特意靠向鲸鱼以供我们参观拍照。座头鲸的皮肤十分粗糙，似乎长满了浮游生物，我有幸拍到一两张座头鲸在水中翻身的照片却难以辨别头尾。也是这次观赏座头鲸纠正了我们众人的一个误区。早在通过德雷克海峡的第二日我们便有了与座头鲸第一次的近距离接触

帽带企鹅图

（在上文已有确切描述），许多人都注意到在座头鲸身旁的水域中有一只体积比较庞大呈乳白色的物体。大部分人观察后都认为这是座头鲸的幼崽，正好又时值南半球座头鲸带崽回游南极的季节，所以这个结论更是确信无疑。可在事后经专家讲解我们才得知，原来在水下我们认为是所谓幼崽的乳白色物体其实是座头鲸的鳍。由于座头鲸靠喷射气泡来捕捉猎物，长长的鳍有利于帮助它们纠正气泡的方位，或许这也是座头鲸为何有如此巨大鱼鳍的原因。

傍晚经过磋商，探险队决定翌日进行一次较早的登陆，登陆后再吃早餐。

4日上午，我们早早地起床，登上冲锋艇。我们即将前往的岛屿名叫半月岛，在那里我们可以欣赏到大量的帽带企鹅。

对于帽带企鹅我们已经不陌生。但是半月岛是帽带企鹅的栖息地，成群结队，比起之前所见的零星帽带却又是另一番景象了。

长城站图

帽带企鹅与金图企鹅及阿德利企鹅不同的仍是头部。它们的头部上部全黑下部全白，眼珠像一颗黑宝石镶嵌在头部白色的部分。喙是黑色的，在眼睛下面还有一道黑线划过。因着这条黑线，帽带企鹅显得特别高雅，百看不腻，相较愚钝呆板的阿德利企鹅、随处可见的金图企鹅，帽带企鹅更具特色，更让人恋慕。

在半月岛的另一侧聚集着许多威德尔海豹，这也是南极之行中目睹海豹数量最多的一次，取粗数当有二三十头。

离开半月岛后，我们将前往此次南极游览的最后参观地——长城站。

大约下午两点时分，我们抵达了距离长城站2海里的停泊点。之后我们乘坐冲锋艇登陆长城站所在的乔治王岛。

在四艘冲锋艇的搭载下，我们先到的40名成员组成了参观的第一组。刚到，我们便受到了长城站科考队员们的热烈欢迎。他们的制服上印着一面鲜艳的五星红旗，在了无人迹的极地漂流三日后见到中国国旗，我心情格外激动。也只有在这时方觉自己的身后有强大祖国的支持，这种感受若置身于内地是难以察觉的。

南极游泳图

随着科考队员，我们继续参观整个长城站的设施及建筑，还有幸进入科考站的综合活动室，里面有羽毛球场及篮球场。随着参观的进一步扩展，我们才察觉到长城站的巨大，无论是占地面积还是建筑高度都远超我们的预料。在万里之外，看到祖国的强大，作为一名中国人，内心是无比骄傲的。

在长城站上有一个小小的纪念品商店，这是由长城站当年建立的第一栋建筑物改造而成的，在这里可以盖纪念章。2016年恰恰是长城站建站30周年，我们还有幸买到了印有长城站建站30周年的首日封。我还注意到，里头几个储存食品的仓库分别存有土豆、椰菜等耐放食品，这些便是科考队员常吃的食物。看到此处心里亦不免惆怅，常年工作于极端气候，吃着不新鲜的食物，这不但是对勇气的挑战，更是对体格的严酷考验。即便如此仍有一批批科考人员前赴后继地踏上这片圣洁的土地，他们或许一生默默无闻。我难以想象是什么支撑着他们，可能唯一的答案就是爱国吧，这些都是一帮甘于奉献自我报效国家的勇士，面对他们我除了称颂别无他途。

在长城站最后的一个节目是冰泳。最后只有8人参加，其中一位女士。在雪地里脱掉温暖的衣服，仅剩内裤，我和另外一位队员喊着一二三冲向了大海。初下水时并未感觉太冷，可游动两下后阵阵寒意袭身，勉强坚持了约1分钟，连忙向岸上跑。上岸后身体倒并不觉凉，反而散发出阵阵热意，倒是双脚麻木毫无知觉，冻得好似两块冰块一般。

回到船上，所有的下水人员获得了一杯特别的可乐姜茶。虽然嘴上连称不冷，可也对着热水冲了约莫20分钟四肢才恢复正常知觉。回忆整番经过，当真是记忆尤深，在南极这片世界最寒冷的地区尝试了一下冬泳的感受，绝对是独特的，也是值得的。虽然水温大概四五摄氏度，时间也不长，但敢于奋不顾身地冲下去无疑是需要勇气的。

至此，南极之旅已告圆满结束。今晚我们便将再次进入骇人听闻的德雷克海峡，而后乘机回国。

在返程途中，船上专门组织了本次南极之旅的摄影比赛。抱着试一试的想法，我便将刚离开乌斯怀亚港时幸运拍摄到的三条海豚一同跃出水面的图片报了上去。令人意想不到的是居然荣获一等奖（共两名）！回想先前拍摄之时才刚刚离港，多数人还没准备好相机，唯有我一直将相机挂在脖子上，是以海豚刚一出现便抢得了最佳时机，也因此使我一个摄影的初学者居然获得比“长枪短炮”们（专业摄影师）更高的奖项。真可谓机会总给有准备的人！

此次南极之旅，可谓满载而归。无论是气候、动物、景观、人文、科普我们都斩获甚丰。要说南极之行对我有何影响，我也难言有什么直接作用。但是可以肯定的是南极开阔了人的心境，这些精神因子并不会立刻显现出来，或许在某日听音乐或阅览群书时才会被触动，从而引发出一种与众不同的灵感，最终诞生出不同的思想。

对于南极的风景，我实在想不出一个合适的词来描述，它变化多端，黑云翻海，真可谓是猝起俄顷，时或寂静无声，时或动物群集，景物涵盖范围之广之独特无过于此者。世人皆言“黄山归来不看岳”，我或可说“南极归来不看景”。

南极是地球上仅存的一片净土，愿我们都举起环保的纛旗，为维护世界最后一片净土出一份力。

2015年1月7日凌晨37分

于普兰休斯号上完笔

三条海豚同时跃出水面

后　记

此书可以遂愿撰毕，颇令我欣慰。详细计来，则搦管操觚亦有三年之久，非一蹴而就。在繁重学业之余，有如此速度亦颇有始料未及之感。

我于历史、国学方面之兴趣，实非“有缘”二字无法概述。十岁那年，父亲一位友人赠予一套书，名《大秦帝国》。彼时尚是顽童，靡知所云，且见其篇幅卷帙浩繁、内容浩如烟海，不肯轻易启之。十二岁那年，幸蒙父亲另一友人之大力推荐，得观《大秦帝国》第一部电视剧，遂对秦史产生了綦为浓厚之兴趣，立时将《大秦帝国》由书架取下，刚读两页便爱不释手，竟在三月内连读三遍（一遍十一本，共500余万字）而意犹未尽。读毕，又萌生谒见《大秦帝国》作者孙皓晖老师之心。经父亲友人引荐，2014年4月终于在海口得蒙孙老师伉俪赐见，欣喜之余荣幸万分。在孙老师鼓励与指点下，回家后又将孙老师所著之《中华文明正源新论》、《中国原生文明启示录》（三册）共四本书购入囊中。读罢，对于先秦历史之理论已有轮廓。此后对于先秦文献之研究较前更为上心，但有闲暇悉付诸先秦史著作之研读，由此便与《史记》《战国策》《荀子》《商君书》《韩非子》一类原典结下不解之缘。

十四岁那年，受父亲影响，始读徐刚所撰之《梁启超传》，遂对梁启超产生了浓厚敬意。其文笔、思想亦令我奉为至宝。其后又读梁启超之《先秦政治思想史》，复结合孙老师之理论，于先秦历史更能觇察入微。我于写作之时，常以孙老师、梁任公之著作拿来比较。常觉一人之观点已将问题尽述时，另一人又别开新径，两相结合总令我有所获。我亦常谓孙老师、任公如两座巍峨连绵高山，而我犹山间小涧，水澌澌寻路于大山缝隙之中。

去春寒假，又将《红楼梦》拿来捧读。其故事情节委婉生动牵人心魂，其诗词妙语美不胜收。黛玉之冰清玉婉、宝钗之款款落落、湘云之爽快聪颖、各丫环之稔色秾姿，不一而足。之后佳人落魄，瘗玉埋香，直教人感喟唏嘘，流连忘返。闺阁之事历历在目，萧然之景令人触目伤悲。我爱《红楼梦》至深，无论平时功课多紧，还是假期写作任务多重，除抽空阅读外，每晚必听一集《红楼梦》原著朗读方可释怀。《红楼梦》描写人物景致入木三分，读时每每已觉身处园中，宝黛钗等人形在眼前，偶有动静，方如梦初醒，恍如隔世一般。后又比观八七版《红楼梦》电视剧，化文字为图影，配诗词以音乐，更觉红楼构思之精妙，令人如痴如醉，竟至常常泪面。

我自读毕《大秦帝国》后，常感同龄人对于中国先秦文明乃至中国历史之无知。先秦文明乃中国文明之源头，其时代之欣荣昌盛难以尽述。当代同龄人中许多人膜拜西方文明，穿着衣食娱乐无不以模仿西方为荣，徒崇物质文明却缺乏真正之精神追求。若无真正之精神追求又焉能成桀桀大才？为愍恻故，我十四岁时便抱定写成此书之愿，希望借此培养同龄人学习国学之兴趣以增益精神之追求，同时生发出爱国强国之心。十五岁进碧桂园学校读书时有感于诸多同学崇洋心态，此念更浓。其后每有闲暇便作一文，铢积丝累竟亦集腋成裘，得遂夙愿。

文末，首先要对孙皓晖老师表示深深的敬意与谢意，若无孙老师之《大秦帝国》及另外几本理论书籍为我打下基础，我断无写成此书之可能。另外亦要对同学邓文琪、黄靖彤、许明璞表示感谢，彼等于我撰写《中国语文教育改制论》一文时无私将自己平素作文提供我作为案例，为该文增色不少。我亦需对阿梅阿姨表示感谢。她在去年暑假期间、母亲外出之际照顾了我两个星期，让我得以安心写作。她每每做完饭必定用电风扇帮我吹凉，令我十分感动。最后需向父母表达最为浓厚之谢意。母亲梁晶一直默默奉献，对我的生活起居体贴呵护无微不至，并对我写作极为支持，但凡需参考书籍，即上网搜购，为我免却了一切后顾之忧。父亲老夫则是我最应感谢之人。除了他引我上路之外，我每文但出，父亲总为第一读者。对文章字字斟酌，句句拿捏，小到辞藻修改，大至逻辑调整，并时常与我展开讨论，让我获益良多。

本春竣笔，百感猬集，觉许多话题尚可大作文章，然而时不怜人，荏苒已至开学时分。若他日再得闲暇，自需再行撰文以弥所不足。

中华文化传承路途漫漫，在当今社会极需敢于振臂一呼之人。我虽学识觳薄，然愿在同龄人中开声呐喊，行我心中之所安。

文中纰漏实难尽善，还望读者不吝斧正。

2017年2月5日